Les Tommyknockers
3

STEPHEN KING

Carrie	*J'ai lu*	835/**3**
Shining	*J'ai lu*	1197/**5**
Danse macabre	*J'ai lu*	1355/**4**
Cujo	*J'ai lu*	1590/**4**
Christine	*J'ai lu*	1866/**4**
L'année du loup-garou		
Salem		
Creepshow		
Peur bleue	*J'ai lu*	1999/**3**
Charlie	*J'ai lu*	2089/**5**
Simetierre	*J'ai lu*	2266/**6**
La peau sur les os	*J'ai lu*	2435/**4**
Différentes saisons	*J'ai lu*	2434/**7**
Brume – Paranoïa	*J'ai lu*	2578/**4**
Brume – La Faucheuse	*J'ai lu*	2579/**4**
Running man	*J'ai lu*	2694/**4**
Ça-1	*J'ai lu*	2892/**6**
Ça-2	*J'ai lu*	2893/**6**
Ça-3	*J'ai lu*	2894/**6**
Chantier	*J'ai lu*	2974/**6**
Misery	*J'ai lu*	3112/**6**
Marche ou crève	*J'ai lu*	3203/**5**
La tour sombre-1	*J'ai lu*	2950/**3**
La tour sombre-2	*J'ai lu*	3037/**7**
La tour sombre-3	*J'ai lu*	3243/**7**
Le Fléau-1	*J'ai lu*	3311/**6**
Le Fléau-2	*J'ai lu*	3312/**6**
Le Fléau-3	*J'ai lu*	3313/**6**
Les Tommyknockers-1	*J'ai lu*	3384/**4**
Les Tommyknockers-2	*J'ai lu*	3385/**4**
Les Tommyknockers-3	*J'ai lu*	3386/**4**
La part des ténèbres		
Minuit 2		
Minuit 4		
Bazaar		
Rage	*J'ai lu*	3436/**3**

STEPHEN KING

Les Tommyknockers

3

TRADUIT DE L'ANGLAIS
PAR DOMINIQUE DILL

ÉDITIONS J'AI LU

Je tiens à exprimer ma gratitude pour l'autorisation qui m'a été donnée de reproduire des extraits des œuvres suivantes :

Thank the Lord for the Night Time de Neil Diamond, © 1967 Tallyrand Music, Inc. Tous droits réservés. Autorisation d'utilisation.

Run Throught the Jungle de John Fogerty, © 1970 Jondora Music. Avec la permission de Fantasy, Inc.

Downstream (Bob Walkenhorst) ; © 1986 par Screen Gems — EMI Music, Inc., et Bob Walkenhorst Music. Tous droits administratifs contrôlés par Screen Gems — EMI Music, Inc.

Drinkin' on the Job (Bob Walkenhorst), © 1986 par Screen Gems — EMI Music, Inc., et Bob Walkenhorst Music. Tous droits administratifs contrôlés par Screen Gems — EMI Music, Inc.

Undercover of the Night (Mick Jagger/Keith Richards), © 1983 par EMI Music Publishing Ltd. Tous droits administratifs pour les États-Unis et le Canada contrôlés par Colgems — EMI Music, Inc.

Hammer to fall (Brian May), © 1984 par Queen Music Ltd. Tous droits administratifs pour les États-Unis et le Canada contrôlés par Beechwood Music Corporation.

Titre original :

THE TOMMYKNOCKERS

12

Gard se servit de sa chemise, pas bien propre de toute façon, pour essuyer les traînées de fond de teint brun qui maculaient son corps nu. Bobbi n'en avait pas seulement sur le visage. Est-ce qu'elle était venue ici dans l'intention de faire l'amour avec lui ? Il valait mieux qu'il n'y pense pas. Pas maintenant, en tout cas.

Bien qu'ils eussent dû constituer un festin d'action de grâces pour les mouches et les moustiques, avec toute la sueur qu'ils avaient transpirée, Gardener n'avait pas été piqué une seule fois. Il ne pensait pas que Bobbi l'ait été non plus. *C'est pas seulement un survolteur de l'intelligence,* se dit-il en regardant le vaisseau, *ça fait honte à tous les insecticides du marché.*

Il jeta sa chemise un peu plus loin et toucha le visage de Bobbi, son doigt ramassant un peu plus de maquillage. Mais l'essentiel avait été entraîné par la sueur ou les larmes.

« Je t'ai fait mal ? » demanda-t-il.

Tu m'as aimée, répondit-elle.

« Quoi ? »

Tu m'entends, Gard. Je sais que tu m'entends.

« Tu es en colère ? » demanda-t-il, prenant conscience que les barrières s'élevaient à nouveau, prenant conscience qu'il se remettait à jouer un rôle, prenant conscience que c'était fini, que tout ce qu'ils avaient eu était bel et bien terminé.

Prendre conscience de ce genre de choses faisait mal.

« Est-ce que c'est pour ça que tu ne veux pas me

parler ?... Je ne t'en veux pas. Il a fallu que tu en supportes pas mal de ma part, ces dernières années.

— Mais je te *parlais* », dit-elle.

Il avait honte de lui mentir après l'avoir aimée, mais il fut content de sentir un doute dans sa voix.

« Je te parlais avec mon *cerveau* !

— Je n'ai pas entendu.

— Avant, tu m'entendais. Tu m'entendais... et tu répondais. Nous nous *parlions*, Gard !

— Nous étions plus proches de... ça », dit-il en tendant le bras vers le vaisseau.

Elle lui sourit tristement et posa sa joue contre son épaule. Maintenant que presque tout le fond de teint en était parti, sa chair révélait une translucidité troublante.

« Est-ce que je t'ai fait mal ? Dis ?

— Non. Oui. Un peu. »

Elle sourit. C'était ce sourire par lequel la vieille Bobbi Anderson voulait dire « la barbe », mais une dernière larme roula néanmoins sur sa joue.

« Ça en valait la peine. Nous avons gardé le meilleur pour la fin, Gard. »

Il l'embrassa doucement, mais ses lèvres étaient différentes, maintenant. Les lèvres de la Nouvelle Roberta Anderson Améliorée.

« Début, fin ou milieu, je n'avais pas à te faire l'amour, et tu n'avais rien à faire ici.

— Je sais, j'ai l'air fatigué, et je suis couverte de cette saloperie, comme tu t'en es aperçu. Tu avais raison. Je me suis épuisée, et j'ai souffert d'une sorte d'effondrement physique. »

Tu voudrais me faire avaler ça, se dit Gardener, mais il couvrit sa pensée de bruit blanc pour que Bobbi ne puisse pas la lire. Il le faisait maintenant presque sans en avoir conscience. Cette dissimulation devenait une seconde nature.

« Le traitement a été... radical. Il en est résulté un problème superficiel de peau et de chute de cheveux, mais tout redeviendra normal.

— Ah, dit Gardener tout en pensant : *T'es toujours pas foutue de mentir, Bobbi*. Je suis content que tu ailles bien. Mais il faudrait peut-être que tu prennes quelques jours de repos, que tu te poses les pieds sur un coussin...

— Non, dit calmement Bobbi. C'est le moment du dernier coup de collier, Gard. On y est presque. On a commencé tout ça, toi et moi...

— Non, dit Gardener. C'est *toi* qui as commencé, Bobbi. Tu as pratiquement trébuché dessus. Quand Peter était encore en vie. Tu te souviens ? »

Au nom de Peter, Gard vit une douleur passer dans les yeux de Bobbi. Elle se dissipa. Bobbi haussa les épaules.

« Tu es arrivé très vite. Tu m'as sauvé la vie. Je ne serais pas là, sans toi. Alors faisons-le ensemble, Gard. Je suis sûre qu'il ne reste même plus dix mètres jusqu'à l'entrée. »

Gardener se disait qu'elle avait raison, mais il n'avait soudain aucune envie de l'admettre. Une lame tournait et retournait dans son cœur, et la douleur était pire que toutes les migraines de lendemain de cuite.

« Si tu le dis, je te crois.

— Et toi, qu'est-ce que tu en penses, Gard ? On fait un kilomètre de plus... Toi et moi. »

Il restait songeur, regardant Bobbi, prenant à nouveau conscience du silence presque malsain des bois où aucun chant d'oiseau ne se faisait entendre.

C'est comme ça que ce serait — c'est comme ça que ce sera — si l'une de leurs foutues centrales entre en fusion. Les gens seraient assez malins pour s'enfuir — s'ils étaient prévenus à temps, et si les responsables de la centrale en question, et ceux du gouvernement, avaient le courage de les informer — mais on ne pourrait dire ni aux chouettes ni aux piverts de quitter la région. On ne peut pas demander à un tangara écarlate de ne pas regarder la boule de feu. Alors leurs yeux fondraient et ils ne pourraient plus que voleter en tous sens, aveugles comme des chauves-souris, se heurtant aux arbres et aux bâtiments jusqu'à ce qu'ils meurent de faim ou se cassent le cou. Est-ce que c'est un vaisseau spatial, Bobbi ? Ou est-ce que c'est un grand réservoir qui fuit déjà ? Ça fuit, non ? C'est pourquoi ces bois sont aussi silencieux, et c'est pourquoi l'Oiseau Neurologue en Costume de Dacron est tombé du ciel vendredi, non ?

« Et toi, qu'est-ce que tu en penses, Gard ? On fait un kilomètre de plus ? »

Alors, où se trouve la bonne solution ? Où se trouve la paix dans l'honneur ? Est-ce que tu fuis ? Est-ce que tu remets l'affaire entre les mains de la police de Dallas américaine pour qu'elle puisse l'utiliser contre la Police de Dallas soviétique ? Quoi ? Quoi ? Une autre idée, Gard ?

Et soudain il *eut* une idée... ou une ombre d'idée.

Mais une ombre valait mieux que rien.

Il entoura Bobbi d'un bras menteur.

« D'accord. Un kilomètre de plus. »

Le sourire de Bobbi s'élargit, puis se transforma en un curieux air de surprise.

« Combien est-ce qu'elle t'en a laissé, Gard ?

— Combien qui m'a laissé de quoi ?

— La petite souris, dit Bobbi. Tu as fini par en perdre une. Juste devant. »

Stupéfait et un peu effrayé, Gard porta la main à sa bouche. Oui, il y avait bien un trou à la place qu'occupait hier encore une incisive.

Alors, ça avait commencé. Au bout d'un mois de travail à l'ombre de cette chose, il avait eu la folie de se croire immunisé, mais ce n'était pas le cas. Ça avait commencé ; il était sur le point de devenir un Nouveau Gardener Amélioré.

Il était en train d' « évoluer ».

Il se força à sourire.

« Je n'avais pas remarqué, dit-il.

— Tu te sens différent ?

— Non, dit-il sincèrement. Pas encore, en tout cas. Tu veux qu'on se mette au travail ?

— Je ferai ce que je pourrai, dit Bobbi. Avec mon bras...

— Tu peux vérifier les tuyaux et me dire si des attaches se relâchent. Et parle-moi, dit-il à Bobbi avec un sourire gêné. Aucun de ces types ne savait parler. Je veux dire... ils étaient sincères, mais... tu sais... », acheva-t-il en haussant les épaules.

Bobbi lui rendit son sourire, et Gardener vit un autre éclair brillant et sans mélange de l'ancienne Bobbi, de la femme qu'il avait aimée. Il se souvint du havre paisible et sombre de son cou et la lame tourna à nouveau dans son cœur.

« Je crois que je sais, dit-elle. Je vais parler à t'en faire éclater les tympans, si tu veux. Moi aussi, j'ai été seule. »

Ils restèrent face à face, se souriant, et c'était presque comme avant, mais les bois étaient silencieux, sans chants d'oiseaux pour les animer.

L'amour est fini, se dit-il. *Maintenant, c'est le même vieux jeu de poker, sauf que la petite souris est venue la nuit dernière, et que cette salope reviendra sûrement ce soir. Elle amènera peut-être aussi ses cousines et ses belles-sœurs. Et quand ils commenceront à voir mes cartes, quand ils découvriront peut-être mon ombre d'idée, tout sera fini. D'une certaine façon, c'est plutôt drôle. Nous avons toujours cru évident que les « étrangers »* venus d'ailleurs devraient au moins être vivants *pour nous envahir. Même H. G. Wells n'a jamais imaginé une invasion de fantômes.*

« Je voudrais regarder dans la tranchée, dit Bobbi.

— D'accord. Tu seras contente de voir comment ça se dégage, je crois. »

Ils entrèrent ensemble dans l'ombre du vaisseau.

13

Lundi, 8 août :

La chaleur était de retour.

Devant la fenêtre de la cuisine de Newt Berringer, la température atteignait vingt-six degrés, à sept heures et quart, ce lundi matin, mais Newt n'était pas dans la cuisine pour consulter le thermomètre. Dans la salle de bains, en pantalon de pyjama, il se tartinait maladroitement sur le visage un reste de fond de teint ayant appartenu à sa défunte épouse, jurant comme un charretier contre les coulées de sueur qui gâchaient son travail. Il avait toujours pensé que le maquillage était un artifice innocent pour enjoliver les dames mais, maintenant qu'il essayait d'utiliser le fond de teint comme le prévoyait sa vocation originelle — qui n'était pas d'accentuer le beau mais de dissimuler le laid (du moins le plus voyant du laid) —, il découvrait que se maquiller, comme se couper les cheveux, était vachement plus difficile que ça n'en avait l'air.

Il essayait de cacher le fait que, depuis environ une semaine, la peau de ses joues et de son front avait commencé à se décolorer. Il savait, naturellement, que c'était lié aux visites que lui et les autres avaient rendues au hangar de Bobbi — visites dont il n'avait aucun souvenir, en dehors du fait que ç'avait été effrayant, mais d'autant plus excitant, et qu'il en était ressorti les trois fois dans une forme époustouflante, prêt à faire l'amour dans la boue à un peloton de catcheuses. Il aurait dû associer tout de suite au hangar ce qui lui arrivait, mais au début, il avait simplement cru qu'il perdait son bronzage de l'été. Au cours des années qui avaient précédé cet après-midi d'hiver glacial où le camion d'un boulanger l'avait emportée dans un dérapage, la femme de Newt, Elinor, aimait dire en riant qu'il suffisait de mettre son mari sous un rayon de soleil après le premier mai pour qu'il en ressorte aussi brun qu'un Indien.

Mais, dès vendredi, il n'avait pu continuer à se leurrer : il voyait ses veines, ses artères, et les capillaires de ses joues, exactement comme on les voyait sur le mannequin qu'il avait acheté à son neveu Mikaël pour Noël deux ans plus tôt : l'Extraordinaire Homme Visible. C'était très troublant. Et pas seulement parce qu'il voyait en lui-même : quand il appuyait sur ses pommettes, il les sentait molles... comme si elles... se *dissolvaient*.

Je ne peux pas sortir comme ça, s'était-il dit, *sûrement pas*.

Mais le samedi, quand il s'était regardé dans le miroir et qu'il avait compris après mûre réflexion, et de nombreux essais d'éclairage, que l'ombre grise qu'il voyait à travers sa joue était sa propre langue, il avait pratiquement volé jusque chez Dick Allison.

Dick lui avait ouvert la porte. Il semblait tellement normal que, pendant quelques secondes terribles, Newt crut que ça n'arrivait qu'à lui, à lui seul. Puis la pensée ferme et claire de Dick emplit sa tête, le soulageant d'un gros poids : *Seigneur, tu peux pas te balader comme ça, Newt ! Tu vas faire peur aux gens. Entre. Je vais appeler Hazel.*

(Le téléphone n'était naturellement plus vraiment nécessaire, mais les vieilles habitudes ne meurent que lentement.)

Dans la cuisine, sous le cercle fluorescent du plafonnier, Newt avait très bien vu que Dick était maquillé. Hazel, lui expliquait Dick, lui avait montré comment appliquer le fond de teint. Oui, c'était arrivé à tous les autres, sauf Adley, qui n'était entré dans le hangar pour la première fois que deux semaines plus tôt.

Où est-ce que tout ça nous mène, Dick ? avait demandé Newt, un peu mal à l'aise.

Le miroir de l'entrée de Dick l'attirait comme un aimant, et il se regardait, il regardait sa langue derrière et à travers ses lèvres blafardes, il regardait l'entrelacs de ses capillaires agités de pulsations dans son front. Il appuya le bout de ses doigts contre son arcade sourcilière et, quand il les retira, il vit qu'ils avaient laissé leur trace, comme des marques de doigts dans de la cire, jusqu'aux boucles et aux circonvolutions de ses empreintes digitales enfoncées dans sa peau livide. Cette vision lui donna mal au cœur.

Je sais pas, répondit Dick, tout en parlant avec Hazel au téléphone. *Mais ça n'a pas vraiment d'importance. Ça finira par arriver à tout le monde. Comme tout le reste. Tu sais ce que je veux dire.*

Il le savait. Les premières modifications, se dit Newt en se regardant dans le miroir en cette chaude matinée de lundi, avaient été pires, finalement, plus choquantes, parce qu'elles avaient été tellement... intimes.

Mais il s'y était habitué, ce qui tendait à prouver, se disait-il, qu'on pouvait s'habituer à n'importe quoi avec une bonne raison et du temps.

Il était planté devant le miroir, écoutant d'une oreille distraite le météorologue, à la radio, qui informait les auditeurs qu'un flux d'air méridional chaud entrait dans la région, ce qui signifiait qu'il fallait s'attendre à au moins trois jours de temps moite, peut-être une semaine, et à des températures qui pourraient dépasser les trente degrés. Newt maudit le temps humide qui s'annonçait — ses hémorroïdes allaient le gratter et le brûler, comme toujours — et continua d'essayer de couvrir ses joues de plus en plus transparentes, son front, son nez et son cou avec le fond de teint Max Factor d'Elinor. Il cessa de jurer contre le temps et passa sans transition aux injures contre le maquillage, ignorant que ce genre de produits finit par vieillir et sécher — et ce flacon occupait le fond du tiroir de la salle de bains bien avant qu'Elinor ne meure, en février 1984.

Mais il se dit qu'il s'habituerait à étaler cette cochonnerie... avant que ça ne soit de toute façon plus nécessaire. On pouvait s'habituer à pratiquement n'importe quoi. Un tentacule, blanc au bout, puis se teintant progressivement de rose pour devenir rouge sang à son point le plus épais, à sa base qu'on ne voyait pas, sortit de la braguette de son pyjama. Presque comme pour démontrer sa théorie, Newt Berringer se contenta de le rentrer d'un air absent, et continua d'étaler le maquillage de sa défunte épouse sur son visage en voie de disparition.

14

Mardi, 9 août :

Le vieux Dr Warwick remonta lentement le drap sur Tommy Jacklin et le laissa retomber. L'air emprisonné le gonfla un instant, puis il s'affaissa. On distinguait très bien la forme du nez de Tommy. C'était un beau garçon, mais il avait un grand nez, comme son père.

Son père, se dit Bobbi Anderson avec un pincement au cœur. *Il va falloir que quelqu'un prévienne son père, et devinez qui sera choisi ?* Ce genre de choses n'aurait plus dû la gêner, elle le savait — des choses comme la mort du fils Jacklin, comme de savoir qu'elle devrait se débarrasser de Gard quand ils atteindraient l'entrée du vaisseau —, mais elles la gênaient encore parfois.

Elle se disait que ça diminuerait avec le temps.

Quelques voyages de plus au hangar. Il n'en faudrait pas davantage.

Elle lissa sa chemise d'un air absent et éternua.

Hormis le son de cet éternuement, et celui de la respiration stertoreuse de Hester Brookline, dans l'autre lit de la petite clinique improvisée par le docteur à son cabinet, un silence profond régnait. L'assistance était sous le choc.

Kyle : *Est-ce qu'il est vraiment mort ?*

Non, c'est juste que j'aime bien les recouvrir pour blaguer, rétorqua Warwick d'un ton sans réplique. Merde ! J'ai su qu'il m'échappait à quatre heures. C'est pour ça que je vous ai tous appelés. Après tout, c'est vous les pères du village, maintenant, non ?

Ses yeux se fixèrent un moment sur Hazel et Bobbi. *Excusez-moi. J'oubliais les deux mères du village.*

Bobbi sourit sans joie. Il ne tarderait plus à n'y avoir qu'un seul sexe à Haven. Ni mères, ni pères. Juste un nouveau panneau publicitaire du genre de ceux des rasoirs Burma, pourrions-nous dire, sur la Grande Route de l' « Évolution ».

Elle regarda successivement Kyle, Dick, Newt et Hazel et vit que les autres avaient l'air aussi secoués qu'elle. Dieu merci, elle n'était donc pas la seule. Tommy et Hester étaient bien revenus, en avance, même, parce que lorsque Tommy avait commencé à se sentir vraiment mal, trois heures seulement après qu'ils eurent quitté le secteur de Haven-Troie, il avait accéléré, exécutant sa mission le plus vite qu'il pouvait.

Ce foutu gosse est vraiment un héros, se dit Bobbi. *J'imagine qu'on ne peut rien faire d'autre pour lui que de lui réserver une place au cimetière, mais il n'en est pas moins un héros.*

Elle regarda du côté de Hester, pâle comme un camée, respiration sèche, yeux fermés. Ils auraient pu — auraient peut-être dû — revenir, quand ils avaient senti les premiers maux de tête, quand leurs gencives s'étaient mises à saigner, mais ils n'en avaient même pas évoqué la possibilité. Il n'y avait pas que leurs gencives qui saignaient : contrairement à celles des femmes plus âgées, les règles des adolescentes semblaient ne jamais vouloir s'arrêter... elles ne l'avaient pas encore fait, en tout cas. Hester, dont les règles, donc, n'avaient pas cessé depuis le début de l' « évolution », avait demandé à Tommy de s'arrêter au magasin général de Troie pour qu'elle puisse acheter des serviettes hygiéniques plus épaisses. Elle s'était mise à saigner copieusement. Avant qu'ils aient acheté trois batteries de voiture et une bonne batterie de camion d'occasion au magasin de pièces détachées de Newport-Derry, sur la Route n° 7, elle avait trempé quatre maxi-serviettes Stayfree.

Leurs maux de tête s'étaient accentués, plus encore

pour Tommy que Hester. Quand ils eurent acquis une douzaine de batteries Allstate chez Sears et plus de cent piles de 1,5 ; 4,5 et 9 volts à la quincaillerie de Derry (qui venait d'être livrée), ils comprirent qu'il fallait qu'ils rentrent... et vite. Tommy commençait à avoir des hallucinations : en remontant la rue Wentworth, il crut voir un clown souriant qui émergeait d'une bouche d'égout, avec des dollars d'argent luisants à la place des yeux, et tenant dans sa main gantée de blanc toute une grappe de ballons.

Sur la Route n° 9, au retour, à une douzaine de kilomètres de Derry, le rectum de Tommy se mit à saigner.

Il se gara et, le visage rouge d'embarras, demanda à Hester si elle pouvait lui passer une de ses serviettes. Il put lui dire pourquoi quand elle l'interrogea, mais il n'osa pas la regarder. Elle lui en passa quelques-unes, et il se retira une minute derrière les buissons. Il revint vers la voiture en titubant comme un ivrogne, une main tendue en avant.

« Va falloir que tu conduises, Hester, dit-il. Je n'y vois plus des masses. »

Quand ils atteignirent la limite du village, le siège avant de la voiture était maculé de sang, et Tommy inconscient. Hester n'y voyait plus qu'à travers un voile sombre ; elle savait qu'il était quatre heures, en ce splendide après-midi d'été, mais le Dr Warwick sembla venir vers elle auréolé d'un nuage crépusculaire pourpre. Elle comprit qu'il ouvrait la portière, qu'il lui touchait la main et qu'il disait : *Tout va bien, ma chérie, tu es revenue, tu peux lâcher le volant, maintenant, tu es de retour à Haven.* Elle réussit à relater de façon plus ou moins cohérente leur après-midi alors qu'elle reposait entre les bras protecteurs de Hazel McCready, mais elle avait rejoint Tommy dans l'inconscience bien avant qu'ils n'arrivent au cabinet du docteur, alors que celui-ci dépassait les cent à l'heure pour la première fois de sa vie, ses cheveux blancs agités par le vent.

« Et la gamine ? murmura Adley McKeen.

— Sa tension artérielle s'effondre, dit Warwick. Mais elle ne saigne plus. Elle est jeune et solide. Une vraie fille de la campagne. J'ai connu ses parents et ses grands-parents. Elle s'en sortira. »

Il regarda autour de lui et ajouta sombrement :

« Mais je ne crois pas qu'elle recouvre jamais la vue. »

Le maquillage, qui les faisait tous ressembler à une demi-douzaine de clowns aussi fantomatiques que bronzés, ne pouvait dissimuler les larmes qui emplissaient ses vieux yeux bleus.

Bobbi rompit le silence paralysant qui avait régné après cette déclaration :

« Mais si ! »

Le Dr Warwick se tourna vers elle.

« Elle verra de nouveau, dit Bobbi. Quand l' " évolution " sera terminée, elle verra. Nous verrons tous d'un œil, à ce moment-là.

— Oui, dit-il en croisant un instant le regard de Bobbi avant de baisser les yeux. Je te crois. Mais c'est quand même bien dommage.

— C'est triste pour elle, approuva Bobbi sans ardeur. C'est pire pour Tommy. Ce n'est pas gai non plus pour leurs parents. Il faut que j'aille les voir. J'aimerais assez ne pas être seule. »

Elle regarda chacun d'entre eux, mais leurs yeux se détournèrent des siens à tour de rôle, et leurs pensées ne furent plus qu'un doux ronronnement.

« D'accord, dit Bobbi. Je me débrouillerai. J'espère.

— Je crois, dit humblement Adley McKeen, que je vais venir avec toi, si tu veux, Bobbi. Ça te fera de la compagnie.

— Merci, Ad, dit-elle avec un sourire fatigué, mais pourtant lumineux, tout en lui serrant l'épaule. Encore une fois : merci. »

Ils sortirent. Les autres les regardèrent, et quand ils entendirent démarrer le pick-up de Bobbi, ils se tournèrent vers le lit où Hester Brookline reposait, inconsciente, raccordée à une machine de soins intensifs fabriquée à partir de deux radios, d'une platine de tourne-disque et de la télécommande du nouveau téléviseur Sony du docteur...

... et, naturellement, d'un tas de piles.

15

Mercredi, 10 août

En dépit de sa fatigue, de son esprit confus, de son incapacité à cesser de jouer les Hamlet et, pis encore, de son impression persistante que les choses s'aggravaient sans cesse à Haven, Jim Gardener s'était à peu près tenu à l'écart de la bouteille depuis le jour où Bobbi était revenue et qu'ils s'étaient allongés ensemble sur les aiguilles de pin odorantes. C'était dû en partie à une appréhension correcte de ses intérêts personnels : trop de saignements de nez, trop de maux de tête. Ils étaient sans aucun doute partiellement imputables à l'influence du vaisseau, se disait-il — il n'avait pas oublié ce qui s'était passé après que Bobbi l'eut poussé à toucher sa trouvaille, quand il avait saisi le rebord du vaisseau et ressenti cette vibration rapide et paralysante — mais il n'était pas inconscient au point de ne pas savoir que ses soûleries régulières n'avaient rien arrangé. Il n'avait pas sombré dans de vrais trous noirs mais, certains jours, son nez avait saigné trois ou quatre fois. Il connaissait sa tendance à l'hypertension, et on lui avait dit plus d'une fois que sa façon de boire risquait d'aggraver un état déjà préoccupant.

Il allait donc plutôt bien, jusqu'à ce qu'il entende Bobbi éternuer.

Ce bruit, si affreusement familier, raviva une série de souvenirs, et une idée terrible explosa soudain dans son exprit comme une bombe.

Il se rendit dans la cuisine et ouvrit le panier à linge

pour regarder une robe, celle que Bobbi portait la veille au soir. Bobbi ne sut rien de cette inspection parce qu'elle dormait. Elle avait éternué dans son sommeil.

La veille, Bobbi était sortie sans lui donner aucune explication. Elle lui avait semblé nerveuse et inquiète, et bien que tous deux aient travaillé dur toute la journée, Bobbi n'avait presque rien mangé au dîner. Et puis, au soleil couchant, elle avait pris un bain, changé de robe et elle était partie dans son pick-up malgré la chaleur encore moite du soir. Gardener l'avait entendue rentrer vers minuit et avait vu la lumière brillante quand Bobbi avait pénétré dans le hangar. Il pensait qu'elle était revenue aux premières lueurs de l'aube, mais il n'en était pas sûr.

Toute la journée d'aujourd'hui, elle avait été morose, ne parlant que lorsqu'il lui adressait la parole, et seulement par monosyllabes. Les efforts maladroits de Gardener pour lui remonter le moral n'avaient obtenu aucun succès. Bobbi n'avait pas dîné non plus ce soir, et elle s'était contentée de secouer la tête quand Gardener lui avait proposé de faire quelques parties de cartes sous le porche, comme au bon vieux temps.

Les yeux de Bobbi, incrustés dans cette curieuse couche de fond de teint couleur chair, semblaient plus sombres et humides. Alors que Gardener se faisait cette remarque, Bobbi avait attrapé une poignée de Kleenex sur la table derrière elle, et éternué deux ou trois fois.

« Un rhume d'été, j'imagine. Je vais m'effondrer, Gard. Je suis désolée de gâcher ainsi les réjouissances, mais je suis crevée.

— D'accord », dit Gard.

Quelque chose — un détail familier dont il se souvenait — le rongeait et il restait là, tenant la robe entre ses mains, une petite robe d'été en coton, sans manches. Avant, elle l'aurait lavée le matin même, accrochée dehors pour qu'elle sèche dans la journée, repassée après le dîner et rangée dans le placard bien avant l'heure du coucher. Mais rien n'était plus comme avant. Ils vivaient maintenant des Nouveaux Jours Améliorés, et on ne lavait plus les vêtements que lorsque cela devenait absolument nécessaire. Il y avait des choses plus importantes à faire, non ?

Comme pour confirmer cette idée, Bobbi éternua deux fois de plus dans son sommeil.

« Non, murmura Gard, pitié. »

Il remit dans le panier cette robe qu'il n'avait plus envie de toucher. Il claqua le couvercle et se raidit, inquiet que le bruit ait pu réveiller Bobbi.

Elle a pris le pick-up. Elle est partie faire quelque chose qu'elle ne voulait pas faire. Quelque chose qui l'inquiétait. Quelque chose de suffisamment solennel pour qu'elle ait mis une robe. Elle est revenue tard et elle est allée dans le hangar. Elle n'est pas repassée par ici pour se changer. Elle est allée dans le hangar comme si elle devait *y aller. Tout de suite.* Pourquoi ?

Mais la réponse, associée aux éternuements et à ce qu'il avait trouvé sur sa robe, semblait impossible à esquiver.

Du réconfort.

Et quand Bobbi, qui vivait seule, avait besoin de réconfort, qui était toujours là pour le lui procurer ? Gard ? Ne me faites pas rire, les gars. Gard ne se pointait que lorsqu'*il* avait besoin de réconfort, pas pour la réconforter *elle*.

Il avait envie de se soûler. Il n'en avait jamais eu plus envie depuis que toute cette folle histoire avait commencé.

Laisse tomber. Alors qu'il se retournait pour quitter la cuisine, où Bobbi gardait aussi bien les bouteilles d'alcool que le panier à linge sale, quelque chose ricocha sur le parquet.

Il se pencha, ramassa l'objet, l'examina, le fit sauter dans sa main d'un air songeur. C'était une dent, naturellement, le Grand Numéro Deux. En glissant un doigt dans sa bouche, il y trouva un nouveau trou. Il regarda la trace de sang sur son doigt, gagna la porte de la cuisine et prêta l'oreille. Bobbi ronflait en rafales dans sa chambre. Il semblait que ses sinus fussent aussi fermés qu'un verrou.

Un rhume d'été, a-t-*elle* dit. *Peut-être. C'est peut-être ça.*

Mais il se rappela comment Peter sautait parfois sur ses genoux, quand Bobbi était assise dans son vieux fauteuil à bascule près de la fenêtre, en train de lire, ou quand elle était dehors sous le porche. Bobbi disait qu'il y avait plus de chances que Peter exécute un de ses sauts massacreurs de nichons quand le temps était incertain, tout comme il y avait plus de chances que cela déclenche chez elle un de ces phénomènes allergiques quand le temps était chaud et instable. *C'est comme s'il savait,* avait-elle remarqué une fois en passant la main dans les poils du beagle. *Est-ce que tu SAIS, Pete ? Est-ce que tu AIMES me faire éternuer ? Un malheur ne vient jamais seul, c'est ça ?* Et Pete avait semblé rire, à sa façon.

Gardener se souvenait qu'au moment où le retour de Bobbi l'avait brièvement éveillé la nuit précédente (le retour de Bobbi et cette lumière verte), il avait entendu le lointain grondement d'un orage de chaleur sans grande importance.

Maintenant, il se souvenait que parfois *Pete* avait aussi besoin d'un petit réconfort.

Surtout quand ça tonnait. Pete était terrorisé par ce bruit. Par le bruit du tonnerre.

Seigneur, est-ce qu'elle garderait Peter dans ce hangar ? Et dans ce cas, POURQUOI ?

Il y avait aussi de drôles de traînées vertes sur la robe de Bobbi.

Et des poils.

Des poils.

Des poils courts, bruns et blancs, très familiers à Gard. Peter était dans le hangar, et il y était depuis toutes ces semaines. Bobbi avait bien menti en prétendant que Peter était mort. Dieu seul savait sur combien de choses encore elle avait menti... mais pourquoi ça ?

Pourquoi ?

Gardener ne savait pas.

Il changea de direction, revint vers le placard à droite et au-dessous de l'évier, se pencha, et en extirpa une nouvelle bouteille de scotch. Il en brisa le sceau et, levant la bouteille, il s'écria :

« Au meilleur ami de l'homme ! »

Il but au goulot, se gargarisa rageusement et avala.

Une première gorgée.

Peter. Qu'est-ce que tu as foutu de Peter, Bobbi ?

Il avait décidé de se soûler.

De se soûler complètement.

Vite.

LIVRE III

Les Tommyknockers

Je vous présente le nouveau patron. Pareil que l'ancien.

THE WHO, « Won't Get Fooled Again »

Là-haut sur la montagne :
Tonnerre, mousse magique,
Fais connaître aux gens ma sagesse,
Remplis la Terre de fumée.
Cours dans la jungle...
Ne regarde pas en arrière.

CREEDENCE CLEARWATER REVIVAL,
« Run Through the Jungle »

J'ai dormi, et j'ai rêvé le rêve. Cette fois, il n'y avait aucun masque nulle part. J'étais le méchant nain hermaphrodite, le principe de la joie de détruire ; et Saul était mon double, hermaphrodite, mon frère et ma sœur, et nous dansions dehors, au pied d'énormes bâtisses blanches, pleines de hideuses machines noires, menaçantes et destructrices. Mais dans le rêve, lui et moi, ou elle et moi, nous étions amis, nous n'étions pas hostiles l'un à l'autre, nous nourrissions ensemble notre venimeuse méchanceté. Le rêve recelait une terrible nostalgie, un désir de mort. Nous nous sommes unis et embrassés, amoureux. C'était terrible, et même dans le rêve je le savais. Parce que je reconnaissais dans ce rêve ces autres rêves que nous faisons tous, où l'essence de l'amour, de la tendresse, se concentre en un baiser ou une caresse, mais maintenant c'était la caresse de deux créatures à moitié humaines célébrant la destruction.

DORIS LESSING, *Le carnet d'or*

1

Sœurette

1

« Nous espérons que ce vol a été agréable », dit l'hôtesse de l'air postée près de la porte de l'avion à la femme sans âge qui, avec une poignée d'autres passagers, était restée jusqu'à Bangor, terminus du vol 230 de Delta Airlines.

Anne, la sœur de Bobbi Anderson, avait quarante ans, mais *pensait* comme une femme de cinquante ans — et c'était l'âge qu'on lui *donnait* — (Bobbi aurait même dit, les rares fois où elle avait un verre dans le nez, que sa sœur Anne pensait comme une femme de cinquante ans depuis qu'elle avait à peu près treize ans). Anne, donc, s'arrêta net et posa sur l'hôtesse un regard qui aurait paralysé une horloge.

« Je vais vous dire, mon petit, rétorqua-t-elle. J'ai trop chaud. Mes aisselles puent parce que l'avion a décollé en retard de cette poubelle d'aéroport de La Guardia et a perdu encore davantage de temps à Logan. On nous a secoués comme des pommes de terre, et je déteste l'avion. Cette poufiasse que vous avez envoyée s'occuper du bétail de la classe touriste a renversé sur moi le cocktail de mon voisin, et j'ai du jus d'orange qui sèche en plaques craquelées sur mon bras. Mon slip pue dans la fente de mes fesses, et ce village a l'air d'un chancre sur la bite de la Nouvelle-Angleterre. D'autres questions ?

— Non », parvint à articuler l'hôtesse de l'air, dont les yeux étaient devenus vitreux.

Elle avait l'impression qu'elle venait de livrer impromptu trois rounds rapides contre Boum-Boum Mancini à un moment où le champion du monde était en rogne contre la Terre entière. Anne Anderson produisait souvent cet effet sur ceux qu'elle rencontrait.

« Parfait, ma chère. »

Anne passa devant l'hôtesse et s'engagea sur la passerelle en balançant au bout de son bras un grand sac d'un rouge agressif. L'hôtesse n'eut même pas le temps de lui souhaiter un agréable séjour à Bangor. Elle se dit que, de toute façon, ç'aurait été de l'énergie gaspillée. Cette dame avait l'air de ne jamais s'être plu nulle part. Elle marchait en se tenant bien droite, mais elle semblait n'y réussir qu'en luttant contre quelque douleur, comme la petite sirène qui continuait de marcher alors qu'à chaque pas elle avait l'impression que des lames de couteaux lui déchiraient les pieds.

Seulement, se dit l'hôtesse de l'air, *si elle a un Grand Amour quelque part, j'espère pour lui qu'il connaît les mœurs sexuelles et alimentaires de la mygale.*

2

L'employée de chez Avis informa Anne qu'elle n'avait pas de voiture disponible, que si Anne n'en avait pas réservé, c'était bien dommage, désolée, mais en été, dans le Maine, on s'arrachait les voitures de location.

Quelle erreur de la part de cette employée, quelle grave erreur !

Anne sourit d'un air féroce, se cracha mentalement dans les mains et se mit au boulot. Dans ce type de situation, Anne se sentait comme un poisson dans l'eau. Elle avait pris soin de son père jusqu'à ce qu'il meure misérablement le 1er août, huit jours plus tôt. Elle avait refusé qu'on l'emmène à l'hôpital, préférant le laver, soigner ses escarres, changer ses couches d'incontinent et lui donner ses pilules elle-même au milieu de la nuit. Elle avait finalement précipité l'attaque d'apoplexie qui l'avait emporté en le tourmentant sans cesse à propos de la vente de la maison de Leighton Street : il ne voulait pas vendre ; elle avait décidé qu'il le ferait ; la dernière attaque, massive, survenant après trois plus bénignes à deux ans d'intervalle, le frappa trois jours après la mise en vente de la maison. Mais elle n'aurait pas davantage admis sa responsabilité dans ce tragique événement qu'elle n'aurait reconnu que, bien qu'ancienne élève de l'Institution St. Bart d'Utica, et une des principales dames patronnesses de sa paroisse, elle considérait que l'idée de Dieu n'était qu'un tas de merde. A dix-huit ans à peine, elle avait soumis sa mère à sa volonté, et maintenant elle avait détruit son père et regardé les pelletées de terre tomber sur son cercueil. Aucune employée d'Avis ne pouvait faire le poids contre Sœurette. Il lui fallut tout de même dix minutes pour briser celle-ci. Anne refusa la proposition d'un coupé qu'Avis gardait en réserve pour une célébrité éventuelle — très éventuelle — qui serait passée par Bangor, et insista encore, flairant la peur croissante de la jeune employée comme un carnivore affamé hume le sang. Vingt minutes après avoir dédaigné la petite voiture, elle quittait l'Aéroport international de Bangor au volant d'une Cutlass Supreme réservée par un homme d'affaires qui devait arriver à 18 h 15. D'ici là, l'employée aurait terminé son service, une autre l'aurait relayée, et de toute façon, le matraquage d'Anne l'avait tellement éprouvée que la Cutlass aurait tout aussi bien pu être réservée pour le Président des États-Unis. Elle quitta le comptoir, se retrancha en tremblant dans le bureau du fond, ferma la porte, la verrouilla, coinça une chaise sous la poignée, et fuma un joint qu'un des mécaniciens lui avait passé. Puis elle éclata en sanglots.

Anne Anderson produisait souvent ce genre d'effet sur les gens.

3

Il était presque trois heures quand elle acheva de dévorer l'employée, et elle aurait pu rouler directement vers Haven — la carte qu'elle avait prise sur le comptoir d'Avis indiquait une distance de moins de quatre-vingts kilomètres — mais elle voulait être absolument fraîche pour sa confrontation avec Roberta.

Un policier réglait la circulation à l'intersection des rues Hammond et Union (le feu de signalisation ne marchait pas, ce qui n'étonna pas Anne de la part d'une ville aussi minable), et elle s'arrêta au milieu du carrefour pour lui demander où elle trouverait le meilleur hôtel ou motel de la ville. Le flic avait eu l'intention de la réprimander de gêner ainsi les autres véhicules pour une question aussi futile, mais ce qu'il vit dans ses yeux — le regard chaleureux d'un incendie du cerveau qui, bien que sous contrôle, risquait à tout moment de jaillir des orbites — fit qu'il jugea préférable de lui donner son renseignement pour se débarrasser d'elle. Cette dame ressemblait à un chien que le policier connaissait quand il était enfant, un chien qui trouvait très drôle d'arracher les fonds de culotte des gosses sur le chemin de l'école. Il n'avait pas besoin de ce genre d'ennui un jour où la température brûlait autant que son ulcère à l'estomac. Il orienta Sœurette vers l'hôtel Cityscape, sur la Route n° 7, et fut heureux de voir disparaître l'arrière de sa voiture.

4

L'hôtel Cityscape était complet.

Ce n'était pas un problème pour sœur Anne.

Elle se fit attribuer une chambre double, puis persécuta le portier épuisé jusqu'à ce qu'il lui en donne une autre parce que l'appareil d'air conditionné de la première était trop bruyant et la couleur de la télévision si mauvaise, dit-elle, qu'on avait l'impression que tous les acteurs venaient de manger de la merde et ne tarderaient pas à en crever.

Elle défit ses bagages, se masturba pour atteindre un plaisir sans joie avec un vibro-masseur dont la taille égalait presque celle des carottes mutantes du jardin de Bobbi (ces plaisirs sans joie étaient les seuls qu'elle connaissait ; elle n'avait jamais couché avec un homme, et n'avait pas l'intention de le faire), puis elle prit une douche, se reposa et alla dîner. Elle parcourut la carte en fronçant les sourcils, et découvrit une rangée de dents impitoyables quand le maître d'hôtel vint prendre sa commande.

« Apportez-moi un tas de légumes. Crus, des légumes feuillus.

— Madame veut une sal...

— Madame veut un tas de légumes crus et feuillus. Je me fous du nom que vous leur donnez. Et lavez-les pour enlever la pisse d'insecte. Et apportez-moi tout de suite un sombrero.

— Bien, madame », dit le maître d'hôtel après s'être humecté les lèvres.

Des clients les regardaient. Certains souriaient... mais ceux qui croisèrent le regard d'Anne Anderson cessèrent bien vite. Le maître d'hôtel s'éloignait quand elle le rappela d'une voix forte, égale et imparable.

« Dans un sombrero, il y a du Kahlua et de la crème. De la *crème.* Si vous m'apportez un sombrero avec du lait, mon vieux, je me sers de cette cochonnerie pour vous faire un shampooing. »

La pomme d'Adam du maître d'hôtel montait et descendait comme un singe sur une perche. Il tenta de produire son sourire aristocratique et méprisant, arme de tout bon maître d'hôtel face aux clients vulgaires. Il faut lui accorder que le sourire ne démarra pas mal — jusqu'à ce que les lèvres d'Anne en produisent un qui gela le sien dans l'œuf. Aucune bonhomie dans ce sourire, plutôt un prélude au meurtre.

« Tu ferais mieux de me croire, mon vieux », murmura sœur Anne.

Le maître d'hôtel la crut.

5

A 19 h 30, elle était de retour dans sa chambre. Elle se déshabilla, enfila une robe de chambre, et regarda par sa fenêtre du quatrième étage. En dépit du « Panorama sur la Ville » que semblait promettre son nom, l'hôtel se trouvait dans la lointaine banlieue de Bangor. La vue qui s'offrait à Sœurette, au-delà des quelques lumières du parking, n'était que ténèbres et obscurité. C'était exactement le genre de panorama qu'elle aimait.

Son sac contenait des gélules d'amphétamines. Anne en sortit une, l'ouvrit, versa la poudre blanche sur le miroir de son poudrier, traça une ligne d'un ongle raisonnablement court, et en renifla la moitié. Son cœur se mit immédiatement à faire des sauts de lapin dans son étroite poitrine. Une bouffée de couleur rehaussa son visage blafard. Elle garda le reste pour le lendemain matin. Elle s'était mise à utiliser cet ersatz de cocaïne peu après la première attaque de son père. Maintenant, elle avait découvert qu'elle ne pouvait dormir sans renifler un peu de sa poudre, alors que c'était exactement le contraire d'un sédatif. Quand elle était enfant, toute petite même, sa mère s'était écriée un jour, exaspérée : « Tu n'es vraiment pas faite comme tout le monde ! »

Anne se disait que c'était sans doute exact à l'époque, et que ça l'était resté... mais sa mère n'oserait jamais le lui redire aujourd'hui, naturellement.

Anne jeta un coup d'œil au téléphone, mais détourna

les yeux. Rien qu'à le regarder, elle pensait à Bobbi, à la façon dont elle avait refusé de venir à l'enterrement de leur père. Elle n'avait pas refusé directement mais, comme une lâche qu'elle était, en ne daignant même pas répondre aux efforts de plus en plus pressants d'Anne pour communiquer avec elle. Anne l'avait appelée deux fois dans les vingt-quatre heures qui avaient suivi l'attaque de ce vieux salaud, quand il devint évident qu'il allait défuncter. A l'autre bout, personne n'avait décroché.

Elle avait encore appelé après la mort de leur père — cette fois à 1 h 04 du matin, le 2 août. C'est un ivrogne qui lui avait répondu.

« Passez-moi Roberta Anderson, je vous prie », avait dit Anne.

Elle était debout, toute raide, dans la cabine téléphonique du hall de l'hôpital militaire d'Utica. Sa mère était assise tout près dans un fauteuil en plastique, entourée par une infinité de frères et une infinité de sœurs avec leur infini visage de pomme de terre irlandaise, pleurant, pleurant, pleurant.

« Et tout de suite, avait-elle ajouté.

« Bobbi ? avait dit la voix de l'ivrogne. Vous voulez l'ancienne patronne, ou la Nouvelle-Patronne-Améliorée ?

— Épargnez-moi vos conneries, Gardener. Son père est...

— Vous ne pouvez pas parler à Bobbi pour le moment », interrompit l'ivrogne.

C'était bien Gardener. Elle reconnaissait sa voix maintenant. Anne ferma les yeux. Au téléphone, il n'y avait qu'une seule impolitesse qu'elle détestait plus que de s'entendre couper la parole.

« Elle est dehors dans le hangar avec la police de Dallas, continua Gardener. Ils sont tous en train de devenir encore plus Nouveaux et encore plus Améliorés.

— Dites-lui que sa sœur Anne... »

Clic !

La rage sèche transforma les côtés de sa gorge en papier de verre surchauffé. Elle écarta le combiné de son oreille et le regarda comme s'il s'était changé en serpent et venait de la mordre. Ses ongles étaient blancs et viraient au violet.

L'impolitesse qu'elle détestait le *plus* au téléphone, c'était qu'on lui raccroche au nez.

6

Elle avait rappelé sur-le-champ, mais cette fois, après un long silence, le téléphone avait émis dans son oreille un étrange bruit de sirène. Elle avait raccroché et s'était approchée de sa mère en larmes et de ses parents irlandais.

« Est-ce que tu l'as eue, Sœurette ? demanda la mère à Anne.

— Oui.

— Qu'a-t-elle dit ? demanda-t-elle avec un regard implorant de bonnes nouvelles. Est-ce qu'elle a dit qu'elle viendrait pour l'enterrement ?

— Je n'ai pas pu lui tirer de promesse », dit Anne.

Et soudain toute sa fureur contre Roberta, Roberta qui avait eu la témérité d'essayer de lui échapper, explosa hors de son cœur, mais pas sur le mode strident. Anne n'était jamais ni silencieuse *ni* stridente. Son sourire de requin apparut sur son visage. Les parents qui murmuraient firent silence et regardèrent Anne avec une sorte de malaise. Deux des vieilles dames saisirent leur rosaire.

« En fait, corrigea Anne, elle a *dit* qu'elle était ravie que ce vieux salaud soit mort. Ensuite, elle a ri. Et puis elle a raccroché. »

Il y eut un instant de silence stupéfait avant que Paula Anderson ne presse ses mains sur ses oreilles et ne se mette à crier.

7

Anne n'avait jamais douté, du moins au début, que Bobbi viendrait à l'enterrement. *Anne* avait décidé qu'elle y viendrait, et il en serait ainsi. Anne obtenait toujours ce qu'elle voulait. C'était ce qui rendait le monde si beau pour elle, et c'était ainsi que les choses devaient être. Quand Roberta viendrait, elle aurait à s'expliquer sur le mensonge d'Anne — non pas devant leur mère, qui serait trop pathétiquement heureuse de la voir pour y faire allusion (et même probablement pour s'en souvenir), mais certainement devant l'un des oncles irlandais. Bobbi nierait, alors l'oncle irlandais laisserait probablement tomber — sauf si l'oncle irlandais était très ivre, ce qui n'était jamais un mauvais pari à prendre avec les frères de Maman, mais tous se souviendraient de la déclaration d'Anne, et pas des dénégations de Bobbi.

C'était bien. Très bien, même. Mais pas suffisant. Il était temps, plus que temps, que Roberta revienne à la maison. Pas seulement pour l'enterrement, pour de bon.

Elle y veillerait. Faites confiance à Sœurette.

8

Cette nuit-là, au Cityscape, le sommeil eut quelque mal à emporter Anne, en partie parce qu'elle dormait dans un lit étranger, en partie à cause du murmure des téléviseurs des autres chambres qui ne lui permettait pas d'oublier qu'elle était entourée d'autres gens, qu'elle n'était qu'une abeille parmi d'autres essayant de dormir dans un des alvéoles carrés et non hexagonaux de cette ruche bourdonnante, en partie parce qu'elle savait que, le lendemain, elle aurait une dure journée. Mais ce qui l'empêchait de dormir, c'était surtout sa rage rentrée, depuis qu'on l'avait contrariée. C'était là ce qu'elle haïssait par-dessus tout, le reste n'était que petites gênes sans importance. *Bobbi* l'avait contrariée. Jusqu'à présent, elle avait réussi à se dérober, à lui échapper complètement, ce qui avait rendu indispensable ce voyage stupide alors que régnait ce que les météorologues appelaient la pire vague de chaleur qu'ait connue la Nouvelle-Angleterre depuis 1974.

Une heure après avoir menti à sa mère et à ses tantes et oncles irlandais au sujet de Bobbi, elle avait à nouveau essayé de téléphoner, des pompes funèbres, cette fois. Sa mère était depuis longtemps rentrée à la maison, soutenue par sa sœur Betty, et Anne supposait qu'elle était en train de boire ce bordeaux dégueulasse qu'elle et cette conne aimaient tant, en train de gémir sur le mort pendant qu'elles se pintaient. Elle n'obtint rien de mieux que le son de sirène. Elle passa par l'opératrice et signala que la ligne était en dérangement.

« Je veux que vous vérifiiez, que vous trouviez la panne et que vous veilliez à ce qu'elle soit réparée, dit Anne. Il y a eu un décès dans la famille, et il faut que je joigne ma sœur dès que possible.

— Bien, madame. Pouvez-vous me donner votre numéro...

— J'appelle des pompes funèbres. Je vais choisir un cercueil pour mon père et aller me coucher. Je rappellerai demain matin. Assurez-vous que je pourrai joindre ce numéro à ce moment-là, très chère. »

Elle raccrocha et se tourna vers l'employé des pompes funèbres.

« Une boîte en pin, dit-elle. La moins chère que vous ayez.

— Mais, mademoiselle Anderson, je suis certain que vous préféreriez réfléchir...

— Je ne veux réfléchir à *rien*, aboya Anne qui sentait les pulsations prémonitoires signalant le début de l'une de ses fréquentes migraines. Je prends la boîte en pin la moins chère que vous ayez et je fous le camp d'ici. Ça pue la mort.

— Mais..., tenta l'employé, stupéfait, mais est-ce que vous ne voulez pas voir...

— Je verrai quand il sera dedans, dit Anne en sortant son carnet de chèques de son sac. Combien ? »

9

Le lendemain matin, le téléphone de Bobbi fonctionnait, mais personne ne répondit. Il sonna en vain toute la journée, et Anne s'énerva de plus en plus. Vers quatre heures de l'après-midi, en pleine heure de pointe des visites de condoléances dans la pièce adjacente, elle avait appelé les renseignements et déclaré à l'opératrice qu'elle voulait le numéro du poste de police de Haven.

« C'est que... il n'y a pas de *poste* de police à Haven, mais nous avons le numéro du constable. Est-ce que ça...

— Ouais. Donnez-le-moi. »

L'opératrice s'exécuta. Anne appela. Le téléphone sonna... sonna... sonna. La sonnerie était exactement semblable à celle qu'elle entendait quand elle appelait la maison où son insignifiante sœur se cachait depuis treize ans environ. On aurait presque pu croire que c'était le même appareil qui sonnait.

Elle nourrit un instant cette idée avant de l'écarter. Consacrer ne serait-ce qu'un moment à ce genre de pensée paranoïaque lui ressemblait si peu que cela la rendit encore plus furieuse. Si la sonnerie avait le même timbre, c'était parce que leur petite compagnie du téléphone merdique du fond des bois distribuait le même type d'équipement dans tout le village.

« Est-ce que tu l'as eue ? demanda timidement Paula en passant la tête dans l'entrebâillement de la porte.

— Non. *Elle* ne répond pas, le *constable* ne répond pas. J'ai l'impression que tout ce foutu village est parti pour les Bermudes, nom de Dieu ! s'exclama-t-elle en soufflant sur une boucle de cheveux qui s'était collée à son front en nage.

— Peut-être que si tu appelais des amis à elle...
— Quels amis ? Cet ivrogne avec qui elle traîne ?
— Sœurette ! Tu ne sais pas...
— Je sais qui a répondu au téléphone la seule fois où on ait décroché, répliqua-t-elle méchamment. Avec ce que j'ai connu dans cette famille, je sais très bien si un homme est ivre, rien qu'au son de sa voix. »

Sa mère ne répondit rien ; elle était réduite à un silence tremblant et mouillé de larmes, une main tenant le col de sa robe noire, et c'était exactement comme ça qu'Anne aimait la voir.

« Non, il est là, et ils savent tous deux que j'essaie de les appeler. Et pourquoi. Et ils vont regretter de s'être foutus de moi.
— Sœurette, j'aimerais vraiment que tu n'emploies pas un tel lang...
— *Ta gueule !* » hurla Anne.

Sa mère se tut, naturellement.

Anne reprit le combiné. Cette fois, quand elle eut composé le numéro des renseignements, elle demanda le numéro du maire de Haven. Ils n'avaient rien de tel non plus, dans ce bled. Mais il existait un type qui portait le titre d'administrateur, ou Dieu sait quoi.

Petits claquements étouffés, grattements de griffes de rat sur une plaque de verre, l'opératrice recherchait le numéro sur l'écran de son ordinateur. Paula Anderson s'était enfuie. De la pièce voisine parvenaient à Anne les sanglots et les gémissements théâtraux du deuil irlandais. Comme un V-2, se dit Anne ; les veillées funèbres irlandaises marchent elles aussi au carburant liquide, et dans les deux cas, le liquide est le même. Anne ferma les yeux. Sa tête la faisait souffrir. Elle grinça des dents, ce qui produisit un goût métallique et amer. Elle ferma les yeux et imagina comme ce serait bon, comme ce serait merveilleux de pratiquer un peu de chirurgie esthétique avec ses ongles sur le visage de Bobbi.

« Êtes-vous toujours là, très chère, demanda-t-elle

sans ouvrir les yeux, ou bien êtes-vous soudain partie aux toilettes ?

— Oui, j'ai un...

— Donnez-le-moi. »

L'opératrice était partie. Un robot récita un numéro d'une curieuse voix heurtée et saccadée. Anne le composa. Elle s'attendait à n'obtenir aucune réponse, mais on décrocha rapidement.

« Newt Berringer à l'appareil.

— Ah ! Ça fait plaisir de savoir qu'il y a *quelqu'un*. Je m'appelle Anne Anderson. Je vous appelle d'Utica, New York. J'ai tenté de joindre votre constable, mais apparemment il est parti à la pêche.

— Il s'agit d'une dame, mademoiselle Anderson, dit Berringer d'une voix calme. Elle est morte accidentellement le mois dernier et n'a pas encore été remplacée. Elle ne le sera probablement pas avant la prochaine assemblée municipale. »

Cela n'arrêta Anne qu'un instant. Autre chose l'intéressait davantage dans ce qu'elle venait d'entendre.

« *Mademoiselle* Anderson ? Comment savez-vous que je suis une demoiselle, monsieur Berringer ?

— Vous n'êtes pas la sœur de Bobbi ? répondit immédiatement Berringer. Dans ce cas, si vous étiez mariée, vous ne vous appelleriez pas Anderson, hein ?

— Alors, vous connaissez Bobbi ?

— A Haven, tout le monde connaît Bobbi, mademoiselle Anderson. C'est notre célébrité locale. Nous sommes très fiers d'elle. »

Cette déclaration traversa la cervelle d'Anne comme un éclat de verre. *Notre célébrité locale. Ô doux Jésus !*

« Parfait. J'essaie de la joindre au moyen de ce que vous appelez un téléphone, dans vos riantes campagnes, pour lui dire que son père est mort hier et qu'il va être enterré demain. »

Puisque cet officiel sans visage connaissait Bobbi, Anne s'attendait à quelque réaction conventionnelle de sa part, mais il n'en eut aucune.

« On a eu des ennuis avec les lignes, par chez elle », se contenta-t-il d'expliquer.

Anne fut à nouveau momentanément désarçonnée (*très* momentanément — Anne ne restait jamais désarçonnée bien longtemps). La conversation ne progressait pas comme elle s'y était attendue. Les réponses de l'homme étaient un peu étranges, trop réservées, même pour un Yankee. Elle essaya de se le représenter, mais n'y parvint pas. Il y avait quelque chose de curieux dans sa voix.

« Est-ce que vous pourriez obtenir qu'elle me rappelle ? Notre mère pleure toutes les larmes de son corps dans la pièce à côté, elle est effondrée, et si Roberta n'arrive pas à temps pour l'enterrement, je crois qu'elle ne s'en remettra jamais.

— Je ne peux pas la forcer à vous rappeler, mademoiselle Anderson, vous le comprenez bien, répondit Berringer d'une voix lente particulièrement crispante. C'est une adulte. Mais je peux en tout cas lui transmettre le message.

— Je pourrais vous donner mon numéro, dit Anne entre ses dents serrées. On est toujours au même endroit, mais elle appelle si rarement, ces temps-ci, qu'elle l'a peut-être oublié. C'est...

— Inutile, interrompit Berringer. Si elle ne s'en souvient pas, ou si elle ne l'a pas écrit quelque part, elle demandera aux renseignements. C'est bien comme ça que vous avez eu le mien ? »

Anne détestait le téléphone parce qu'il ne laissait passer qu'une fraction de toute la force de sa personnalité. Elle se dit que jamais elle ne l'avait autant haï qu'à ce moment-là.

« Écoutez ! cria-t-elle. Je ne crois pas que vous compreniez que...

— Je crois que si, dit Berringer, l'interrompant pour la deuxième fois en moins de trois minutes de conversation. J'irai la voir avant le dîner. Merci de votre appel, mademoiselle Anderson.

— Écoutez... »

Avant qu'elle ne pût continuer, il fit ce qu'elle haïssait le *plus*.

Anne raccrocha, imaginant quelle joie elle éprouverait à regarder le connard auquel elle venait de parler se faire dévorer vivant par des chiens sauvages.

Elle grinçait furieusement des dents.

10

Bobbi ne la rappela pas cet après-midi-là. Ni au début de la soirée, alors que le V-2 de la veillée funèbre entrait dans l'alcoolosphère. Ni plus tard, quand il se mit sur orbite. Ni dans les deux heures qui suivirent minuit, alors que les derniers pleureurs, les yeux chassieux, titubaient jusqu'à leur voiture, avec laquelle ils allaient mettre en péril la vie d'autres conducteurs en rentrant chez eux.

Dans son lit, Anne resta presque toute la nuit raide comme une baguette et les yeux grands ouverts, reliée à sa poudre d'amphétamines comme une bombe à son détonateur, grinçant des dents quand elle ne s'enfonçait pas les ongles dans les paumes, tirant les plans de sa revanche.

Tu vas revenir, Bobbi, oh oui, tu vas revenir. Et quand tu reviendras...

Comme, le soir suivant, Bobbi n'avait toujours pas appelé, Anne repoussa l'enterrement, en dépit des faibles gémissements de sa mère qui pensait que ce n'était pas correct. Finalement, Anne se retourna brusquement vers elle et lâcha :

« C'est moi qui décide ce qui est correct et ce qui ne l'est pas. Il serait correct que cette petite putain soit ici, et elle n'a même pas pris la peine d'appeler. Fiche-moi la paix ! »

Sa mère s'éclipsa furtivement.

Cette nuit-là, Anne essaya de nouveau de téléphoner à

Bobbi, puis au bureau de l'administrateur du village. Au premier numéro, le bruit de sirène était revenu. Au second, elle tomba sur un répondeur. Elle attendit patiemment le signal sonore et dit :

« C'est à nouveau la sœur de Bobbi, monsieur Berringer, qui vous souhaite cordialement d'être atteint d'une syphilis qui ne sera pas diagnostiquée avant que votre nez tombe et que vos couilles deviennent toutes noires. »

Elle rappela les renseignements et demanda trois numéros à Haven : le numéro personnel de Newt Berringer, celui d'un Smith (« *n'importe quel* Smith, ma chère, ils sont tous parents, à Haven »), et celui d'un Brown (en vertu de l'ordre alphabétique, le numéro qu'on lui indiqua en réponse à cette dernière demande fut celui de Bryant). A chaque numéro, seul le hurlement de la sirène lui répondit.

« *Merde !* » cria Anne.

Et elle jeta le téléphone contre le mur.

A l'étage, dans son lit, sa mère tremblait et espérait que Bobbi ne viendrait pas... du moins pas tant qu'Anne ne serait pas de meilleure humeur.

11

Elle avait encore repoussé l'enterrement d'un jour.

Les parents commençaient à grommeler, mais Anne s'en moquait complètement, merci. Le directeur des pompes funèbres la dévisagea et décida que le vieil Irlandais pouvait bien pourrir dans sa boîte de pin, il ne s'en mêlerait pas. Si Anne, qui passa toute la journée au téléphone, l'avait entendu raisonner, elle l'aurait félicité de cette sage décision. Sa fureur renversait toutes les bornes jamais atteintes. Maintenant, *tous* les téléphones de Haven semblaient en dérangement.

Elle ne pouvait reporter encore l'enterrement, et elle le savait. Bobbi avait gagné cette bataille. D'accord. Qu'il en soit ainsi. Mais elle n'avait pas gagné la guerre.

Oh, non ! Si elle le croyait, la pauvre garce ne savait pas ce qui l'attendait — rien que de très douloureuses nouvelles.

Anne acheta les billets d'avion avec colère mais confiance ; un New York/Bangor... et deux Bangor/New York.

12

Elle devait prendre l'avion pour Bangor le lendemain — c'était la date indiquée sur son billet — mais son idiote de mère était tombée dans l'escalier et s'était cassé le col du fémur. Sean O'Casey a dit un jour que vivre avec des Irlandais, c'est participer continuellement à une fête des fous ; et comme il avait raison ! Les cris de sa mère parvinrent à Anne dans la cour où, sur une chaise longue, elle prenait le soleil et peaufinait sa stratégie pour garder Bobbi à Utica une fois qu'elle l'aurait ramenée. Sa mère était étendue au pied de l'étroit escalier, la jambe pliée selon un angle monstrueux, et Anne se dit tout d'abord qu'elle laisserait bien cette stupide vieille bique par terre jusqu'à ce que l'effet anesthésiant du bordeaux se dissipe. La nouvelle veuve sentait l'outre à vin.

Folle de rage et de déception, Anne comprit qu'il lui fallait modifier tous ses projets, et elle se demanda même si sa mère n'avait pas eu cet accident à dessein — si elle ne s'était pas soûlée pour se donner du courage et si, loin de *tomber*, elle ne s'était pas *jetée* dans l'escalier. Pourquoi ? Pour protéger Bobbi, bien sûr.

Mais tu n'y arriveras pas, s'était dit Anne en gagnant le téléphone. *Tu n'y arriveras pas. Quand je veux quelque chose, quand j'ai* décidé *quelque chose, cette chose* arrive. *Je vais aller à Haven et, là-bas, tout renverser sur mon passage. Je vais ramener Bobbi, et ils se souviendront de moi très longtemps. Surtout ce péquenot prétentiard qui m'a raccroché au nez.*

Elle saisit le combiné et, d'un doigt rapide, irrité et crochu, appela le SAMU dont le numéro était collé sur le téléphone depuis la première attaque de son père. Elle grinçait des dents.

13

Anne ne put donc partir avant le 9 août. Et Bobbi n'appela pas. Anne n'essaya plus de la joindre, ni son enculé d'alcoolique de Troie, ni ce connard d'administrateur. Il semblait que le poivrot s'était installé chez Bobbi pour pouvoir baiser à plein temps. Bien. Qu'ils croient tous deux qu'elle avait renoncé ! C'était parfait.

Et elle était à l'hôtel Cityscape de Bangor où elle dormait mal... en grinçant des dents.

Elle avait toujours grincé des dents. Si fort parfois qu'elle réveillait sa mère... et même son père, qui avait un sommeil de plomb. Sa mère avait signalé ce phénomène au médecin de famille quand Anne avait trois ans. Ce cher docteur, un vénérable généraliste du nord de l'État de New York avec qui le Dr Warwick aurait eu beaucoup d'affinités, parut surpris. Il réfléchit un moment, puis il dit :

« Je pense que vous devez vous tromper, madame Anderson.

— Alors, c'est contagieux, avait répondu Paula. Mon mari l'entend, lui aussi. »

Ils avaient regardé Anne, occupée à monter une tour de cubes. Elle travaillait avec une sombre concentration, sans un sourire. Alors qu'elle posait le sixième cube, la tour s'effondra... et elle recommença son travail. Alors, ils entendirent tous deux Anne grincer des dents, ses petites dents de lait.

« Elle le fait aussi en *dormant* ? » avait demandé le docteur.

Paula avait hoché la tête.

« Ça lui passera sûrement, avait assuré le docteur. C'est sans danger. »

Mais, naturellement, ça ne lui passa jamais, et ce n'était pas sans danger ; c'était une maladie appelée bruxisme qui, comme les crises cardiaques, les attaques d'apoplexie et les ulcères, affecte souvent les gens énergiques et sûrs d'eux. La première dent de lait qu'Anne perdit était incroyablement érodée. Ses parents le remarquèrent... puis oublièrent. Déjà, à cette époque, la personnalité d'Anne s'affirmait par d'autres biais beaucoup plus voyants et étonnants. A six ans et demi, elle avait déjà une façon indéfinissable de diriger la famille Anderson. Et ils s'étaient tous habitués au grincement ténu mais assez effrayant des dents d'Anne dans la nuit.

Quand Anne eut neuf ans, le dentiste de la famille remarqua que le problème ne se réglait pas : il empirait. Mais il ne s'y attaqua pas avant qu'Anne ait quinze ans et que son habitude commence à lui occasionner des douleurs insupportables : elle avait érodé ses dents jusqu'aux nerfs. Le dentiste l'équipa d'un appareil dentaire de protection en caoutchouc qui venait s'interposer entre ses dents et qu'elle mettait la nuit, puis d'un appareil semblable en matière acrylique. Quand elle eut dix-huit ans, on couronna presque toutes ses dents, tant supérieures qu'inférieures. Les Anderson ne pouvaient guère financer une telle opération, mais Anne insista. C'était leur faute si le problème n'avait pas été résolu plus tôt, et elle n'était pas disposée à laisser son radin de père lui dire, le jour de sa majorité : « Tu es adulte, maintenant, Anne. C'est *ton* problème. Si tu veux des couronnes, *tu* les paies. »

Elle voulait de l'or, mais c'était vraiment trop cher pour eux.

Après ça, pendant des années, les rares sourires d'Anne possédèrent un très étonnant aspect rutilant et mécanique. Les gens craignaient souvent ce sourire. Elle se réjouissait de ces réactions, et quand elle avait vu le méchant Jaws dans un James Bond, elle avait ri à s'en faire éclater la rate, au point que cette explosion de joie, tout à fait inhabituelle pour elle, l'avait étourdie et presque rendue malade. Quand le géant avait découvert pour la première fois ses dents d'acier dans un sourire de requin, elle avait compris pourquoi elle effrayait les gens — et regretté d'avoir fait recouvrir le métal d'une jaquette de porcelaine. Elle se dit pourtant qu'il valait peut-être mieux ne pas se dévoiler aussi franchement — il était aussi peu avisé d'étaler sa personnalité dans sa bouche que de porter son cœur en écharpe. Peut-être n'est-il pas indispensable de *montrer* qu'on peut se creuser son chemin avec les dents à travers une porte de chêne massif, tant qu'on sait qu'on le *peut*.

Indépendamment de son bruxisme, Anne avait eu également de nombreuses caries, aussi bien quand elle était enfant qu'à l'âge adulte, en dépit de l'eau fluorée d'Utica et de la très stricte hygiène buccale qu'elle observait (il lui arrivait de se brosser les dents jusqu'à faire saigner ses gencives). Il s'agissait, là encore, davantage d'un révélateur de sa personnalité que d'un problème physiologique. La volonté et le besoin de domination affectent à la fois les parties les plus fragiles du corps humain — l'estomac et les organes vitaux — et les plus dures : les dents. Anne avait toujours la bouche sèche. Sa langue était presque blanche. Ses dents constituaient de petites îles arides. Sans un flot continu de salive pour laver les restes de nourriture, les caries se forment rapidement. En cette nuit où elle dormait d'un sommeil agité à Bangor, Anne avait plus de 340 grammes de plombage dans la bouche. A l'occasion, il arrivait qu'elle déclenche l'alarme des détecteurs de métaux dans les aéroports.

Ces deux dernières années, elle avait commencé à perdre des dents en dépit de ses efforts fanatiques pour les sauver : deux en haut à droite, trois en bas à gauche. Dans les deux cas, elle avait opté pour les prothèses les plus chères du marché, et elle avait fait exécuter le travail à New York. Le chirurgien avait retiré les racines pourries, incisé ses gencives jusqu'à l'os blanc de la mâchoire et implanté de petites vis de titane. Les gencives recousues s'étaient bien cicatrisées (l'os de certaines personnes rejette les implants de métal, mais la mâchoire d'Anne Anderson accueillit le titane sans aucun mal), ne laissant apparaître que deux plots pointus. Les dents artificielles avaient été fixées sur ces ancres de métal après cicatrisation complète de la gencive.

Elle n'avait pas autant de métal dans la tête que Gard (la plaque de Gard déclenchait *toujours* l'alarme des détecteurs de métaux dans les aéroports), mais elle en avait beaucoup.

Elle passa donc sa mauvaise nuit sans savoir qu'elle était membre d'un club extrêmement fermé : celui des gens qui pouvaient entrer dans le Nouveau Haven Amélioré avec une petite chance de survie.

14

Elle partit pour Haven dans sa voiture de location à huit heures le lendemain matin. Elle se trompa de route une fois, mais arriva tout de même à la limite entre Troie et Haven à neuf heures et demie.

Elle s'était éveillée aussi nerveuse et trépignante qu'un pur-sang dansant devant le starting-gate. Mais au cours des vingt ou trente kilomètres la séparant de la commune de Haven — entourée de terres presque vides, de champs mûrs à point dans la chaleur étouffante de l'été —, elle sentit que se retirait d'elle ce merveilleux sentiment d'anticipation qui la faisait se sentir à un fil de ce à quoi elle s'était préparée. Elle commença à avoir mal à la tête. Au début, elle ne ressentit que de petites pulsations, mais elles s'enflèrent rapidement pour se transformer en ces coups lourds et répétés typiques de l'approche de ses migraines.

Elle entra dans la commune de Haven.

A son arrivée au village, elle ne s'accrochait plus au volant que par la force de sa volonté. Ses maux de tête allaient et venaient en vagues nauséeuses. Une fois, elle crut entendre un éclat de musique hideusement déformée sortant de sa bouche, mais c'était sûrement le fait de son imagination, un corollaire de ses maux de tête. Elle avait vaguement conscience que des gens marchaient dans les rues du petit village, mais pas qu'ils se retournaient tous sur son passage pour la regarder, puis se regarder entre eux.

Elle entendait une machine au travail dans les bois, un son lointain et presque onirique.

Sa voiture se mit à zigzaguer sur la route déserte. Elle vit double, triple, puis les images se rassemblèrent péniblement avant de se dédoubler à nouveau.

Du sang commença de sourdre aux commissures de ses lèvres, mais elle ne le remarqua pas.

Elle s'accrochait à une pensée unique : *C'est sur cette route, la Route n° 9, et son nom sera sur la boîte aux lettres. C'est sur cette route, la Route n° 9, et son nom sera sur la boîte aux lettres. C'est sur cette route...*

La route était déserte, Dieu merci ! Haven dormait dans le soleil du matin. Quatre-vingt-dix pour cent du trafic avaient été détournés, maintenant, et c'était une bonne chose pour Anne dont la voiture déviait et zigzaguait, ses roues arrachant tantôt la terre du bas-côté gauche, tantôt celle du bas-côté droit. Elle renversa sans même s'en rendre compte un panneau de signalisation.

Le jeune Ashley Ruvall la vit arriver et mit prudemment sa bicyclette à l'abri à une bonne distance de la route, sur le pâturage nord de Justin Hurd, jusqu'à ce qu'elle soit passée.

(une dame il y a une dame et je ne peux rien entendre d'autre que sa douleur)

Cent voix lui répondirent, le rassurèrent.

(on sait Ashley ça va... chhhut... chhhut)

Ashley sourit, exposant ses gencives roses de bébé.

15

L'estomac d'Anne se révolta.

Sans savoir comment, elle parvint à se garer, à arrêter le moteur et à ouvrir la porte de la voiture, juste avant de restituer la totalité de son petit déjeuner. Elle resta ainsi un moment, les avant-bras sur la fenêtre ouverte de la porte, penchée de guingois vers l'extérieur, sa conscience réduite à une faible étincelle qu'elle ne maintenait allumée qu'à force de volonté. Elle réussit finalement à se redresser et à refermer la porte.

Elle se dit de façon brumeuse et confuse que ce devait être à cause du petit déjeuner. Les migraines, elle savait ce que c'était, mais elle ne vomissait presque jamais. Le petit déjeuner au restaurant de ce nid de cloportes qui prétendait être le meilleur hôtel de Bangor... Ces salauds l'avaient empoisonnée.

Peut-être que je suis en train de mourir... Ô mon Dieu, oui, j'ai vraiment l'impression que je vais mourir ! Mais si je ne meurs pas, je les traînerai en justice, jusqu'à la Cour Suprême. Si je survis, je m'arrangerai pour qu'ils regrettent que leurs mères aient jamais rencontré leurs pères.

C'est peut-être cette idée tonifiante qui lui donna l'énergie de remettre la voiture en marche. Elle se traîna à cinquante à l'heure, cherchant une boîte aux lettres portant le nom d'ANDERSON. Il lui vint alors une idée terrible : et si Bobbi avait effacé son nom de la boîte ? Ce n'était pas si invraisemblable, en y réfléchissant bien. Elle craignait sûrement que Sœurette ne rapplique : cette petite connasse écervelée avait toujours eu peur d'elle. Anne n'était pas en état de s'arrêter à chaque ferme pour demander où trouver Bobbi. De toute façon elle ne pouvait guère attendre de ces péquenots qu'ils l'aident, s'ils étaient tous du même acabit que cet âne auquel elle avait parlé au téléphone. Et...

Pourtant si, une boîte portait son nom : R. ANDERSON. Et derrière, Anne découvrit une maison qu'elle n'avait jamais vue qu'en photo : celle d'oncle Frank. La ferme du vieux Garrick. Un pick-up bleu était garé dans l'allée. C'était bien *l'endroit,* mais la *lumière* n'était pas la bonne. Anne s'en rendit clairement compte pour la première fois en approchant de l'allée. Au lieu d'éprouver le sentiment de triomphe auquel elle s'était attendue — le triomphe d'un prédateur qui a finalement réussi à plaquer au sol sa proie en fuite —, elle ne ressentait que de la confusion, de l'incertitude, et, bien qu'elle ne s'en rendît pas vraiment compte, parce que cela lui était trop étranger, un léger chatouillement de peur.

La *lumière.*

La *lumière* n'était pas la bonne.

Quand elle en prit conscience, d'autres constatations se succédèrent rapidement dans son esprit : elle avait le cou raide, des cercles de sueur fonçaient sa robe sous ses bras et...

Sa main vola jusqu'à son entrejambe. Elle y détecta une trace d'humidité presque sèche, et sentit une légère odeur d'ammoniaque dans la voiture. L'odeur flottait déjà depuis un certain temps, mais sa conscience venait seulement de trébucher dessus.

J'ai pissé dans ma culotte. J'ai pissé dans ma culotte et je suis restée assez longtemps dans cette foutue voiture pour que ce soit presque sec...

(et la lumière, Anne)

La *lumière* n'était pas la bonne. C'était une lumière de crépuscule.

Oh, non ! Il est neuf heures et demie du...

Mais *c'était* une lumière de crépuscule. Impossible de le nier. Elle s'était sentie mieux après avoir vomi, oui... et elle comprit soudain pourquoi. Elle l'avait toujours su, en fait, mais elle attendait seulement de le remarquer, comme les taches de sueur sous les manches de sa robe, ou cette légère odeur d'urine séchée. Elle s'était sentie mieux parce que le temps qui s'était écoulé entre le moment où elle avait refermé la portière et celui où elle avait effectivement fait redémarrer la voiture ne s'était pas compté en secondes ni en minutes, mais en *heures*... Elle avait passé toute cette journée d'été à la chaleur brutale dans le four que constituait sa voiture. Elle était restée dans un état de stupeur proche de la mort, et si, quand elle avait arrêté la Cutlass, elle avait eu toutes les fenêtres de la voiture fermées pour se rafraîchir à l'air conditionné, elle aurait cuit comme une dinde de Noël. Mais ses sinus étaient aussi secs que ses dents, et l'air conditionné des voitures les irritait. Ce problème physiologique, se dit-elle soudain en regardant la vieille ferme de ses yeux grands ouverts et injectés de sang, lui avait probablement sauvé la vie : elle avait roulé avec les quatre fenêtres ouvertes. Sinon...

Elle en vint à une autre idée : elle avait passé la journée dans un état de stupeur proche de la mort, garée sur le bas-côté de la route, *et personne ne s'était arrêté pour voir ce qu'elle avait.* Que personne ne soit passé sur la grande Route n° 9 pendant toutes les heures qui s'étaient écoulées depuis neuf heures et demie du matin lui paraissait impossible à accepter, même en pleine cambrousse. Et, à Cambrousseville, quand on voit que vous avez des ennuis, on ne se contente pas de mettre la pédale au plancher et de continuer sa route, comme des New-Yorkais marchant sur un ivrogne !

Quelle sorte de village est-ce donc, ici ?

Ce chatouillement inhabituel, à nouveau, comme de l'acide chaud dans son estomac.

Cette fois, elle identifia cette sensation. C'était de la peur. Anne la saisit, lui tordit le cou... et la tua. Son frère pointerait peut-être son nez plus tard, mais dans ce cas, elle le tuerait aussi, et tous les frères et sœurs qui suivraient.

Elle entra dans la cour.

16

Anne n'avait rencontré Jim Gardener que deux fois, mais elle n'oubliait jamais un visage. Pourtant, elle reconnut à peine le Grand Poète, même si elle se dit qu'une brise même modérée aurait pu lui apporter son *odeur* à quarante mètres. Il était assis sous le porche, vêtu d'un débardeur et d'un blue-jean, une bouteille de scotch ouverte à la main. Sa barbe de trois ou quatre jours était presque grise et ses yeux injectés de sang. Anne ne le savait pas — et s'en serait moquée — mais Gardener était plus ou moins dans cet état depuis deux jours. Il avait balancé toutes ses nobles résolutions en trouvant les poils de chien sur la robe de Bobbi.

Il regarda la voiture entrer dans la cour (ratant de peu la boîte aux lettres) avec des yeux d'ivrogne que rien ne peut surprendre. Une femme en sortit, tituba et s'accrocha une minute à la porte ouverte.

Oh ! la la ! pensa Gardener. *C'est un oiseau, c'est un avion, c'est Supersalope. Plus rapide qu'une lettre de haine, capable d'atteindre d'un seul bond les membres récalcitrants de la famille.*

Anne claqua la porte. Elle resta immobile un instant, dominant son ombre allongée au sol, et Gardener eut une étrange impression de déjà vu. Elle ressemblait à Ron Cummings, quand Ron était plein comme une outre et se demandait s'il pourrait traverser la pièce.

Anne traversa la cour, s'appuyant d'une main tout le long du pick-up de Bobbi. Arrivée au bout du véhicule, elle s'accrocha immédiatement à la rampe du porche. Elle leva les yeux et, dans la lumière horizontale du soir, Gardener se dit qu'elle paraissait à la fois vieille et sans âge. Elle avait aussi l'air méchant : teint jaune, yeux cernés de noir, son énorme dose de méchanceté l'épuisait et la dévorait en même temps.

Gardener leva sa bouteille, but, eut un haut-le-cœur quand l'alcool le brûla. Il tendit ensuite la bouteille en direction d'Anne :

« Salut, Sœurette ! Bienvenue à Haven. Maintenant que je t'ai tout dit, je te suggère de repartir aussi vite que tu le pourras. »

17

Elle monta sans dommage les deux premières marches, puis trébucha et tomba à genoux. Gardener lui tendit la main. Elle l'ignora.

« Où est Bobbi ?

— Ça n'a pas l'air d'aller, dit Gard. Haven produit ce genre d'effet sur les gens, ces temps derniers.

— Je vais très bien. Où est-elle ? » dit-elle en atteignant enfin le porche où elle le toisa, hors d'haleine.

Gardener montra la maison d'un signe de tête. Un chuintement d'eau leur parvenait d'une des fenêtres ouvertes.

« Elle se douche. Nous avons travaillé dans les bois toute la journée et il faisait ess... *ex*trêmement chaud. Bobbi croit qu'il faut se doucher pour se nettoyer, dit Gardener en levant à nouveau sa bouteille. Moi je me contente de désinfectant. C'est plus rapide et plus agréable.

— Vous puez comme un cochon crevé, remarqua Anne avant de se diriger vers la porte.

— Même si mon nez est indubitablement moins fin que le vôtre, chérie, vous dégagez vous aussi une odeur délicate mais pénétrante, dit Gard. Comment les Français appelleraient-ils ce parfum si particulier ? *Eau de Pisse ?* »

Elle se retourna vers lui, émettant un grondement stupéfait. Les gens — du moins ceux d'Utica — ne lui parlaient pas comme ça. *Jamais.* Mais ils la connaissaient. Le Grand Poète, lui, l'avait indubitablement jugée à l'aune de son sac à sperme, la célébrité locale de Haven. Et il était ivre.

« Bon, dit Gardener, amusé mais aussi un peu mal à l'aise sous son regard incendiaire, c'est vous qui avez abordé le sujet des arômes.

— En effet, dit-elle lentement.

— Peut-être devrions-nous repartir de zéro, dit-il avec la courtoisie d'un ivrogne.

— Et pour quelle raison ? Vous êtes le Grand Poète, l'ivrogne qui a tiré sur sa femme. Je n'ai rien à vous dire. Je suis venue pour Bobbi. »

Bien envoyé, le coup de sa femme. Elle vit le visage de Gard se figer, sa main se serrer autour du goulot de la bouteille. Il sembla momentanément ne plus savoir où il était. Elle lui décocha un charmant sourire. La vacherie de ce con sur l'*Eau de Pisse* avait fait mouche mais, malade ou non, elle se dit qu'elle gagnait quand même aux points.

A l'intérieur, on arrêta la douche. Et — peut-être n'était-ce qu'une intuition — Gardener sentit clairement que Bobbi écoutait.

« Vous avez toujours aimé opérer sans anesthésie, dit-il à Anne. J'imagine que jusqu'à maintenant je n'avais rien subi de plus grave que de la chirurgie exploratoire, hein ?

— C'est possible.

— Pourquoi maintenant ? Au bout de tant d'années. Pourquoi avez-vous choisi *maintenant* ?

— Ça ne vous regarde pas.

— *Bobbi* me regarde. »

Ils se faisaient face. Elle le transperça de ses yeux, attendant qu'il baisse les siens. Il ne le fit pas. Anne se dit soudain que si elle essayait d'entrer dans la maison sans en dire plus, il pourrait s'y opposer physiquement. Ça ne le mènerait pas bien loin, mais il serait peut-être plus simple de répondre à sa question. Qu'est-ce que ça pouvait bien faire ?

« Je suis venue chercher Bobbi pour la ramener à la maison. »

Silence.

Il n'y a pas de criquets.

« Laissez-moi vous donner un conseil, sœur Anne.

— Inutile. On n'accepte ni les bonbons des étrangers, ni les conseils des ivrognes.

— Faites exactement ce que je vous ai dit quand vous êtes descendue de voiture. Partez. Tout de suite. *Partez !* En ce moment, il ne fait pas bon traîner par ici. »

Elle lut dans les yeux de Jim Gardener quelque chose de désespérément honnête, qui de nouveau lui fit éprouver ce frisson et cette inhabituelle confusion. On l'avait laissée toute la journée inconsciente dans sa voiture, sur le bas-côté de la route. Quelle sorte de gens pouvaient bien agir ainsi ?

Mais chaque atome de Super-Anne se dressa, et écrasa ces misérables doutes. Quand elle *voulait* quelque chose, quand elle l'avait *décidé*, cela *arrivait*. Il en avait toujours été ainsi, il en était encore ainsi, et il en serait toujours ainsi, alléluia, amen.

« D'accord, mon vieux, dit-elle. Vous m'avez donné votre conseil, je vais vous donner le mien. Je vais entrer dans cette cahute, et dans moins de deux minutes, un gros paquet de merde viendra s'écraser sur le ventilateur. Je vous suggère d'aller vous balader si vous ne voulez pas être éclaboussé. Posez vos fesses sur un rocher quelque part, et regardez le soleil se coucher, branlez-vous, pondez des vers ou faites tout ce que les Grands Poètes peuvent faire d'autre quand ils contemplent un coucher de soleil. Mais restez en dehors de ce qui va se passer dans cette maison, quoi qu'il arrive. Il s'agit de Bobbi et de moi. Si vous me mettez des bâtons dans les roues, je vous étripe.

— A Haven, vous avez beaucoup plus de chances d'être l'étripée que l'étripeuse.

— Vous me permettrez d'en juger par moi-même », dit Anne en s'approchant de la porte.

Gardener fit une dernière tentative :
« Anne... Sœurette... Bobbi n'est plus la même. Elle...
— Allez vous promener, minus ! » dit Anne en entrant.

18

Les fenêtres étaient ouvertes, mais les rideaux tirés. De temps à autre, une légère brise se levait, aspirant les rideaux dans les ouvertures. Ils ressemblaient alors aux voiles d'un bateau sur une mer calme, des voiles qui faisaient tout ce qu'elles pouvaient, mais retombaient, flasques. Anne renifla et plissa le nez. Beurk ! Ça sentait la cage à singes. Ça ne l'étonnait pas du Grand Poète, mais sa sœur avait été mieux élevée que ça. C'était une vraie porcherie, ici.

« Salut, Sœurette ! »

Elle se retourna. Pendant un instant, Bobbi ne fut qu'une silhouette à contre-jour, et Anne sentit son cœur lui monter dans la gorge parce qu'il y avait quelque chose de curieux dans cette silhouette, quelque chose de totalement *faux*.

Puis elle vit l'auréole blanche du peignoir de sa sœur, entendit l'écoulement de l'eau et comprit que Bobbi sortait juste de sa douche. Elle était nue sous son peignoir. Bon. Mais le plaisir d'Anne n'était pas aussi complet qu'il aurait dû l'être. Son malaise demeurait, sa sensation qu'il y avait quelque chose de totalement *faux* dans la forme qui se dessinait dans l'embrasure de la porte.

En ce moment il ne fait pas bon traîner par ici.

« Papa est mort », dit-elle en plissant les yeux pour mieux voir.

En dépit de ses efforts, Bobbi restait une silhouette floue à la porte de communication entre le séjour et — supposait Anne — la salle de bains.

« Je sais. Newt Berringer m'a appelée pour me le dire. »

Il y avait quelque chose dans sa voix. Une chose plus fondamentalement différente encore que ce que suggérait vaguement sa silhouette. Anne comprit soudain. Elle comprit et ressentit un méchant choc en même temps qu'une forte bouffée de crainte : Bobbi n'avait pas l'air effrayée. Pour la première fois de sa vie, Bobbi n'avait pas l'air d'avoir peur d'elle !

« On l'a enterré sans toi. Ta mère est comme morte, elle aussi, parce que tu n'es pas venue, Bobbi. »

Elle attendit que Bobbi se défende. Il n'y eut que le silence.

Pour l'amour de Dieu, sors de là que je puisse te voir, espèce de lâche !

Anne... Bobbi n'est plus la même...

« Elle est tombée dans l'escalier il y a quatre jours et elle s'est cassé le col du fémur.

— Ah, oui ? demanda Bobbi avec indifférence.

— Tu vas revenir à la maison avec moi, Bobbi ! » dit-elle.

Et elle fut soudain atterrée d'entendre sa voix faible et aiguë alors qu'elle voulait montrer sa force.

« C'est grâce à tes dents que tu as pu entrer, dit Bobbi. Naturellement ! J'aurais dû y penser !

— Bobbi, sors de là, que je puisse te voir !

— Tu le veux vraiment ? demanda Bobbi d'une voix qui avait pris une étrange intonation ironique. Je me demande...

— Arrête de te foutre de moi, Bobbi ! explosa Anne d'une voix vacillante.

— Écoute-moi ça ! Je n'aurais jamais cru que j'entendrais ça de *toi*, Anne. Après toutes ces années où tu t'es foutue de moi... de nous *tous*. Mais d'accord. Si tu insistes. Si tu insistes, c'est parfait. Parfait. »

Anne ne voulait plus voir. Soudain, elle ne voulait plus que fuir, courir loin de cet endroit plein d'ombres, de ce village où on vous laissait évanoui toute une journée au bord de la route. Mais il était trop tard. Elle distingua un mouvement de la main de sa jeune sœur, et la lumière s'alluma juste au moment où le peignoir tombait sur le sol avec un bruit soyeux.

La douche avait enlevé le fond de teint. La tête et le cou de Bobbi étaient transparents et semblables à de la gelée. Sa poitrine, enflée et boursouflée vers l'avant, semblait se fondre en une unique protubérance de chair sans tétons. Anne pouvait apercevoir dans le ventre de Bobbi de petits organes qui ne ressemblaient pas du tout à des organes humains. Un liquide y circulait, mais on aurait dit qu'il était vert.

Derrière le front de Bobbi, elle distinguait la masse frémissante du cerveau.

Bobbi lui offrit son sourire sans dents.

« Bienvenue à Haven, Anne », dit-elle.

Anne se sentit faire un pas en arrière comme dans un rêve spongieux. Elle tenta de crier, mais l'air ne passait pas.

Entre les jambes de Bobbi, un grotesque foisonnement de tentacules ressemblant à des algues sortaient en ondulant de son vagin... ou de l'endroit où se trouvait son vagin, en tout cas. Anne ne pouvait savoir s'il était toujours là où non, et s'en moquait. La vallée profonde qui avait remplacé le sexe de Bobbi suffisait. Ça... et la façon dont les tentacules semblaient pointer vers elle... tenter de *l'atteindre*.

Nue, Bobbi s'avança vers elle. Anne tenta de reculer et se prit les pieds dans un tabouret.

« Non, murmura-t-elle, tentant de s'échapper en rampant. Non... Bobbi... non...

— Ça fait plaisir de t'avoir ici, dit Bobbi sans se départir de son sourire. Je ne comptais pas sur toi... pas du tout... mais je crois qu'on pourra te trouver un boulot. Il reste encore des postes à pourvoir, comme on dit.

— Bobbi... »

Elle parvint à émettre ce dernier murmure terrifié

avant de sentir les tentacules tâter légèrement son corps. Elle sursauta, tenta de s'échapper... mais les tentacules s'enroulèrent autour de ses poignets, les hanches de Bobbi se projetant en avant en un mouvement qui ressemblait à une obscène parodie de copulation.

2

Gardener va se promener

1

Gardener suivit le conseil d'Anne et partit se promener. En fait, il alla jusqu'au vaisseau, dans les bois. C'était la première fois qu'il s'y rendait seul et à la tombée de la nuit. Il ressentit une légère crainte, comme un enfant qui passerait près d'une maison hantée. *Est-ce qu'il y a des fantômes, là-dedans ? Des fantômes d'anciens Tommyknockers ? Ou bien est-ce que les vrais Tommyknockers sont encore là en personne, peut-être en état de vie suspendue, des êtres ressemblant à du café lyophilisé qui n'attend que de se réhydrater ? Et puis qu'étaient-ils, au juste ?*

Il s'assit par terre près de l'abri, et regarda le vaisseau. Au bout d'un moment, la lune se leva et donna à la surface de métal un reflet plus fantomatique encore. Un lustre argenté, étrange et pourtant très beau.

Que se passe-t-il, ici ?

Je ne veux pas le savoir.

On ne peut pas clairement le définir...

Je ne veux pas le savoir.

Hé, arrête ! Qu'est-ce que c'est que ce bruit ? Regardez tous ce qui descend...

Il leva la bouteille, but une grande gorgée, puis la posa au sol, s'allongea et lova sa tête douloureuse dans ses bras. C'est ainsi qu'il s'endormit, dans les bois, près de la courbe gracieuse du rebord du vaisseau.

Il dormit là toute la nuit.

Au matin, il trouva deux dents par terre.

C'est tout ce que je gagne à dormir si près, se dit-il dans un demi-sommeil, mais il y avait au moins une compensation : sa tête ne lui faisait pas du tout mal, alors qu'il avait ingurgité près d'une bouteille de scotch. Il avait déjà remarqué ce phénomène et, mis à part ses autres attributs, le vaisseau — ou la modification de l'atmosphère engendrée par le vaisseau — semblait, de très près, prémunir contre les cuites.

Il ne voulait pas laisser ses dents par terre comme ça. Cédant à un obscur besoin, il les recouvrit de terre. Ce faisant, il se dit à nouveau : *Jouer Hamlet est un luxe que tu ne peux plus t'offrir, Gard. Si tu ne t'engages pas d'un côté ou de l'autre très bientôt — demain au plus tard, je crois —, tu n'auras plus d'autre choix que de te rallier à eux tous.*

Il regarda le vaisseau, pensa au profond ravin qui s'enfonçait sous le flanc doux et intact de l'engin, et se dit à nouveau : *On va bientôt arriver à la trappe, s'il y a une trappe... Et ensuite ?*

Plutôt que d'essayer de répondre, il prit la direction de la maison.

2

La Cutlass d'Anne était partie.

« Où étais-tu, la nuit dernière ? demanda Bobbi à Gardener.

— J'ai dormi dans les bois.

— Tu t'es vraiment cuité ? » s'enquit Bobbi avec une surprenante gentillesse.

Son visage était à nouveau opacifié par le maquillage. Bobbi semblait porter des chemises étonnamment amples, ces derniers jours, et ce matin Gard pensa qu'il en avait compris la raison. Sa poitrine s'étoffait. Ses seins commençaient à ne plus former qu'un monticule au lieu de deux. Gardener pensa aux maniaques du culturisme.

« Pas vraiment. Une ou deux gorgées, et je me suis écroulé. Pas de gueule de bois ce matin. Et aucune piqûre de moustique, dit-il en levant ses bras brun foncé sur le dessus et d'un blanc étrangement vulnérable en dessous. En d'autres temps, je me serais réveillé tellement dévoré par les moustiques que je n'aurais pas pu ouvrir les yeux. Mais c'est fini, tout ça. Plus d'oiseaux non plus. En fait, Roberta, il semble que le vaisseau repousse tout sauf les cinglés comme nous.

— Tu as changé d'avis, Gard ?

— Est-ce que tu te rends compte que tu n'arrêtes pas de me poser la même question ?... Tu as entendu les nouvelles à la radio, hier ? » poursuivit-il en voyant qu'elle ne répondait pas.

Bien sûr que non. Bobbi ne voyait ni n'entendait plus rien, ne pensait plus à rien qui ne soit en rapport avec le vaisseau. Il ne fut pas surpris qu'elle hoche la tête.

« Des troupes se massent en Libye. On se bat encore au Liban. L'armée américaine manœuvre. Les Russes font de plus en plus de foin avec la Guerre des Étoiles. On est toujours assis sur une poudrière. Ça n'a pas changé du tout depuis 1945. Et puis tu découvres un *deus ex machina* dans ta cour, et maintenant tu veux sans arrêt savoir si j'ai changé d'avis sur son utilisation.

— *As-tu* changé d'avis ?

— Non », dit Gard, qui ne savait pas vraiment s'il mentait ou non, mais restait *très* content que Bobbi ne puisse lire dans ses pensées.

Elle ne le peut pas ? Je crois que si. Pas beaucoup, mais plus qu'il y a un mois... de plus en plus chaque jour. Parce que maintenant tu « évolues », toi aussi. Est-ce que tu as changé *d'avis ? Quelle blague : tu n'es même pas capable* d'avoir *un avis !*

Bobbi se désintéressa du problème, apparemment du

moins. Elle se tourna vers le tas d'outils rassemblés au coin du porche. Elle avait oublié une plaque de peau juste sous son oreille droite, remarqua Gardener — à l'endroit même que beaucoup d'hommes oublient quand ils se rasent. Gard comprit avec un sentiment de malaise qu'il pouvait voir à travers Bobbi : sa peau avait changé, elle était devenue une sorte de gelée transparente. Bobbi s'était épaissie et avait rapetissé, ces derniers jours. Et les changements s'accéléraient.

Mon Dieu, se dit-il horrifié mais avec une ironie amère, *est-ce que c'est ce qui arrive quand on se transforme en Tommyknocker? On commence à ressembler à quelqu'un qui s'est trouvé pris dans un gros bordel de catastrophe atomique?*

Bobbi, qui était penchée sur les outils et les ramassait pour les emporter dans ses bras, se tourna rapidement pour regarder Gardener d'un air circonspect.

« Quoi ?

— *J'ai dit : Allons-y, flemmarde!* émit clairement Gardener, et l'expression intriguée et inquiète du visage de Bobbi se transforma en un sourire réticent.

— D'accord. Alors aide-moi à porter ça. »

Non, naturellement, les victimes de rayons gamma ne devenaient pas transparentes comme Claude Rains dans *L'Homme invisible.* Elles ne se mettaient pas à rapetisser tandis que leur corps se tordait et s'épaississait. Mais, oui, elles pouvaient perdre leurs dents, leurs cheveux pouvaient tomber — en d'autres termes, on constatait une sorte d' « évolution » physique dans les deux cas.

Il pensa encore une fois : *Je vous présente le nouveau patron. Pareil que l'ancien.*

Bobbi s'était remise à scruter son visage.

Je suis en train de perdre ma marge de manœuvre. Je la perds très vite...

« *Qu'est-ce* que tu as dit, Gard ?

— J'ai dit : " Allons-y, patron. "

— Ouais, dit Bobbi au bout d'un long moment. La lumière du jour ne durera pas éternellement. »

3

Ils prirent le Tomcat pour gagner les fouilles. Il ne volait pas comme la bicyclette du petit garçon dans *E.T.*; jamais le tracteur de Bobbi ne pourrait s'élever spectaculairement devant la lune, à des dizaines de mètres au-dessus des toits. Mais il évoluait silencieusement à cinquante centimètres du sol, ce qui était très pratique. Ses larges roues tournaient lentement, comme des hélices sur le point de s'arrêter. Cela rendait le trajet beaucoup plus agréable. Gard conduisait, Bobbi debout derrière lui sur le marchepied.

« Ta sœur est partie ? demanda Gard sans avoir besoin de crier tant le moteur du Tomcat ronronnait discrètement.

— Oui, dit Bobbi. Elle est partie. »

Tu n'es toujours pas capable de mentir, Bobbi. Et je crois — je crois vraiment — que je l'ai entendue crier. Juste avant de m'engager sur le chemin forestier, je crois que je l'ai entendue crier. Qu'est-ce qu'il faut pour qu'une prétentieuse, une pure salope, une castratrice comme Sœurette pousse un tel cri ? Jusqu'où faut-il aller ?

Il était facile de répondre à ça : il fallait aller très loin.

« Elle n'a jamais été du genre à savoir s'éclipser avec grâce, dit Bobbi. Ni à laisser aux autres une chance de se montrer gracieux, si elle pouvait l'éviter. Elle était venue pour me ramener à la maison, tu sais... fais attention à cette souche, Gard, elle est très haute. »

Gardener tira le levier du changement de vitesse jusqu'en haut. Le Tomcat s'éleva de quelques centimètres de plus, frôlant le sommet de la grosse souche. L'obstacle une fois passé, Gard relâcha le levier et le Tomcat redescendit, comme avant, à cinquante centimètres du sol.

« Oui, elle est arrivée sur ses grands chevaux, dit Bobbi, comme étonnée. A une époque, elle aurait pu m'embobiner. Mais maintenant, elle n'avait pas la moindre chance. »

Gardener eut un frisson. On pouvait interpréter cette remarque de bien des façons, non ?

« Je m'étonne tout de même qu'il ne t'ait fallu qu'une soirée pour la convaincre, dit Gardener. Je croyais qu'il n'y avait pas pire que Patricia McCardle, mais à côté de ta sœur, Patty ressemble à Annette Funicello.

— Il m'a suffi d'enlever un peu de fond de teint. Quand elle a vu ce qu'il y avait en dessous, elle a hurlé et elle est partie si vite qu'on aurait dit qu'elle avait des fusées sous les pieds. C'était très drôle. »

Plausible. Tellement plausible qu'il eut un mal fou à résister à la tentation de la croire. Sauf qu'il savait que la dame en question aurait été incapable d'aller *où que ce soit* sans aide. Elle pouvait à peine *marcher* sans aide.

Non, se dit Gardener. *Elle n'est jamais partie. Je me demande seulement si tu l'as tuée, ou si elle est dans ce foutu hangar avec Peter.*

« Combien de temps les modifications physiques vont-elles se poursuivre, Bobbi ? demanda Gardener.

— Elles seront bientôt terminées. »

Et Gardener se répéta que Bobbi n'avait jamais su mentir.

« On y est. Gare le Tomcat près de l'abri. »

4

Le soir, ils s'arrêtèrent tôt : la chaleur persistait et ni l'un ni l'autre ne se sentait capable de continuer jusqu'au crépuscule. Ils rentrèrent à la maison, promenèrent leur nourriture dans leur assiette, en mangèrent même un peu. La vaisselle lavée, Gardener dit qu'il allait se promener.

« Ah ? » dit Bobbi en le regardant avec cet air interrogateur et circonspect qui était devenu l'une de ses expressions favorites. Je pensais que tu avais pris assez d'exercice pour aujourd'hui.

— Le soleil est couché, dit Gard d'un ton détaché. Il fait plus frais. Pas de moustiques. Et..., ajouta-t-il en regardant Bobbi dans les yeux, si je m'installe sous le porche, je vais prendre une bouteille. Si je prends une bouteille, je vais me soûler. Si je vais me promener et que je reviens épuisé, peut-être que je me mettrai au lit sans boire, pour une fois. »

C'était vrai... mais une autre vérité se nichait à l'intérieur de la première, comme une poupée russe dans une autre. Gardener regarda Bobbi et attendit de voir si elle allait chercher à découvrir la seconde poupée.

Elle n'en fit rien.

« D'accord, dit-elle, mais tu sais que je me moque de ce que tu bois, Gard. Je suis ton amie, pas ta femme. »

C'est vrai, tu te moques de ce que je bois... Tu m'as même facilité les choses pour que je boive autant que je voulais. Parce que ça me neutralise.

Il longea la Route n° 9, passa devant chez Justin Hurd, et quand il déboucha sur la route de Nista, il tourna à gauche et accéléra le pas, ses bras se balançant avec insouciance. Ce dernier mois de travail l'avait plus endurci qu'il ne l'aurait cru. Il n'y avait pas si longtemps, au bout de trois kilomètres de marche, il n'aurait plus eu de souffle et ses jambes en caoutchouc auraient refusé de le porter.

L'atmosphère restait étrange. Pas le moindre engoulevent pour saluer le crépuscule ; pas un chien pour lui aboyer après ; presque toutes les maisons sans lumière ; pas une lueur instable et bleue de téléviseur à travers les quelques fenêtres allumées.

Peut-on encore s'intéresser aux rediffusions des feuilletons de Barney Miller *quand on est en train d' « évoluer » ?* se dit Gardener.

Quand il arriva à la pancarte annonçant FIN DE LA ROUTE À 200 MÈTRES, il faisait presque complètement nuit, mais la lune montait, et le ciel était très clair. Au bout de la route, il alla jusqu'à la lourde chaîne tendue entre deux poteaux. On y avait suspendu un panneau, maintenant rouillé et qui avait visiblement servi de cible à des tireurs du dimanche, où on pouvait encore lire PASSAGE INTERDIT. Gard enjamba la chaîne et continua son chemin jusqu'à la gravière abandonnée. Sous la lumière de la lune, ses flancs envahis de mauvaises herbes avaient la blancheur de l'os. Le silence donna la chair de poule à Gardener.

Qu'est-ce qui l'avait amené ici ? Sa propre « évolution », supposait-il, quelque chose qu'il avait lu dans l'esprit de Bobbi sans même s'en rendre compte. C'était sans doute ça, parce que ce qui l'avait amené ici était beaucoup plus fort qu'une simple envie.

A sa gauche, une épaisse plaie triangulaire se détachait dans la blancheur du gravier. Il y avait *là* une masse de gravier qu'on avait récemment déplacée. Gardener s'en approcha, accompagné du seul crissement de ses chaussures. Il creusa dans le gravier frais et ne trouva rien, se déplaça, creusa un autre trou, et ne trouva rien, se déplaça, creusa un troisième trou, et ne trouva rien...

Hé ! Une minute.

Ses doigts glissaient sur quelque chose de beaucoup plus lisse qu'une pierre. Il se pencha, entendit les battements de sa tête, mais ne vit rien. Il regretta de ne pas avoir emporté de lampe torche, mais cela aurait davantage encore éveillé les soupçons de Bobbi. Il élargit son trou, laissant les graviers dégringoler la pente.

Il avait dégagé un phare de voiture.

Gardener le regarda avec un curieux amusement macabre. *Alors c'est* ÇA *qu'on ressent quand on trouve quelque chose dans la terre,* se dit-il. *Quand on trouve un objet étrange. Sauf que je n'ai pas trébuché dessus, n'est-ce pas ? Je savais où chercher.*

Il creusa plus vite, remontant la pente et lançant les graviers entre ses jambes comme un chien cherche un os, ignorant sa tête qui battait toujours, ignorant ses mains qui commencèrent par s'égratigner, puis se coupèrent, et se mirent à saigner.

Il parvint à dégager la partie du capot de la Cutlass qui se trouvait juste au-dessus du phare droit, et continua le travail plus vite maintenant qu'il pouvait se mettre debout. Bobbi et ses copains ne s'étaient pas fatigués, pour cet enterrement. Gardener dégagea les graviers à pleines brassées, et finit par les expédier au loin à coups de pied. Les cailloux crissaient et grinçaient sur le métal. Gard avait la bouche sèche. Il remontait vers le pare-brise et, honnêtement, il ne savait pas ce qui valait mieux : voir quelque chose ou ne rien voir.

Ses doigts retrouvèrent une surface douce et lisse. Sans s'autoriser aucune interruption pour réfléchir — l'inquiétant silence du lieu aurait alors pu le décontenancer ; il risquait de s'enfuir —, il dégagea un morceau du pare-brise et regarda à l'intérieur, protégeant ses yeux des reflets de la lune.

Rien.

La Cutlass louée par Anne Anderson était vide.

Ils ont pu la mettre dans le coffre. En fait, tu n'as encore aucune certitude.

Et pourtant il avait l'impression que si. La logique lui disait que le corps d'Anne n'était pas dans le coffre. Pourquoi se seraient-ils donné cette peine ? Quiconque trouverait une voiture neuve enterrée dans une gravière abandonnée aurait des soupçons et fouillerait le coffre... ou alerterait la police qui s'en chargerait.

A Haven, tout le monde s'en moquerait. Ils ont pour l'instant des problèmes plus urgents que de déterrer une voiture dans une gravière. Et si quelqu'un du village la trouvait, jamais il n'appellerait la police. Ce serait attirer des étrangers, et personne ne voulait d'étrangers à Haven cet été-là, n'est-ce pas ? Jamais de la vie !

Donc, elle n'était pas dans le coffre. Simple logique. CQFD.

Peut-être que ceux qui ont fait ça n'avaient pas ta logique imparable, Gard.

Balivernes ! S'il pouvait envisager les choses sous trois angles différents, les Petits Génies de Haven les envisageaient sous *vingt-trois* angles différents. Rien ne leur échappait.

Gardener recula à genoux jusqu'au bord du capot et sauta par terre. Il se rendit compte que ses mains blessées le brûlaient. Il faudrait qu'il prenne de l'aspirine en rentrant, et qu'il essaie de cacher les dégâts à Bobbi demain matin — les gants de travail s'imposeraient. *Toute* la journée.

Anne n'était pas dans la voiture. Où était Anne ? Dans le hangar, naturellement. Dans le hangar. Gardener comprit soudain pourquoi il était venu là : non pas seulement pour confirmer une pensée qu'il avait piquée dans la tête de Bobbi (si c'était ce qu'il avait fait ; son subconscient pouvait simplement s'être fixé sur la gravière parce que c'était l'endroit le plus pratique pour se débarrasser rapidement d'une grosse voiture), mais parce qu'il avait dû s'assurer que c'était le hangar. Il en avait eu *besoin.* Parce qu'il avait une décision à prendre, et il savait maintenant que même le fait d'assister à la transformation de Bobbi en quelque chose d'inhumain n'était pas suffisant pour le contraindre à prendre cette décision. Il avait tellement besoin d'exhumer le vaisseau, de l'exhumer et de le remettre en service, tellement, tellement.

Avant qu'il puisse prendre une décision, il fallait qu'il voie ce qu'il y avait dans le hangar de Bobbi.

5

Sur le chemin du retour, il s'arrêta dans la lumière froide et luisante de la lune, frappé par une interrogation : Pourquoi s'étaient-ils donné la peine de cacher la voiture ? Parce que l'agence de location déclarerait sa disparition et que d'autres policiers viendraient à Haven ? Non. Les gens de Hertz ou d'Avis pouvaient très bien ne pas même *savoir* que la voiture manquait à l'appel avant des jours, et il faudrait plus longtemps encore avant que les flics n'établissent le rapprochement entre Anne et sa famille de Haven. Une semaine au moins, plutôt deux. Et Gardener se dit que d'ici là, Haven ne s'inquiéterait plus des interférences du monde extérieur, quoi qu'il arrive, une fois pour toutes.

Alors, à qui voulaient-ils cacher la voiture ?

A toi, Gard. Ils l'ont cachée pour que tu ne la voies pas. Ils ne veulent toujours pas que tu saches de quoi ils sont capables pour se protéger. Ils ont caché la voiture, et Bobbi t'a dit qu'Anne était partie.

Il rentra en retournant son dangereux secret dans sa tête comme un joyau.

3

La trappe

1

L'événement se produisit deux jours plus tard, alors que Haven somnolait, écrasé par le soleil brûlant d'août. Un temps de chien, bien que, naturellement, il n'y eût plus de chiens à Haven — sauf peut-être dans le hangar de Bobbi Anderson.

Gard et Bobbi se trouvaient au fond de la tranchée qui atteignait maintenant cinquante mètres de profondeur. La coque du vaisseau formait un des côtés de cette excavation, et l'autre côté, derrière le filet métallique qui le quadrillait, montrait une coupe du sol avec la terre, l'argile, le schiste, le granit et la roche aquifère spongieuse. Un géologue aurait adoré ça. Ils étaient vêtus de jeans et de sweat-shirts. La chaleur était étouffante à la surface, mais au fond, il faisait presque froid. Gardener avait l'impression d'être un insecte s'agitant sur le flanc d'un distributeur d'eau fraîche. Il portait sur la tête un casque de chantier muni d'une lampe électrique fixée par un ruban adhésif argenté. Bobbi lui avait recommandé de n'utiliser la lampe que lorsque c'était indispensable : ils manquaient de piles. Il s'était bourré les oreilles de coton. Il utilisait un marteau piqueur pour briser les plus gros morceaux de roche. Bobbi en faisait autant à l'autre bout de la tranchée.

Gardener lui avait demandé ce matin-là pourquoi il fallait qu'ils creusent à la main.

« Je préférais les radios explosives, ma vieille Bobbi. Moins fatigant et moins douloureux pour ma cervelle, tu comprends ? »

Bobbi ne sourit pas. Il semblait qu'elle perdait son sens de l'humour au même rythme que ses cheveux.

« On est trop près, maintenant, dit-elle. Avec des explosifs, on pourrait endommager quelque chose d'important.

— La trappe ?

— La trappe. »

Gardener avait mal aux épaules, et la plaque dans sa tête le faisait aussi souffrir — c'était probablement psychique, puisque le métal lui-même ne pouvait provoquer de douleur, mais il en avait néanmoins l'*impression* quand il était là, en bas — et il espérait que Bobbi ne tarderait pas à donner le signal de la pause-déjeuner.

Il laissa le marteau piqueur grignoter son chemin en grognant vers le vaisseau, sans vraiment se soucier d'éviter la surface argentée mais terne. Il savait pourtant qu'il lui fallait veiller à ce que le fleuret du marteau ne frappe pas trop fort le métal s'il ne voulait pas qu'il rebondisse et lui arrache un pied. Le vaisseau se montrait aussi invulnérable aux brutales caresses du marteau piqueur qu'il l'avait été aux explosifs que Gard et ses « aides » avaient utilisés. Du moins ne risquaient-ils pas d'endommager leur bien.

Le marteau piqueur toucha la surface du vaisseau et soudain son bruit tonnant et régulier de mitraillette se transforma en cri suraigu. Gard crut voir de la fumée sortir du nuage vibrant à l'extrémité du fleuret. Il y eut un claquement. Quelque chose siffla au-dessus de sa tête. Tout était arrivé en moins d'une seconde. Il arrêta le marteau piqueur et constata que le bout du fleuret avait disparu. Il n'en restait qu'un moignon difforme.

Gardener se retourna et vit, enfoncé dans la roche, le morceau de métal qui lui avait frôlé la tête. Il avait tranché net une maille du filet argenté. Ce n'est qu'alors que Gard comprit à quoi il avait échappé, et que ses genoux décidèrent de se plier et de le jeter à terre.

Ça m'a raté d'un putain de cheveu! Sainte Mère de Dieu!

Il essaya d'arracher le fleuret de la roche, et crut tout d'abord qu'il n'y parviendrait pas. Mais il le secoua de droite et de gauche, et le bout de métal se mit à bouger sous ses efforts. *C'est comme arracher une dent d'une gencive,* se dit-il, et un éclat de rire hystérique lui échappa.

Il libéra le bout du fleuret. Il avait le diamètre d'une balle de 45, peut-être un peu moins.

Soudain, Gard eut l'impression qu'il allait s'évanouir. Il posa un bras sur la pente couverte du filet métallique et y reposa sa tête. Il ferma les yeux et attendit que le monde parte, ou revienne. Il se rendit vaguement compte que Bobbi avait elle aussi arrêté son engin.

Le monde commençait à revenir... et Bobbi le secouait.

« Gard ? Gard, qu'est-ce qui ne va pas ? »

Il perçut une sincère inquiétude dans sa voix. En l'entendant, il ressentit une absurde envie de pleurer. C'est qu'il était très fatigué.

« J'ai failli être tué par un fleuret de marteau piqueur calibre 45 dans la tête, dit Gardener. Disons 357 Magnum, plutôt.

— Qu'est-ce que tu racontes ? »

Gardener lui tendit le fragment qu'il avait extrait de la paroi rocheuse. Bobbi le regarda et siffla :

« Doux Jésus !

— Je crois que Lui et moi venons de nous rater. C'est la deuxième fois que j'ai failli être tué dans ce trou à rats. La première, c'était quand ton ami Enders a presque oublié de me remonter alors que j'avais mis en place une des radios explosives.

— Ce n'est pas un de mes amis, dit Bobbi d'un air lointain. Je l'ai toujours trouvé complètement con...

Gard, comment est-ce arrivé ? Qu'est-ce que tu as touché ?

— Un rocher, bien sûr ! Qu'est-ce qu'il y a d'autre à toucher, ici ?

— Est-ce que tu étais très près du vaisseau ? demanda Bobbi soudain très excitée, presque fiévreuse, même.

— Oui, mais j'ai déjà frôlé le vaisseau avec le fleuret. Il a seulement rebon... »

Mais Bobbi ne l'écoutait plus. A genoux contre le vaisseau, elle creusait les éboulis de ses doigts.

On aurait dit que ça fumait, se dit Gardener. *Ça...*

C'est là, Gard ! Enfin !

Il fut à côté d'elle avant de se rendre compte qu'elle n'avait pas parlé à haute voix. Gardener avait lu dans ses pensées.

2

Quelque chose est là, en effet, se dit Gardener.

En écartant le rocher que le marteau piqueur de Gardener avait effrité juste avant que le fleuret explose, Bobbi avait découvert, enfin, une ligne dans la coque lisse du vaisseau : une seule ligne sur toute cette immense surface unie. En la regardant, Gardener comprit l'excitation de Bobbi. Il tendit la main.

« Il vaut mieux ne pas y toucher, dit-elle brutalement. Souviens-toi de ce qui est déjà arrivé.

— Fiche-moi la paix », dit Gardener.

Il repoussa la main de Bobbi et toucha la rainure. Il entendit de la musique dans sa tête, mais une musique étouffée, et qui diminua rapidement. Il eut l'impression de sentir ses dents vibrer rapidement dans ses gencives, et se dit qu'il en perdrait d'autres pendant la nuit. Ça n'avait pas d'importance. Il voulait toucher ; il toucherait. C'était le moyen d'entrer ; jamais ils n'avaient été aussi près des Tommyknockers et de leur secret ; c'était le premier véritable signe que cette chose ridicule n'était pas d'un seul bloc — une idée qu'il avait *eue* : quelle blague cosmique *cela* aurait été ! Toucher la rainure, c'était comme toucher une matérialisation de la lumière des étoiles.

« C'est la trappe, dit Bobbi. Je *savais* qu'elle était là !

— Nous y sommes arrivés ! dit Gard en lui souriant.

— Ouais, nous y sommes arrivés ! Comme tu as bien fait de venir, Gard ! »

Bobbi le serra dans ses bras... et quand Gardener sentit les mouvements de méduse de sa poitrine et de son torse, une nausée monta en lui. La lumière des étoiles ? Les étoiles étaient peut-être en train de le toucher en ce moment même.

Il camoufla immédiatement cette pensée, et il crut y avoir réussi, que Bobbi n'en avait rien perçu.

Un pour moi, se dit-il.

« Quelle taille crois-tu qu'elle ait ?

— Je ne sais pas exactement. Je pense qu'on pourra la dégager aujourd'hui. Ce serait le mieux. Le temps commence à nous manquer, Gard.

— Que veux-tu dire ?

— L'air a changé, à Haven. C'est ça qui en est responsable, dit Bobbi en frappant la coque de la deuxième articulation de ses doigts, produisant un son de cloche étouffé.

— Je sais.

— Ça rend les gens malades quand ils arrivent. Tu as bien vu Anne.

— Oui.

— Elle était en partie protégée par ses dents plombées. Je sais que ça a l'air fou, mais c'est vrai. Ça ne l'a pas empêchée de partir très vite. »

Ah ? Vraiment ?

« S'il n'y avait que le fait que les gens sont empoisonnés par l'air quand ils viennent, ce serait déjà ennuyeux, mais *nous ne pouvons plus partir,* Gard.

— Nous...

— Non. Je crois que *toi* tu le pourrais. Tu te sentirais

un peu mal pendant quelques jours, mais tu pourrais partir. Moi, ça me tuerait, et très vite. Autre chose : nous avons bénéficié d'une longue période de temps chaud et sans vent. Si le vent se lève et souffle suffisamment fort, il va entraîner notre micro-atmosphère vers l'océan Atlantique. Nous serons comme des poissons tropicaux quand quelqu'un débranche le chauffage de leur aquarium : nous mourrons.

— Le temps a changé le jour où tu es allée aux funérailles de cette femme, Bobbi, dit Gard en hochant la tête. Je m'en souviens. La brise avait nettoyé l'air. C'est pour ça que j'ai trouvé si étrange que tu aies attrapé une insolation après tant de jours chauds et humides.

— Les choses ont changé. L' " évolution " s'est accélérée. »

Est-ce qu'ils mourraient tous ? se demanda Gardener. *TOUS ?* Ou juste toi et tes amis particuliers, Bobbi ? Ceux qui ont besoin de mettre du fond de teint ?

« J'entends des doutes dans ta tête, Gard, dit Bobbi d'air air mi-exaspéré, mi-amusé.

— Ce dont je doute c'est que tout cela soit vraiment en train de se passer, dit Gardener. Et merde ! Allez ! Creuse ! »

3

Ils utilisèrent le marteau piqueur intact à tour de rôle. Tous les quarts d'heure, celui qui l'avait manié le passait à l'autre et déblayait les pierres brisées. Vers trois heures, cet après-midi-là, Gard avait dégagé une rainure circulaire d'environ deux mètres de diamètre, comme un passage obturé. Et là, enfin, se trouvait un symbole. Il le regarda émerveillé, et il fallut qu'il le touche. L'éclat de musique dans sa tête fut plus fort cette fois, comme une protestation agacée — une mise en garde agacée, peut-être, le prévenant de s'éloigner de cette chose avant que sa protection ne lui soit entièrement retirée. Mais il avait eu besoin de toucher, de recevoir une confirmation.

En passant les doigts sur le symbole d'aspect presque chinois, il se dit : *Une créature qui vivait sous la lueur d'un autre soleil a conçu cette marque. Que signifie-t-elle ?* DÉFENSE DE PASSER*?* NOUS SOMMES DES MESSAGERS DE PAIX*? Ou bien est-ce le symbole de la peste, une version extraterrestre de :* VOUS QUI ENTREZ, ABANDONNEZ TOUTE ESPÉRANCE*?*

Le symbole était gravé comme en bas-relief dans le métal du vaisseau. Le simple fait de le toucher lui fit ressentir pour la première fois une terreur superstitieuse. Il aurait ri, six semaines plus tôt, si on lui avait dit qu'il se retrouverait un jour dans l'état d'esprit d'un homme des cavernes devant une éclipse de soleil, ou d'un paysan du Moyen Âge devant l'arrivée de la comète à laquelle Halley donnerait son nom des siècles plus tard.

Une créature qui vivait sous la lueur d'un autre soleil a conçu cette marque. Moi, James Éric Gardener, né à Portland, dans l'État du Maine, États-Unis d'Amérique, dans l'hémisphère nord de la Terre, je touche un symbole conçu et gravé par Dieu seul sait quelle sorte d'être au-delà de la distance noire des années-lumière. Mon Dieu, mon Dieu, je touche un esprit différent !

Bien sûr, il touchait des esprits différents depuis quelque temps maintenant, mais ce n'était pas la même chose... pas du tout la même chose.

Est-ce que nous allons vraiment entrer ? Il se rendit compte que son nez saignait à nouveau, mais même cela ne put le convaincre de retirer sa main du symbole ; il caressait infatigablement de la pulpe de ses doigts la surface douce et indéchiffrable.

Plus précisément, tu vas essayer *d'entrer. Le feras-tu, alors que tu sais que ça pourrait te tuer — que ça te tuera probablement ? Tu reçois un choc chaque fois que tu touches cette chose ; qu'arrivera-t-il si tu es assez fou pour y entrer ? Elle enverra probablement des vibrations harmoniques dans ta foutue plaque métallique et ta tête explosera comme un bâton de dynamite dans une courge pourrie.*

Tu te préoccupes terriblement de ta santé, pour un homme qui allait se suicider il n'y a pas si longtemps que ça, tu ne trouves pas, vieux frère ? se dit-il en souriant involontairement. Il retira ses doigts du symbole gravé, les agitant instinctivement pour se débarrasser des fourmillements. *Vas-y, va jusqu'au bout. Qu'est-ce que tu en as à foutre ? Si tu dois partir de toute façon, te faire vibrer le cerveau à mort dans une soucoupe volante, c'est plus exotique que beaucoup d'autres moyens.*

Gard rit franchement. Cela produisit un son étrange au pied de cette profonde entaille dans le sol.

« Qu'est-ce qu'il y a de drôle ? demanda calmement Bobbi. Qu'est-ce qu'il y a de drôle, Gard ?

— Tout, répondit Gard en riant plus fort. C'est... autre chose. Je crois que j'ai le choix entre rire et devenir fou, tu piges ? »

Bobbi le regarda, ne pigeant pas, à l'évidence. Et Gardener se dit : *Bien sûr, qu'elle ne pige pas. Bobbi est engagée dans l'autre voie. Elle ne peut pas rire, parce qu'elle est devenue folle.*

Gardener rugit jusqu'à ce que des larmes coulent sur ses joues, et certaines étaient rouges de sang, mais il ne le remarqua pas. Bobbi, si. Mais Bobbi ne prit pas la peine de le lui dire.

4

Dégager entièrement la trappe leur prit deux heures de plus. Quand ils eurent terminé, Bobbi tendit dans la direction de Gardener une main sale, bien qu'encore recouverte par endroits de fond de teint.

« Quoi ? demanda Gardener en la serrant.

— Ça y est, dit Bobbi. Nous avons terminé les fouilles. C'est fini, Gard.

— Ah, ouais ?

— Ouais. Demain, on entre, Gard. »

Gard la regarda sans rien dire. Il avait la bouche sèche.

« Oui, continua Bobbi en hochant la tête comme si Gard lui avait posé une question. Demain, on y entre. J'ai parfois l'impression que j'ai commencé tout ça il y a un million d'années. Parfois, j'ai l'impression que c'était hier. J'ai trébuché dessus, et je l'ai vu, et je l'ai touché, et j'ai soufflé pour enlever la poussière. C'était le début. Un doigt traîné dans la terre. Et maintenant, c'est la fin.

— Au début, ce n'était pas la même Bobbi.

— Oui », répondit Bobbi d'un ton méditatif.

Elle leva les yeux et Gard y vit une lueur d'humour.

« C'était aussi un autre Gard.

— Ouais. Je crois que tu sais que ça va probablement me tuer, d'entrer là-dedans... mais je vais tout de même essayer.

— Ça ne te tuera pas.

— Non ?

— Non. Allez, partons d'ici. J'ai beaucoup de choses à faire. Je serai dans le hangar, cette nuit. »

Elle pressa le bouton de commande du treuil, maintenant motorisé.

Gardener scruta intensément Bobbi, mais Bobbi regardait vers le haut, où le treuil se mettait à ronronner, prêt à les hisser.

« J'ai construit des choses, là-bas, dit Bobbi d'une voix rêveuse. Avec quelques autres. Nous nous sommes préparés en vue de ce qui nous attend demain.

— Ils vont te rejoindre cette nuit, dit Gardener sur un ton qui n'avait rien d'interrogateur.

— Oui. Mais d'abord, il faut que je les amène ici, pour qu'ils voient la trappe. Ils... ils ont aussi beaucoup attendu ce jour, Gard.

— Je n'en doute pas.

— Qu'est-ce que tu veux dire, Gard ? demanda Bobbi en se retournant pour le scruter du regard.

— Rien. Rien du tout. »

Leurs yeux se croisèrent. Gardener la sentait très clairement penser, maintenant. Elle travaillait sur son cerveau, tentait d'y pénétrer, et il eut à nouveau la sensation que ce qu'il savait en secret et les doutes qu'il éprouvait en secret tournaient et retournaient dans son cerveau comme une dangereuse pierre précieuse.

Il pensa délibérément :

Sors de ma tête Bobbi, tu n'y es pas la bienvenue.

Bobbi se tassa sur elle-même comme si elle venait de recevoir une gifle, mais il vit également un nuage de honte sur son visage, comme si Gard l'avait surprise en train de regarder par un trou de serrure. Il lui restait donc quelques traces d'humanité, et c'était réconfortant.

« Fais-les venir, je t'en prie, dit Gard. Mais quand on ouvrira, Bobbi, il n'y aura que toi et moi. Nous avons déterré cette saloperie, et nous y entrerons les premiers. D'accord ?

— Oui. Nous y entrerons les premiers. Nous deux. Ni fanfare, ni majorettes.

— Ni la police de Dallas.

— Elle non plus, dit Bobbi avec un petit sourire en saisissant la corde. Tu veux monter le premier ?

— Non, vas-y. On dirait que tu as un emploi du temps de ministre, pour les heures qui viennent.

— C'est vrai, dit Bobbi en s'installant avant de presser un second bouton et de s'élever du sol. Merci encore, Gard.

— De rien, dit Gardener en levant la tête pour suivre l'ascension de Bobbi.

— Et tu te sentiras mieux quand... »

Quand tu « évolueras », quand tu auras terminé ton « évolution ».

Bobbi montait, montait, disparaissait.

4

Le hangar

1

On était le 14 août. Un rapide calcul montra à Gardener qu'il était avec Bobbi depuis quarante et un jours — presque exactement une de ces périodes de confusion ou de temps aboli dont parle la Bible : « Il erra dans le désert pendant quarante jours et quarante nuits. » Cela lui avait paru plus long. Il avait l'impression que c'était toute sa vie.

Bobbi et lui avaient à peine touché à la pizza congelée que Gardener avait fait réchauffer pour leur dîner.

« Je crois que j'ai envie d'une bière, dit Bobbi en s'approchant du frigo. Et toi, Gard ? Tu en veux une ?

— Je vais m'abstenir, merci. »

Bobbi leva les sourcils mais ne dit rien. Elle prit sa bière, sortit sous le porche, et Gardener entendit son vieux fauteuil à bascule émettre un craquement satisfait quand elle s'y installa. Au bout d'un moment, il se fit couler un verre d'eau et sortit pour s'asseoir près de Bobbi. Ils restèrent là un long moment sans se parler, regardant le calme brumeux de ce début de soirée.

« Ça fait longtemps, toi et moi, Bobbi, dit-il.

— Oui. Longtemps. Et c'est une curieuse fin.

— Est-ce que c'est ça ? demanda Gardener en se tournant dans son fauteuil pour dévisager Bobbi. La fin ? »

Bobbi haussa les épaules. Elle détourna les yeux.
« Oh, tu sais... la fin d'une phase. Ça te plaît mieux, comme ça ?
— Si c'est *le mot juste,* alors ce n'est pas seulement mieux, pas seulement le meilleur *mot,* mais le seul qui compte. Est-ce que ce n'est pas ce que je t'ai enseigné ?
— Ouais, c'est ça, dit Bobbi en riant. Lors de ton premier foutu cours. Chiens fous, Anglais... et *professeurs* d'anglais.
— Ouais.
— Ouais. »
Bobbi but une gorgée de bière et regarda de nouveau dans la direction de la vieille route de Derry. Gardener se dit qu'elle était impatiente de les voir arriver. S'ils avaient tous deux dit tout ce qu'ils avaient à se dire après tant d'années, il souhaitait presque n'avoir jamais cédé à l'impulsion qui l'avait fait revenir, quelles qu'aient pu en être les raisons ou l'issue éventuelle. Une conclusion si faible à une relation qui en son temps avait embrassé l'amour, le sexe, l'amitié, les soucis et même la peur, une période de « détente » tendue qui semblait tout réduire — la douleur, la peine, les efforts — à une simple plaisanterie.
« Je t'ai toujours aimé, Gard, dit Bobbi d'un ton doux et songeur sans le regarder. Quoi qu'il arrive maintenant, souviens-toi que je t'aime encore. »
Cette fois, elle regarda Gardener, avec son visage qui semblait une étrange parodie de visage sous le fond de teint. C'était certainement une excentrique sans espoir qui par hasard ressemblait un peu à Bobbi.
« Et j'espère que tu te souviendras que je n'ai jamais demandé à trébucher sur ce foutu machin. Mon libre arbitre n'y est pour rien, comme l'a sûrement dit un petit futé.
— Mais tu as choisi de creuser. »
La voix de Gardener était aussi douce que celle de Bobbi, mais il sentit une nouvelle terreur s'insinuer

dans son cœur. Est-ce que cette plaisanterie sur le libre arbitre était une excuse détournée pour son propre meurtre imminent ?

Arrête, Gard. Arrête de te battre contre des ombres.

Est-ce que la voiture enterrée au bout de la route de Nista est une ombre ? répliqua son esprit du tac au tac.

Bobbi rit doucement.

« Mon vieux, l'idée que déterrer ou non quelque chose comme ça puisse jamais *dépendre* d'un libre arbitre... tu pourrais le faire croire à un gosse, pendant un débat en classe, mais on est sous le porche, Gard. Tu ne crois pas vraiment que quiconque *choisit* de faire une chose pareille, n'est-ce pas ? Crois-tu que quiconque puisse renoncer à quelque connaissance que ce soit dès qu'il l'a entrevue ?

— J'ai lutté contre l'énergie nucléaire parce que je le croyais, oui, dit lentement Gardener.

— La société peut choisir de ne pas mettre en œuvre une idée, dit Bobbi en écartant cet exemple d'un revers de main. En fait, j'en doute, mais pour simplifier le raisonnement, on dira que c'est possible, mais les gens ordinaires ? Non, Gard. Je suis désolée. Quand des gens ordinaires voient quelque chose qui émerge du sol, il faut qu'ils creusent. Il faut qu'ils creusent, parce que ça pourrait être un trésor.

— Et tu n'as pas pensé une seconde qu'il pourrait y avoir des... »

Retombées fut le premier mot qui lui vint à l'esprit, mais il se dit que Bobbi ne l'aimerait pas.

« ... des conséquences ?

— Pas une seconde ! déclara Bobbi avec un grand sourire.

— Mais Peter n'aimait pas ça.

— Non. Peter n'aimait pas ça. Mais ça ne l'a pas tué, Gard. »

Je n'en doute pas.

« Peter est mort de mort naturelle. Il était *vieux*. Cette chose dans les bois est un vaisseau venu d'un autre monde, pas une boîte de Pandore, pas un pommier du paradis. Je n'ai entendu aucune voix venant du ciel qui chantait : *Tu ne mangeras pas du vaisseau de la connaissance, car le jour où tu en mangerais, tu mourrais.*

— Mais c'*est* un vaisseau de la connaissance, non ? demanda Gard avec un petit sourire.

— Oui, je suppose. »

Bobbi regardait de nouveau vers la route, visiblement peu désireuse de poursuivre la conversation sur ce sujet.

« Quand doivent-ils venir ? » demanda Gardener.

Au lieu de répondre, Bobbi montra la route du menton. La Cadillac de Kyle Archinbourg arrivait, suivie de la vieille Ford d'Adley McKeen.

« Je crois que je vais rentrer et piquer un petit roupillon, dit Gardener en se levant.

— Si tu veux venir jusqu'au vaisseau avec nous, nous en serons ravis.

— Toi peut-être, mais eux ? demanda-t-il en montrant de son pouce retourné les voitures qui approchaient. Ils croient que je suis fou. Et ils ne peuvent pas me blairer parce qu'ils n'arrivent pas à lire mes pensées.

— Si je dis que tu viens, tu viens.

— Je crois que je vais m'abstenir, dit Gard en s'étirant. Je ne les aime pas non plus. Ils me rendent nerveux.

— Je suis désolée.

— Ne te donne pas cette peine. Mais... demain. Nous deux, Bobbi, d'accord ?

— D'accord.

— Salue-les pour moi. Et rappelle-leur que je vous ai aidés, plaque de métal dans la tête ou non.

— Je le ferai. Naturellement, je le ferai. »

Mais les yeux de Bobbi se dérobèrent à nouveau, et Gardener n'aima pas ça. Il n'aima pas ça du tout.

2

Il pensait qu'ils iraient peut-être d'abord dans le hangar, mais ils n'en firent rien. Ils restèrent dehors un moment à bavarder — Bobbi, Frank, Newt, Dick Allison, Hazel, d'autres — et puis ils partirent en rangs serrés vers les bois. Maintenant, la lumière tournait au pourpre sombre, et ils tenaient presque tous une torche électrique.

En les regardant, Gard se dit que ce dernier moment véritablement passé avec Bobbi était reparti comme il était venu. Il ne lui restait plus à présent qu'à entrer dans le hangar et voir ce qu'il contenait. Il faudrait qu'il prenne une décision, une fois pour toutes.

Vit un œil reluquant à travers un nuage de fumée derrière la porte verte...

Il se leva et entra à temps pour les voir, de la fenêtre de la cuisine, traverser le jardin exubérant de Bobbi. Il les compta rapidement pour s'assurer qu'ils étaient tous là, puis se dirigea vers la cave. Bobbi y gardait un trousseau de clés.

Il ouvrit la porte et s'arrêta une dernière fois.

Est-ce que tu veux vraiment faire ça ?

Non. Non, il ne le voulait pas. Mais il avait l'*intention* de le faire. Et il découvrit que, plus que de la peur, il ressentait une grande solitude. Il n'y avait absolument personne vers qui il pouvait se tourner pour demander de l'aide. Il avait erré dans le désert avec Bobbi Anderson pendant quarante jours et quarante nuits, et maintenant il était seul dans le désert. Que Dieu lui vienne en aide !

Au diable, se dit-il. Comme l'avait prétendument dit un vieux sergent de la Première Guerre mondiale : « Allez, les gars, vous voulez donc vivre éternellement ? »

Gardener descendit l'escalier pour prendre le trousseau de clés de Bobbi.

3

Il était là, accroché à son clou, chaque clé portant une étiquette bien propre. L'ennui, c'était que la clé du hangar n'y était pas. Elle *avait* pourtant été là, il en était tout à fait sûr. Quand donc l'avait-il *vue* pour la dernière fois ? Gard essaya de s'en souvenir, mais n'y parvint pas. Bobbi prendrait-elle des précautions ? Peut-être.

Il resta planté dans le Nouvel Atelier Amélioré, la sueur perlant à son front et à ses couilles. Pas de clé. Formidable. Alors, qu'était-il censé faire ? Prendre la hache de Bobbi et imiter Jack Nicholson dans *Shining* ? Il s'y voyait. Smatch, cratch, bam : *voilààààà* GARDENER *!* Sauf qu'il pourrait être difficile de cacher son forfait avant que les pèlerins ne reviennent de leur visite à la Trappe Sacrée.

Il resta planté dans l'atelier de Bobbi, sentant le temps filer, se sentant Vieux et Non Amélioré. Combien de temps allaient-ils rester là-bas ? Aucun moyen de le savoir. Aucun.

Bon. Où les gens mettent-ils des clés ? Toujours en se disant qu'elle ne faisait que prendre des précautions, et qu'elle n'essayait pas de les cacher.

Une idée lui traversa l'esprit avec une telle force qu'il s'en frappa le front. Ce n'était pas *Bobbi* qui avait pris la clé. Et personne n'avait essayé de la cacher. La clé avait disparu quand Bobbi était paraît-il à l'hôpital de Derry pour se remettre de son insolation. Il en était presque sûr, et ce que sa mémoire ne pouvait lui assurer, sa logique y pourvoyait.

Bobbi n'était pas allée à l'hôpital. Elle était dans le hangar. Est-ce que l'un des autres avait pris la clé pour s'occuper d'elle quand elle en avait besoin ? Est-ce qu'ils en avaient tous des doubles ? Pourquoi s'en faire ? Personne ne volait plus rien maintenant à Haven ; ils « évoluaient ». On ne fermait le hangar à clé que pour l'en écarter, *lui.* Alors ils pouvaient simplement...

Gardener se souvint de les avoir observés une fois où ils étaient venus, après le jour où « quelque chose » était arrivé à Bobbi... ce « quelque chose » qui avait été bien plus grave qu'un simple coup de chaleur.

Il ferma les yeux et revit la Cadillac KYLE-1. Ils en étaient sortis et...

... et Archinbourg s'était éloigné des autres quelques instants. Tu t'étais redressé sur un coude pour les regarder par la fenêtre et, à y repenser, tu t'étais dit qu'il avait dû passer derrière le hangar pour soulager sa vessie. Mais ce n'était pas ça. Il était passé derrière le bâtiment pour prendre la clé. Mais oui, c'est ce qu'il avait fait. Il était allé prendre la clé derrière le hangar.

Ce n'était pas grand-chose, mais ça suffisait pour qu'il se remette en mouvement. Il grimpa l'escalier de la cave quatre à quatre et se dirigea vers la porte, puis fit demi-tour. Dans la salle de bains se trouvait une vieille paire de lunettes de soleil Foster Grant, au-dessus de la pharmacie. Elle avait trouvé là sa place définitive, comme les objets courants ne le font que chez les célibataires (ainsi la boîte de fond de teint qui avait appartenu à la femme de Newt Berringer). Gardener prit les lunettes, souffla sur les verres pour les débarrasser de l'épaisse couche de poussière qui les recouvrait, les essuya soigneusement, plia les branches et les glissa dans sa poche de poitrine.

Il sortit et prit la direction du hangar.

4

Il s'arrêta devant la porte de planches et regarda en direction du sentier qui conduisait aux fouilles. Le crépuscule était suffisamment avancé pour que les bois, au-delà du jardin, ne constituent plus qu'une masse gris-bleu où l'on ne distinguait plus de détails. Il ne perçut aucun rayon vacillant provenant d'une lampe torche.

Mais ils pourraient revenir. A n'importe quel moment, ils

pourraient revenir et te surprendre le doigt jusqu'au coude dans le pot de confiture.

Je crois qu'ils vont passer un bon moment là-bas à l'admirer. Ils ont des torches.

Mais tu n'en es pas sûr.

Non. Pas sûr.

Gard reporta son regard sur la porte. Il distinguait la lumière verte aux jointures des planches, et un bruit ténu et désagréable, comme une vieille machine à laver barattant des vêtements sales dans une mousse épaisse.

Non. Pas seulement une machine à laver. Toute une rangée, plutôt. Pas tout à fait synchronisée.

La lumière coordonnait ses pulsations avec les faibles bruits de déglutition.

Je ne veux pas entrer là-dedans.

Il y avait une odeur. Gardener reconnut là aussi un relent de savon, fade, avec une touche de rance. Du vieux savon. Du savon desséché.

Mais ce n'est pas une rangée de machines à laver. On dirait que ça vit. Ce ne sont pas des machines à écrire télépathiques là-dedans, pas non plus de Nouveaux Chauffe-eau Améliorés, c'est quelque chose de vivant, et je ne veux pas entrer.

Mais il allait le faire. Après tout, n'était-il pas revenu de chez les morts juste pour regarder dans le hangar de Bobbi et surprendre les Tommyknockers sur leurs drôles de petits bancs ? C'est ce qu'il croyait.

Gard fit le tour du hangar. Là, à un clou rouillé, sous le rebord du toit, pendait la clé. Il tendit une main tremblante et la prit. Il tenta d'avaler sa salive mais n'y parvint pas du premier coup. Il avait l'impression qu'on avait tapissé sa gorge de flanelle sèche et surchauffée.

Un verre. Juste un verre. Je vais retourner à la maison juste le temps d'en boire un petit. Ensuite, je serai prêt.

Parfait. Un projet formidable. Sauf qu'il n'allait pas le réaliser, et il le savait. L'étape de la bouteille était dépassée. L'étape des atermoiements aussi. Serrant la clé dans sa main humide, Gardener revint vers la porte.

Il se dit : *Je ne voudrais pas entrer. Je ne sais même pas si je l'ose. Parce que j'ai trop peur...*

Arrête. Que cette étape soit dépassée, elle aussi. Ta Phase Tommyknockers.

Il guetta à nouveau, espérant presque voir un rayon de lampe torche sortir des bois, ou entendre des voix.

Tu ne peux rien entendre, puisqu'ils se parlent dans leurs têtes.

Pas de lumière. Pas de mouvements. Pas de criquets. Pas de chants d'oiseaux. Il n'y avait que le son des machines à laver, le son amplifié de battements de cœurs qui auraient fui : *slisshh-slisshhh-slissshh...*

Gardener regarda les pulsations de la lumière verte qui se frayaient un chemin à travers les fentes des planches. Il prit les vieilles lunettes de soleil dans sa poche et les chaussa.

Il n'avait pas prié depuis bien longtemps, mais il le fit. Ce ne fut qu'une courte prière, mais une prière tout de même.

« Mon Dieu, je T'en supplie », dit Jim Gardener à la faible lumière du soir.

Et il introduisit la clé dans le cadenas.

5

Il s'était attendu à un éclat de musique dans sa tête, mais il n'y en eut pas. Jusqu'à ce moment, il ne s'était pas rendu compte que son estomac était serré, aspiré de l'intérieur, comme celui d'un homme qui s'attend à recevoir une décharge électrique.

Il se lécha les lèvres et tourna la clé.

Un petit bruit, à peine audible par-dessus les bruits d'eau en mouvement du hangar : *clic !*

Le cadenas s'ouvrit. Gardener tendit vers lui un bras de plomb, le libéra, le referma et le plaça dans sa poche gauche avec la clé toujours engagée dans la serrure. Il avait l'impression de vivre un rêve. Et ce n'était pas un bon rêve.

L'air qu'on respirait là-dedans devait être correct — enfin, pas vraiment *correct*, puisque nulle part à Haven on ne respirait plus d'air correct. Mais c'était presque le même qu'à l'extérieur, se dit Gard, parce que le hangar était plein de fissures. S'il existait une pure biosphère Tommyknocker, elle ne pourrait se concentrer là-dedans. Du moins, il ne le *pensait* pas.

Il allait tout de même prendre le moins de risques possible. Il emmagasina une grande bouffée d'air, la retint et se dit qu'il fallait qu'il compte ses pas : *Trois. Tu ne fais pas plus de trois pas. Au cas où. Tu regardes bien autour de toi. Très vite.*

Tu l'espères.

Oui, je l'espère.

Il jeta un dernier regard vers le chemin, ne vit rien, fit face au hangar et ouvrit la porte.

La lueur verte, dont les lunettes ne parvenaient pas à filtrer tout l'éclat, l'inonda comme une lumière solaire corrompue.

6

Au début, il ne distingua rien du tout. La lumière était trop vive. Il savait qu'elle avait été encore plus brillante à d'autres occasions, mais il n'en avait jamais été aussi proche. Proche ? Seigneur ! Il était *dedans*. Si on avait tenté de le trouver depuis la porte, on aurait à peine pu le voir.

Il plissa les yeux pour atténuer la fulgurante lumière verte et glissa d'un pas... d'un autre... puis d'un troisième. Il avait tendu les bras devant lui comme un aveugle. C'est ce qu'il était, merde ! Même ses lunettes le prouvaient.

Le bruit était plus fort. *Slissh-slissshh-slisshhh...* à gauche. Il se tourna dans cette direction mais n'avança pas plus loin, de peur de ce qu'il risquait de toucher.

Ses yeux commençaient maintenant à s'habituer. Il distingua des formes sombres dans le vert. Un banc... mais pas de Tommyknockers dessus ; on l'avait simplement repoussé contre le mur, pour laisser la voie libre. Et...

Mon Dieu, c'est une machine à laver ! C'en est vraiment une !

C'en était bien une, une vieille, avec le rouleau d'essorage au-dessus, mais ce n'était pas elle qui produisait ce son étrange. On l'avait aussi repoussée contre un mur. On était en train de la modifier ; quelqu'un y travaillait dans la meilleure tradition Tommyknocker, mais elle ne fonctionnait pas.

A côté se trouvait un aspirateur Electrolux... un ancien modèle traîneau qui se déplaçait tout près du sol, comme un basset mécanique. Une tronçonneuse montée sur roues. Des tas de détecteurs de fumée achetés chez Radio Shack, la plupart encore dans leur boîte d'origine. Un certain nombre de barils de kérosène, sur roues, eux aussi, avec des tuyaux qui en pendaient, et des trucs comme des bras...

Des bras, naturellement, des bras : ce sont des robots, de foutus robots en cours de fabrication, et aucun ne ressemble vraiment à la colombe de la paix, hein, Gard ? Et...

Slishh-slishh-slishhh.

Plus à gauche. Là se trouvait la source de la lumière.

Gard s'entendit émettre un drôle de son sifflant. L'air qu'il avait retenu s'échappait doucement de ses poumons, comme d'un ballon percé. Et toute force quittait ses jambes. Il tendit les bras en aveugle et une de ses mains trouva le banc, où il ne s'assit pas : il y tomba. Il était incapable de détacher les yeux du fond du hangar, à gauche, où Ev Hillman, Anne Anderson, et Peter, le bon vieux beagle de Bobbi, avaient en quelque sorte été suspendus à des piquets dans deux vieilles cabines de douche en acier galvanisé dont on avait retiré les portes. Ils étaient suspendus là comme des bœufs écorchés à des crochets de boucher. Mais ils étaient vivants. Gard le sut... d'une certaine façon, ils étaient encore en vie.

Une grosse corde noire qui ressemblait à une ligne à haute tension, ou à un très gros câble coaxial, sortait du centre du front d'Anne Anderson. Le même genre de câble était branché dans l'œil droit du vieil homme. Et tout le sommet du crâne du chien avait été retiré : des dizaines de câbles semblables sortaient du cerveau dénudé et frémissant de Peter.

Les yeux de Peter, sans aucun signe de cataracte, se tournèrent vers Gard. Il gémit.

Seigneur... ô mon Dieu... ô mon Dieu !

Il tenta de se lever de son banc, mais n'y arriva pas.

Il vit qu'on avait aussi retiré quelques portions de la boîte crânienne du vieil homme et d'Anne. Bien que privées de portes, les cabines de douche étaient néanmoins pleines d'un liquide transparent, retenu par le même procédé qui enfermait le petit soleil dans le chauffe-eau de Bobbi, se dit Gardener. S'il tentait de pénétrer dans l'une de ces cabines, il sentirait une résistance élastique. Très élastique... mais impénétrable.

Tu veux entrer ? *moi, je ne pense qu'à* sortir *!*

Puis son esprit revint à son idée précédente :

Seigneur... ô mon Dieu... ô mon Dieu, regarde-les...

Je ne veux pas *les regarder.*

Non. Mais il n'arrivait pas à en détacher les yeux.

Le liquide était transparent, mais vert émeraude. Il bougeait, ce qui produisait ce son grave, épais et savonneux. Malgré sa transparence, le liquide devait être vraiment très gluant, se dit Gardener. Il devait avoir la consistance d'un détergent liquide.

Comment peuvent-ils respirer là-dedans ? Comment peuvent-ils être en vie ? Peut-être ne le sont-ils plus ; ce n'est peut-être qu'à cause du mouvement du liquide qu'on croit qu'ils le sont. Ce n'est peut-être qu'une illusion, je vous en supplie, Seigneur, faites que ce soit une illusion !

Peter... Tu l'as entendu gémir...

Non. C'est aussi une illusion. Rien de plus. Il est suspendu à un crochet dans une cabine de douche pleine de l'équivalent interstellaire d'un liquide à vaisselle, il ne pourrait gémir là-dedans, il n'en sortirait que des bulles de savon. La peur te fait divaguer. C'est tout, ce n'est qu'une petite visite du Roi de la Trouille.

Sauf que ce n'était pas que la peur, et il le savait. Tout comme il savait que ce n'était pas avec ses *oreilles* qu'il avait entendu Peter gémir.

Ce gémissement douloureux et impuissant était venu du même endroit que les éclats de radio : du centre de son cerveau.

Anne Anderson ouvrit les yeux.

Fais-moi sortir d'ici! hurla-t-elle. *Fais-moi sortir d'ici. Je la laisserai tranquille. Je ne sens rien, sauf quand ils font mal, mal, maaaaal...*

Gardener essaya à nouveau de se lever. Il avait à peine conscience de produire un son. Il se dit que le son qu'il produisait était probablement très proche de celui d'une marmotte sur laquelle passe une voiture.

Le liquide verdâtre et mouvant donnait au visage de Sœurette une couleur cadavérique de fantôme nébuleux. Le bleu de ses yeux s'était décoloré. Sa langue flottait comme une algue marine charnue. Ses doigts, fripés et amaigris, dérivaient.

Je ne sens rien, sauf quand ils font maaaaalllll..., gémissait Anne, et il ne pouvait arrêter le son de sa voix, il ne pouvait enfoncer ses doigts dans ses oreilles pour ne plus l'entendre, parce que la voix venait de l'intérieur de sa tête.

Slisshhh-slishhh-slisshhh.

Les tubes de cuivre qui entraient au sommet des cabines de douche les faisaient ressembler au croisement comique d'une chambre de réanimation de Buck Rogers et de l'alambic clandestin de Li'l Abner.

La fourrure de Peter était tombée par plaques. Ses

pattes arrière semblaient effondrées sur elles-mêmes et se mouvaient dans le liquide en longs battements paresseux, comme s'il s'enfuyait en rêve.

Quand ils font maaalll!

Le vieil homme ouvrit son œil unique.

Le gamin.

Cette pensée était parfaitement claire, incontestable. Gardener se surprit à y réagir.

Quel gamin?

La réponse fut immédiate, étonnante un instant, puis indiscutable :

David. David Brown.

L'œil regardait Gardener, saphir d'un bleu persistant avec des reflets émeraude.

Sauvez le gamin.

Le gamin. David. David Brown. Est-ce qu'il avait une part à tout ça, ce garçon qu'ils avaient recherché pendant tant de journées épuisantes de chaleur? Naturellement. Indirectement peut-être, mais tout de même.

Où est-il? songea Gardener à l'intention du vieil homme qui flottait dans sa solution vert pâle.

Slishhh-slishhh-slishhh.

Altaïr-4, répondit faiblement le vieil homme. *David est sur Altaïr-4. Sauvez-le... et ensuite, tuez-nous. C'est... horrible. Vraiment horrible. On ne peut même pas mourir. Nous avons essayé. Nous avons tous essayé. Même*

(garcegarce)

elle. C'est l'enfer. Utilisez leur foutu transformateur pour sauver David. Et ensuite débranchez les prises. Coupez les fils. Brûlez cet endroit. Vous m'entendez?

Pour la troisième fois, Gardener essaya de se lever et retomba sur le banc comme s'il n'avait pas d'os. Il s'aperçut que de gros câbles électriques jonchaient le sol, et cela lui rappela vaguement le groupe de rock qui l'avait pris en stop sur l'autoroute quand il revenait du New Hampshire. Il s'en étonna, puis comprit pourquoi : le sol ressemblait à une scène juste avant qu'un groupe de rock commence à jouer. Ou à un studio de télévision dans une grande ville. Les câbles ondulaient jusqu'à une énorme caisse pleine de circuits imprimés et de piles raccordés les uns aux autres. Il chercha un transformateur et n'en trouva pas. Il se dit alors : *Naturellement, idiot : les piles donnent déjà du courant continu.*

Des magnétophones à cassettes avaient été reliés à un assemblage hétéroclite d'ordinateurs domestiques — des Atari, Apple II et Apple III, TRS-80, Commodore. Un mot clignotait sur le seul écran allumé :

PROGRAMME ?

Derrière les ordinateurs modifiés se trouvaient des plaques de circuits imprimés, des centaines de plaques. L'ensemble émettait un ronron somnolent, un son qui évoqua pour Gard...

(utilisez le transformateur)

celui d'un gros appareillage électrique.

Un flot de lumière verte sortait de la caisse et des ordinateurs placés sans ordre apparent à côté d'elle, mais cette lumière n'était pas constante, son intensité obéissait à un cycle. On ne pouvait ignorer la relation entre les pulsations de la lumière et les bruits du liquide sortant des cabines de douche.

C'est le centre, se dit Gard avec la faible excitation d'un invalide. *C'est l'annexe du vaisseau. Ils viennent dans le hangar pour utiliser ce fourbi. C'est tout ça, le transformateur, et ils en tirent leur énergie.*

Utilisez le transformateur pour sauver David.

Pourquoi ne pas me demander de piloter l'avion du Président des États-Unis, tant que vous y êtes ? Demandez-moi quelque chose de facile, Grand-Père. Si je pouvais le faire revenir d'où il est en récitant un peu de Mark Twain — ou même d'Edgar Poe — je pourrais essayer. Mais ce truc ? On dirait une boutique d'électronique dévastée par une explosion.

Pourtant, ce gamin...

Quel âge a-t-il ? Quatre ans ? Cinq ?

Et, bon Dieu, où l'avaient-ils mis ? Le ciel, dans son infinité, constituait sans aucun doute la seule limite.

Sauvez le gamin... utilisez le transformateur.

Il n'avait, naturellement, pas même le temps d'admirer en détail tout ce bordel. Les autres allaient revenir. Pourtant, il fixait l'écran éclairé du regard intense d'un homme hypnotisé.

PROGRAMME ?

Et si je tapais Altaïr-4 *sur le clavier ?* se demanda-t-il, avant de constater qu'il n'y avait pas de clavier. Au même instant, les lettres changèrent sur l'écran :

ALTAÏR-4

pouvait-on lire maintenant.

Non ! cria son cerveau, comme s'il se sentait coupable d'une effraction. *Non, Seigneur, non !*

Les lettres s'inscrivirent :

NON SEIGNEUR NON

Transpirant, Gardener se dit : *Efface ! Efface !*

EFFACE EFFACE

Les lettres clignotèrent imperturbablement. Gardener les contempla fixement, horrifié. Puis il lut :

PROGRAMME ?

Il fit un effort pour dissimuler ses pensées et tenta à nouveau de se mettre sur ses pieds. Cette fois, il y réussit. D'autres fils sortaient du transformateur. Ils étaient plus fins. Il y en avait... Il les compta. Oui. Il y en avait huit. Au bout, des écouteurs.

Des écouteurs. Freeman Moss. Le dompteur menant

des éléphants mécaniques. Ici, il y avait beaucoup d'écouteurs. Curieusement, cela lui rappela le laboratoire de langues au lycée.

Est-ce qu'ils apprennent une langue étrangère, ici ?

Oui. Non. Ils apprennent à « évoluer ». La machine leur apprend à « évoluer ». Mais où sont les piles ? Je n'en vois aucune. Il devrait y en avoir dix ou douze grosses, dans ce truc. Juste une charge d'entretien à l'intérieur. Il devrait...

Stupéfait, il leva à nouveau les yeux vers les cabines de douche.

Il regarda les câbles coaxiaux sortant du front de la femme, de l'œil du vieil homme. Il regarda les pattes de Peter qui exécutaient ces grands pas de rêve, et se demanda comment Bobbi avait pu se mettre des poils de chien sur sa robe. Est-ce qu'elle avait exécuté sur la cabine de Peter l'équivalent d'une vidange interstellaire ? Est-ce qu'elle avait été étreinte par une simple émotion humaine ? De l'amour ? Des remords ? De la culpabilité ? Est-ce qu'elle avait serré son chien dans ses bras avant de remplir à nouveau la cabine de liquide ?

Ce sont eux, *les piles. Des Delcos et des piles organiques, pourrait-on dire. Ils les pompent. Ils sucent leur énergie comme des vampires.*

Une nouvelle émotion s'insinua dans sa peur, sa stupéfaction, sa répulsion : la fureur. Gardener en fut heureux.

Ils font maaall... maaall... maaaalll...

La voix d'Anne s'interrompit d'un coup. Le ronronnement monotone du transformateur changea de registre ; le cycle se fit plus grave. La lumière sortant de la caisse s'atténua un peu. Il se dit que Sœurette avait dû perdre conscience, ce qui avait diminué la production totale de la machine d'un nombre *n* de... de quoi ? de volts ? d'ampères ? de webers ? Qui aurait pu le dire ?

Mets fin à tout ça, mon garçon. Sauve mon petit-fils, et puis mets-y fin.

Pendant un instant, la voix du vieil homme emplit la tête de Gardener, la voix parfaitement claire d'un esprit parfaitement lucide. Puis elle se tut. L'œil du vieil homme se referma.

La lumière verte de la machine pâlit encore.

Ils se sont réveillés quand je suis entré, se dit Gardener fiévreusement. La colère lui martelait, lui burinait encore le cerveau. Il cracha une dent sans presque s'en rendre compte. *Même Peter s'est un peu réveillé. Maintenant, ils sont retournés à l'état dans lequel ils étaient... avant. Dormaient-ils ?* Non. Ils ne dormaient pas. C'était un état différent. Un état de mise en réserve de l'organisme.

Les piles rêvent-elles de moutons électriques ? se demanda-t-il. Il émit un rire heurté.

Il s'éloigna à reculons du transformateur,

(Qu'est-ce qu'il transforme exactement comment pourquoi ?)

s'éloigna des cabines de douche, des câbles. Ses yeux se tournèrent vers la rangée d'engins bizarres disposés contre le mur du fond. Le rouleau d'essorage de la machine à laver était surmonté d'un appendice qui ressemblait à une de ces antennes de télévision en forme de boomerang que l'on voit parfois sur le coffre arrière des grosses limousines. Derrière la machine à laver, à gauche, Gard aperçut une vieille machine à coudre à pédale, munie d'un entonnoir de verre monté sur sa roue d'entraînement. Des bidons de kérosène d'où sortaient des tuyaux et des bras d'acier... Un couteau de boucher était fixé à l'extrémité d'un de ces bras.

Seigneur, qu'est-ce que c'est que tout ça ? A quoi est-ce censé servir ?

Une voix murmura : *Peut-être est-ce pour se protéger, Gard. Au cas où la police de Dallas arriverait trop tôt. C'est la grande braderie annuelle de l'arsenal Tommyknocker ! Vieilles Machines à laver équipées d'une antenne radar en cellular, Nouveaux Aspirateurs Electrolux Améliorés, Tronçonneuses Antipersonnel sur Roues. Y a qu'à demander !*

Il sentit que sa raison chancelait. Ses yeux étaient inexorablement attirés vers Peter, Peter dont on avait pelé le crâne, Peter et son faisceau de fils branchés dans ce qui restait de sa tête. Son cerveau avait l'air d'un rôti de veau blanchâtre hérissé de sondes de température.

Peter et ses pattes courant en rêve dans le liquide, ses pattes fuyant en rêve.

Bobbi, se dit-il, désespéré et furieux, *comment as-tu pu faire ça à Peter ? Seigneur !* Anne et le vieil Ev Hillman étaient horribles à voir, mais Peter était pire, en quelque sorte. Il était le juron couronnant une obscénité. Peter, et ses pattes qui couraient, couraient toujours, comme s'il fuyait en rêve.

Des piles. Des piles vivantes.

Il heurta quelque chose en reculant. Cela rendit un bruit mat et métallique. Il se retourna et vit une autre cabine de douche, aux parois latérales semées de petites fleurs de rouille. On avait aussi enlevé sa porte, et percé des trous à l'arrière pour faire passer des fils électriques. Pour l'instant, ils pendaient, inutiles, mais déjà munis de grosses prises à leur extrémité.

C'est pour toi, Gard ! cria son cerveau. *Ces prises sont pour toi, comme la bière dans la publicité ! Ils vont retirer l'arrière de ta boîte crânienne, peut-être aussi tes centres moteurs pour que tu ne puisses plus bouger, et puis ils vont percer des trous, des trous pour brancher cette machine qui aspirera ton énergie. Ces prises sont pour toi, quoi que tu fasses... elles sont toutes prêtes. Elles t'attendent ! Ouah ! C'est gentil tout plein !*

Il attrapa ses pensées, qui s'enroulaient en une spirale hystérique, et leur imposa son contrôle. Non, cette cabine n'avait *pas* été conçue pour lui ; du moins, pas à l'origine. Elle avait déjà été utilisée. Il subsistait une légère odeur, fade et savonneuse, et des traînées de saloperie séchée sur les parois intérieures — dernières traces de ce liquide vert et visqueux. *On dirait la semence du magicien d'Oz,* se dit-il.

Est-ce que tu veux dire que Bobbi a mis sa sœur à flotter dans un grand réservoir de sperme ?

Un curieux ricanement lui échappa. Il porta le dos de

sa main contre sa bouche, et pressa fort pour contenir cette espèce de hoquet.

Il baissa les yeux et vit une paire de chaussures à côté de la cabine de douche. Il en ramassa une, maculée de traces de sang séché.

Les chaussures de Bobbi. Sa seule paire de bonnes chaussures. Les chaussures « du dimanche ». Elle les portait en partant pour les funérailles de cette dame.

L'autre chaussure aussi était tachée de sang.

Gard regarda derrière la cabine de douche et y trouva le reste des vêtements que Bobbi portait ce jour-là.

Du sang, tant de sang !

Il ne voulait pas toucher le chemisier jeté sur la jolie jupe anthracite de Bobbi, mais en dessous, il ne distinguait que trop bien une forme. Il pinça le tissu aussi délicatement qu'il put entre l'ongle du pouce et celui de l'index.

Sous le chemisier se trouvait un revolver, le plus gros et le plus antique que Gardener ait jamais vu en dehors d'un livre sur l'histoire des armes de poing. Au bout d'un moment, il prit le revolver et fit basculer le barillet. Il y restait quatre balles. Deux avaient été tirées. Gardener aurait parié que l'une d'entre elles avait atteint Bobbi.

Il mit le barillet en place et glissa l'arme dans sa ceinture. Immédiatement, une voix s'éleva dans son cerveau. *T'as tiré sur ta femme, hein ?... tu t'es mis dans de beaux draps.*

Aucune importance. Le revolver pourrait lui servir.

Quand ils verront qu'il n'est plus là, c'est toi qu'ils viendront chercher, Gard. Je croyais que tu l'avais déjà compris.

Non, c'était un aspect de la question dont il pensait qu'il n'avait pas à se soucier. Ils auraient remarqué une modification des mots sur l'écran de l'ordinateur, mais personne n'avait touché à ces vêtements depuis que Bobbi les avait retirés (ou depuis qu'ils les lui avaient enlevés, ce qui était plus probable).

Quand ils entrent ici, ils doivent être trop excités pour se préoccuper du rangement, se dit-il. *C'est une bonne chose qu'il n'y ait pas de mouches.*

Il toucha à nouveau le revolver. Cette fois, la voix dans sa tête resta silencieuse. Elle avait peut-être décidé qu'ici, il n'y avait pas d'épouse dont il faille se soucier.

Si tu dois abattre Bobbi, est-ce que tu en seras capable ?

Il ne pouvait répondre à cette question.

Slishhh-slishhh-slishhh.

Depuis combien de temps Bobbi et ses amis étaient-ils partis ? Il ne le savait pas. Il n'en avait pas la moindre idée. Ici, le temps ne signifiait plus rien. Le vieil homme avait raison. C'était l'enfer. Et est-ce que Peter réagissait toujours aux caresses de son étrange maîtresse quand elle arrivait ?

Gardener sentait son estomac au bord de la révolte.

Il fallait qu'il sorte, qu'il sorte tout de suite. Il avait l'impression d'être un personnage de conte de fées, la femme de Barbe-Bleue dans la chambre secrète, Jacques fouillant dans le gros tas d'or du géant. Il était sur le point de trouver ce qu'il cherchait... Mais, comme gelé sur place, il tenait devant lui le chemisier de Bobbi maculé de sang. Pas « comme » : il *était* gelé.

Où est Bobbi ?

Elle a eu une insolation.

Drôle d'insolation, qui avait imbibé son chemisier de sang. Gardener avait gardé un intérêt morbide, maladif, pour les armes et les dommages qu'elles peuvent infliger au corps humain. Si Bobbi avait été atteinte en pleine poitrine par une balle du gros revolver glissé maintenant dans sa ceinture, il était sûr qu'elle n'aurait pas dû y survivre. Même si on l'avait emmenée immédiatement dans un service hospitalier spécialisé dans le traitement en urgence des blessures par balles, elle serait probablement morte.

Ils m'ont amenée ici quand j'étais en morceaux, mais les Tommyknockers m'ont très bien raccommodée.

Pas pour lui. La vieille cabine de douche n'était pas pour lui. Gardener avait l'impression qu'on l'écarterait du chemin d'une façon plus définitive. Cette cabine de douche avait servi pour Bobbi.

Ils l'avaient amenée ici, et... quoi ?

Mais pour la raccorder aux piles, naturellement. Pas à Anne, puisqu'elle n'était pas encore là. Mais à Peter... et à Hillman.

Il laissa tomber le chemisier... puis se força à le ramasser et à le reposer sur la jupe. Il ne savait pas ce qu'ils pouvaient bien percevoir du monde réel quand ils entraient dans le hangar (sans doute pas grand-chose), mais il ne voulait pas courir de risques inutiles.

Il regarda les trous au dos de la cabine, les fils qui en pendaient, et les prises à leur extrémité.

La lumière verte avait à nouveau augmenté d'intensité, et son cycle s'accélérait. Il se retourna. Anne avait rouvert les yeux. Ses cheveux courts flottaient autour de sa tête. Il percevait encore cette haine infinie dans ses yeux, mêlée cette fois d'horreur et d'une étrangeté croissante.

Maintenant, elle émettait des bulles.

Elles s'échappaient mollement de sa bouche dans le liquide épais.

Une pensée explosa à grand fracas dans la tête de Gard.

Elle criait.

Il s'enfuit.

7

La véritable terreur est, de toutes les émotions, la plus débilitante physiquement. Elle sape les glandes endocrines, rejette dans le sang les drogues organiques qui font se contracter les muscles, accélère le cœur, épuise l'esprit. Jim Gardener sortit en titubant du hangar de Bobbi Anderson, les jambes en coton, les yeux exorbités, la bouche stupidement béante (la langue pendant sur un côté comme un morceau de chair morte), les intestins brûlants et distendus, l'estomac noué par une crampe.

Il lui était difficile de repousser les images puissantes

et crues qui bégayaient dans son cerveau comme un néon qui va flancher : ces corps suspendus à des crochets comme des insectes empalés sur des épingles par des enfants cruels et oisifs ; Peter agitant indéfiniment ses pattes ; le chemisier sanglant percé d'une balle ; les prises ; la vieille machine à laver surmontée de son antenne boomerang. Et la plus forte de ces images : l'épais et bref chapelet de bulles montant de la bouche d'Anne Anderson tandis qu'elle criait dans le cerveau de Gard.

Il entra dans la maison, se précipita à la salle de bains et s'agenouilla devant la cuvette des toilettes... mais il ne pouvait vomir. Il *voulait* vomir. Il pensa à des hot dogs grouillants de vers, à des pizzas moisies, à de la limonade rose avec des cheveux flottant à la surface. Il finit par s'enfoncer deux doigts dans la gorge, ce qui déclencha quand même un haut-le-cœur, mais rien de plus. Il ne pouvait s'en débarrasser aussi facilement...

Si je n'y arrive pas, je vais devenir fou.

Parfait, deviens fou, s'il le faut. Mais d'abord, fais ce que tu as à faire. Ressaisis-toi le temps nécessaire. Au fait, Gard, est-ce que tu as encore des questions à poser sur ce que tu dois faire ?

Non, il n'en avait plus. Les pattes mouvantes de Peter l'avaient convaincu. Le chapelet de bulles l'avait convaincu. Il se demandait comment il avait pu hésiter si longtemps à affronter une puissance qui, à l'évidence, corrompait tout, noircissait tout.

C'est parce que tu étais fou, se répondit-il à lui-même. Il hocha la tête. C'était ça. Il n'avait pas besoin de davantage d'explications. Il avait été fou — et pas seulement ce dernier mois. Il s'était réveillé bien tard, oh oui ! bien tard ; mais mieux vaut tard que jamais.

Le bruit. *Slishh-Slishhh-Slissshh.*

L'odeur. Une fade odeur de viande. Une odeur que son esprit, insistant, associait avec du veau cru se mortifiant lentement dans du lait.

Son estomac réagit. Un renvoi acide et brûlant envahi sa gorge. Gardener gémit.

L'idée — cette lueur — lui revint, et il s'y accrocha. Il serait peut-être possible, soit de tout étouffer dans l'œuf... soit du moins d'en contrôler le développement pendant très très longtemps. Peut-être.

Il faut que tu laisses le monde se damner à sa façon, Gard, qu'on soit à deux minutes de minuit ou non.

Il songea à Ted, l'Homme de l'Énergie, aux folles organisations militaires qui s'échangeaient des armes de plus en plus sophistiquées, et à cette partie de son cerveau irritée, primitive, obsessionnelle, qui tentait de hurler une dernière fois à la raison.

Ta gueule, lui dit Gardener.

Il gagna la chambre d'ami et retira sa chemise. En regardant par la fenêtre, il vit des étincelles de lumière sortant des bois. La nuit était sombre. Ils revenaient. Ils allaient entrer dans le hangar et peut-être s'offrir une petite séance. Une réunion de cerveaux autour des cabines de douche. Une fraternisation à la lueur douillette de cerveaux violés.

Amusez-vous bien, se dit Gardener. Il plaça le 45 sous son matelas, au pied du lit, puis déboucla sa ceinture. *C'est peut-être la dernière fois, alors...*

Il regarda son pantalon. Un arc de métal sortait de la poche. Le cadenas, naturellement. Le cadenas de la porte du hangar.

8

Pendant un moment qui probablement lui sembla beaucoup plus long qu'il ne le fut effectivement, Gardener resta incapable de bouger. Cette sensation de terreur irréelle, de terreur de conte de fées, se réintroduisit dans son cœur fatigué. En regardant ces lumières progresser inéluctablement le long du chemin, il se trouvait réduit à l'état de spectateur horrifié. Bientôt, ils atteindraient le jardin frappé de gigantisme. Ils le traverseraient en diagonale. Ils passeraient la porte de la cour. Ils atteindraient le hangar. Ils verraient que le verrou manquait. Puis ils viendraient dans la maison et, soit ils tueraient Jim Gardener, soit ils enverraient ses atomes désincarnés sur Altaïr-4 — où qu'Altaïr-4 puisse se trouver.

Sa première pensée cohérente fut un simple hurlement de panique au plus fort de sa voix : *Cours ! Va-t'en de là !*

Sa seconde pensée fut un retour tremblant à la surface de sa raison. *Dissimule tes pensées. Il n'a jamais été plus indispensable de les dissimuler.*

Il était planté là, torse nu — son jean déboutonné, la braguette ouverte, godaillait autour de ses hanches —, et le regard fixé sur le cadenas dans sa poche.

File là-bas immédiatement et remets-le en place. TOUT DE SUITE *!*

Non... pas le temps... Seigneur ! Je n'ai pas le temps. Ils sont dans le jardin.

Peut-être. Peut-être qu'il y a juste le temps si tu cesses de jouer à pile ou face et que tu te remues !

Il sortit de sa paralysie par un énorme effort de volonté, extirpa de sa poche le cadenas toujours muni de sa clé et courut aussi vite qu'il le put tout en remontant la fermeture à glissière de sa braguette. Il se glissa par la porte de derrière, s'arrêta juste le temps de voir les deux dernières lampes torches s'introduire dans le jardin et disparaître, et courut au hangar.

Faiblement, vaguement, il entendait leurs voix dans son esprit — des voix pleines de crainte, d'émerveillement, de jubilation.

Il se ferma à elles.

Un éventail de lumière verte s'épanouissait depuis la porte restée entrouverte.

Bon Dieu, Gard, comment as-tu pu être aussi stupide ! rageait son esprit. Mais il connaissait la réponse. On n'avait pas de mal à oublier des choses aussi terre à terre que de fermer une porte quand on avait vu des gens suspendus à des crochets, des câbles coaxiaux sortant de leur tête.

Il les entendait maintenant dans le jardin — il entendait le frottement des épis de maïs géants et inutiles.

Alors qu'il tâtait le moraillon, il se souvint qu'il avait fermé le cadenas avant de le glisser dans sa poche. Sa main sursauta à cette pensée, à tel point qu'il fit tomber ce foutu truc. Il tâta le sol. Il le cherchait, mais ne voyait rien.

Si... il était là, juste à côté du triangle palpitant de lumière verte. Le cadenas était là, oui, mais il ne portait plus sa clé : elle s'était échappée quand le cadenas avait heurté le sol.

Ô mon Dieu, mon Dieu, mon Dieu, sanglota le cerveau de Gard. Son corps était maintenant couvert de sueur. Ses cheveux pendaient dans ses yeux. Il se dit qu'il devait dégager une odeur de vieux singe galeux.

Le frottement des feuilles de maïs s'amplifiait. Quelqu'un rit doucement, mais la proximité de ce rire causa un choc à Gard. Dans quelques secondes ils sortiraient du jardin, et Gard sentait ces secondes lui marteler la tête. Il s'agenouilla, ramassa le cadenas et balaya le sol de sa main pour trouver la clé.

Saloperie, où es-tu ? Saloperie, où es-tu ? saloperie, où *es-tu ?*

Même maintenant, malgré la panique, il avait tendu un écran autour de ses pensées. Est-ce que ça marchait ? Il ne le savait pas. Et s'il n'arrivait pas à trouver la clé, cela n'aurait plus beaucoup d'importance, hein ?

Saloperie, où es-tu ?

Il entrevit la lueur terne d'un objet argenté près de l'endroit où sa main caressait le sol. La clé était tombée beaucoup plus loin qu'il ne l'aurait cru. Ce n'était que par chance qu'il l'avait vue... comme Bobbi lorsqu'elle avait trébuché sur le petit rebord de métal émergeant du sol, deux mois plus tôt.

Gardener saisit la clé et sauta sur ses pieds. Le côté de

la maison le cacherait à leur vue quelques instants encore, mais il ne pouvait compter sur beaucoup plus. Le moindre faux mouvement le condamnerait, et il ne disposait peut-être même plus d'assez de temps pour accomplir chacune des banales petites opérations nécessaires au cadenassage correct d'une porte.

Le destin du monde dépend maintenant du fait qu'un homme pourra ou non cadenasser une porte du premier coup, songea-t-il comme dans un brouillard. *La vie moderne est un tel défi !*

Pendant un moment, il crut qu'il n'arriverait même pas à introduire la clé dans le cadenas. Elle tapotait tout autour du trou sans jamais y pénétrer, prisonnière des mains tremblantes de Gardener. Puis, quand il crut que tout était perdu, elle entra. Il la tourna. Le cadenas s'ouvrit. Il ferma la porte, engagea l'arceau du cadenas dans le moraillon et le referma. Il retira la clé et la serra dans sa main trempée de sueur. Il contourna le hangar comme une goutte d'huile glissant sur une vitre. A ce moment précis, les hommes et les femmes qui étaient allés voir le vaisseau pénétrèrent dans la cour, en file indienne.

Gardener leva le bras pour accrocher la clé au clou où il l'avait trouvée. Pendant un instant cauchemardesque, il crut qu'il allait à nouveau la faire tomber, et qu'il devrait à nouveau la chercher dans les herbes folles. Quand il l'eut accrochée au clou, il laissa échapper son souffle en un soupir tremblotant.

Il aurait voulu ne pas bouger, rester là, comme gelé. Mais il décida qu'il valait mieux ne pas courir ce risque. Après tout, il ne *savait* pas si Bobbi avait sa clé.

Il continua de glisser le long du hangar. Sa cheville heurta le manche d'une herse qu'on avait laissée rouiller dans les mauvaises herbes, et il dut serrer les dents pour ne pas crier de douleur. Il contourna le coin du bâtiment. Il se trouvait maintenant derrière le hangar.

Le bruit savonneux était incroyablement fort.

Je suis juste derrière ces bon Dieu de douches, se dit-il.

Ils flottent à quelques centimètres de moi... quelques centimètres.

Des herbes que l'on foule. Un tout petit frottement de métal. Gardener eut à la fois envie de rire et de pousser un cri strident. Ils *n'avaient pas* la clé de Bobbi. Quelqu'un venait de contourner le hangar et de prendre la clé que Gardener n'avait raccrochée que quelques secondes plus tôt. C'était probablement Bobbi elle-même.

Elle gardait encore la chaleur de ma main, Bobbi, as-tu remarqué ?

Il resta derrière le hangar, serré contre la cloison de bois brut, les bras légèrement écartés, les épaules appliquées contre les planches.

As-tu remarqué ? Est-ce que tu m'entends ? Est-ce que l'un de vous m'entend ? Est-ce que quelqu'un — Allison ou Archinbourg, ou Berringer — va soudain passer sa tête au coin du hangar et crier : « Coucou, Gard, je t'ai vu » ? Est-ce que mon bouclier me protège encore ?

Il ne bougea pas et attendit qu'ils viennent se saisir de lui.

Personne ne vint. Par une nuit d'été ordinaire, il n'aurait probablement pas pu entendre le cliquetis du cadenas quand ils ouvrirent la porte : le bruit métallique aurait été masqué par le puissant *cri-cri-cri-cri* des criquets. Mais maintenant, il n'y avait plus de criquets. Il les entendit ôter le cadenas de la porte ; il entendit les charnières grincer quand ils ouvrirent ; il entendit les charnières grincer quand ils refermèrent. Ils étaient à l'intérieur.

Presque instantanément, les pulsations de lumière filtrant entre les planches s'accélérèrent et gagnèrent en intensité, et son cerveau fut déchiré par un cri d'agonie :

Maal ! Ça fait maaaalll...

Il s'éloigna du hangar et rentra dans la maison.

9

Il resta un long moment allongé sans dormir, attendant qu'ils ressortent, attendant de voir s'il avait été démasqué.

D'accord, je peux essayer d'interrompre l' « évolution », se dit-il. Mais ça ne marchera pas à moins que je n'entre vraiment dans le vaisseau. Est-ce que je peux le faire ?

Il ne le savait pas. Bobbi semblait ne pas s'inquiéter, mais Bobbi et les autres étaient différents, maintenant. Oh ! lui aussi « évoluait » : les dents qu'il perdait le prouvaient, comme sa capacité à entendre les pensées des autres. Il avait modifié les mots sur l'écran de l'ordinateur juste en les pensant. Mais inutile de se leurrer : il était loin derrière dans la compétition. Si Bobbi survivait à leur entrée dans le vaisseau et que son vieux copain Gard tombait mort, est-ce qu'aucun deux, même Bobbi, verserait la moindre larme ? Il en doutait.

Peut-être que c'est ce qu'ils veulent tous, y compris Bobbi. Ils ne te souhaitent que d'entrer dans le vaisseau et de tomber, et que ton cerveau explose en une énorme harmonie radiophonique. Ça épargnerait à Bobbi la douleur morale d'avoir à se débarrasser de toi elle-même. Meurtre sans larmes.

Il ne doutait plus qu'ils eussent l'intention de se débarrasser de lui. Mais il se disait que peut-être Bobbi — l'ancienne Bobbi — le laisserait vivre assez longtemps pour qu'il voie l'intérieur de cette chose étrange dont l'extraction leur avait demandé tant de travail. Cela lui *semblait* bien. La fin n'avait pas d'importance. Si Bobbi prévoyait un meurtre, Gard n'avait pas de réel moyen de défense, n'est-ce pas ? Il *fallait* qu'il entre dans le vaisseau. S'il ne le faisait pas, son idée, aussi folle et invraisemblable qu'elle fût, n'avait aucune chance de marcher.

Il faut que tu essaies, Gard.

Il avait eu l'intention d'essayer dès qu'ils seraient à

l'intérieur, et ce serait probablement le lendemain matin. Maintenant, il se disait que peut-être il devrait tenter un peu plus la chance. S'il appliquait son « plan original » à la lettre, il se dit qu'il n'aurait aucun moyen de faire quoi que ce soit pour ce petit garçon. Il fallait qu'il fasse passer l'enfant d'abord.

Gard, il est probablement mort de toute façon.

Peut-être. Mais le vieil homme ne le pensait pas ; le vieil homme pensait qu'il y avait encore un petit garçon à sauver.

Un gosse, ça ne compte pas — pas face à tout ça. Et tu le sais. Haven est comme un grand réacteur nucléaire qui va entrer dans le rouge. Le cœur est en fusion, si je peux me permettre cette métaphore.

C'était logique, mais d'une logique de croupier. En dernière analyse, c'était même plutôt la logique d'un tueur, la logique de Ted, l'Homme de l'Énergie. Si Gard voulait jouer le jeu de cette façon, pourquoi même tenterait-il quoi que ce soit ?

Ou bien l'enfant est important, ou bien rien ne l'est plus.

Et peut-être que de cette façon, il pourrait même sauver Bobbi. Il n'y croyait pas. Il pensait que Bobbi était allée trop loin pour qu'on puisse la sauver. Mais il pouvait essayer.

Rien ne joue en ta faveur, mon vieux Gard.

Bien sûr. L'horloge n'est qu'à une minute de minuit... on en est à compter les secondes.

C'est sur cette pensée qu'il s'enfonça dans l'oubli du sommeil. L'oubli fut suivi de cauchemars où il flottait dans un bain vert transparent, transpercé de câbles coaxiaux. Il essayait de crier, mais il n'y parvenait pas, parce que les câbles sortaient de sa bouche.

5

Le scoop

1

Enseveli sous les surcharges du décor de la taverne Bounty et engloutissant des chopes de Heineken tandis que David Bright se moquait de lui — un David Bright dont l'humour était tombé si bas dans la vulgarité qu'il avait fini par comparer Leandro à Jimmy Olsen, le copain de Superman —, John Leandro avait craqué. Inutile de se leurrer. Il *avait* effectivement craqué. Mais les grands visionnaires ont toujours dû endurer les flèches acérées du ridicule, et, à cause de leurs visions, nombreux furent ceux qu'on brûla, qu'on crucifia ou dont on augmenta artificiellement la taille de quinze ou vingt centimètres sur les chevalets de torture de l'Inquisition. Entendre David Bright lui demander, après quelques bières au Bounty, si sa montre secrète marchait bien, n'était pas, et de loin, ce qui aurait pu lui advenir de pire.

Mais, nom de Dieu, que ça faisait mal !

John Leandro était persuadé que David Bright et tous ceux que Bright aurait informés des lubies de Johnny le Cinglé, selon qui Quelque-Chose-d'Important-Se-Passait-à-Haven, finiraient par rire jaune. Parce que quelque chose d'important *se passait* bel et bien à Haven. Il le sentait jusque dans la moelle de ses os. Certains jours, quand le vent soufflait du sud-est, il s'imaginait presque qu'il pouvait le *flairer*.

Ses vacances avaient commencé le vendredi précédent. Il avait espéré pouvoir se rendre à Haven le jour même. Mais il vivait avec sa mère, veuve, et, avait-elle dit, elle comptait tellement sur lui pour qu'il la conduise en Nouvelle-Écosse voir sa sœur ! Mais si John avait des obligations, bien sûr, elle comprenait ; il est vrai qu'elle était vieille et plus bien drôle ; elle n'était plus là que pour lui préparer à manger et lui laver ses sous-vêtements, et c'était très bien comme ça.

Vas-y, Johnny, va et décroche ton *scoop*. Je téléphonerai à ta tante Megan, et peut-être que dans une semaine ou deux ton cousin Alfie la conduira pour qu'*elle* vienne me voir ; Alfie est tellement gentil avec sa mère, etc., etc., *id., ibid., ad libitum, ad infinitum*.

Le vendredi, Leandro emmena sa mère en Nouvelle-Écosse. Bien sûr, ils y passèrent la nuit, et quand ils revinrent à Bangor, le samedi, la journée était fichue. Dimanche était un mauvais jour pour commencer quoi que ce soit, avec le catéchisme pour les enfants à neuf heures, la messe à dix heures, et la réunion des Young Men for Christ au presbytère de l'église méthodiste à dix-sept heures. A la réunion des YMC, un orateur montra aux jeunes gens un diaporama sur Armageddon. Tandis qu'il leur expliquait comment les pécheurs impénitents seraient affligés de brûlures, de plaies purulentes et de douleurs qui leur ravageraient les boyaux, Georgina Leandro et les autres dames patronnesses distribuaient des gobelets en carton de Za-Rex et des biscuits de flocons d'avoine. Le soir, il y avait toujours dans le sous-sol de l'église une fête où l'on chantait le Christ.

Les dimanches le laissaient toujours exalté... et épuisé.

2

C'est donc seulement le lundi 15 août que Leandro jeta ses blocs-notes au papier jaune, son magnétophone Sony, son Nikon, et un sac plein de pellicules et de divers objectifs sur le siège avant de sa vieille Dodge, et se prépara à prendre la route de Haven... et de ce qui, espérait-il, lui assurerait la gloire en tant que journaliste. Il n'aurait pas été vraiment épouvanté si on lui avait dit qu'il allait gravir la première marche de ce qui ne tarderait pas à devenir le plus grand scoop depuis la crucifixion de Jésus-Christ.

C'était un jour calme, bleu et doux — très chaud mais pas sauvagement étouffant et humide comme les précédents. Une journée que personne au monde ne pourrait oublier. Johnny Leandro voulait un scoop, mais il n'avait jamais entendu ce vieux proverbe : « Dieu dit : “ Prenez ce qu'il vous faut... vous payerez à la sortie. ” »

Il savait seulement qu'il avait trébuché sur le coin de quelque chose, et que, quand il avait essayé de l'agiter, ça n'avait pas bougé... ce qui signifiait que c'était peut-être plus gros qu'il ne l'avait pensé à première vue. Aucun moyen de se défiler : il allait creuser. Aucun David Bright au monde ne pourrait l'arrêter avec ses fines plaisanteries sur la montre de Jimmy Olsen et Fu Manchu.

Il mit en marche la Dodge et commença de s'écarter du trottoir.

« N'oublie pas ton déjeuner, Johnny ! » lui cria sa mère.

Elle arrivait, tout essoufflée, sur l'allée, un sac de papier brun dans une main. De grosses taches grasses maculaient déjà le papier. Depuis l'école primaire, Leandro avait toujours affectionné les sandwichs à la mortadelle, avec des oignons des Bermudes et de l'huile Wesson.

« Merci, maman, dit-il en se penchant pour prendre le

sac et le poser par terre. Mais ce n'était pas la peine. J'aurais pu m'acheter un hamburger...

— Si je ne te l'ai pas dit mille fois, je ne te l'ai pas dit une, répondit-elle : Ta place n'est pas dans les restaurants du bord de la route, Johnny. On ne sait jamais si la cuisine est propre. Les *microbes,* dit-elle d'un ton menaçant en se penchant vers lui.

— Maman, il faut que je p...

— On ne voit pas du tout les *microbes,* continua Mme Leandro qui n'était pas du genre à lâcher un sujet avant de l'avoir épuisé.

— Oui, maman, murmura Leandro d'un ton résigné.

— Certains de ces endroits sont des paradis pour *microbes,* insista-t-elle. Les cuisiniers peuvent être sales, tu sais. Il arrive qu'ils ne se lavent pas les mains après être allés aux toilettes. Ils peuvent avoir des saletés, ou même des excréments sous les ongles. Ça ne me plaît pas de parler de ça, tu comprends, mais c'est une chose qu'une mère doit apprendre à son fils. La nourriture, dans ce genre d'endroits, peut rendre très, très malade.

— Maman... »

Elle émit un rire de longue souffrance et se tamponna un instant le coin d'un œil avec son tablier.

« Oh, je sais ! Ta mère est idiote, ce n'est qu'une vieille idiote avec de vieilles idées, et elle ferait probablement mieux d'apprendre à se taire. »

Leandro savait bien que c'était encore une de ses façons de le manipuler, mais il ne s'en sentit pas moins, comme toujours, honteux, coupable, redevenu un petit garçon de huit ans.

« Mais non, maman, dit-il. Je ne pense pas ça du tout.

— Tu es un grand journaliste. Moi, je reste à la maison pour faire ton lit, laver tes vêtements et aérer ta chambre quand tu attrapes des gaz parce que tu as bu trop de bière. »

Leandro baissa la tête, ne répondit pas, et attendit sa libération conditionnelle.

« Mais fais ça pour moi : garde-toi des restaurants du

bord de la route, Johnny, parce que ça peut te rendre malade. A cause des *microbes*.

— Je te le promets, maman. »

Satisfaite de lui avoir extorqué une promesse, elle était prête maintenant à le laisser partir.

« Tu seras de retour pour le dîner ?

— Oui, répondit Leandro, qui n'en savait rien.

— A six heures ? insista-t-elle.

— Oui ! Oui !

— Je sais, je sais, je ne suis qu'une vieille idiote...

— Au revoir, maman ! » se hâta-t-il de dire en déboîtant.

Il regarda dans le rétroviseur et la vit, au bout de leur allée, qui lui faisait au revoir de la main. Il répondit et laissa retomber sa main, espérant qu'elle rentrerait dans la maison... et sachant que non. Quand il tourna à droite deux pâtés de maisons plus loin et que sa mère disparut, Leandro ressentit un léger, mais indiscutable, soulagement dans sa poitrine. A tort ou à raison, c'est toujours ce qu'il ressentait quand sa mère disparaissait de sa vue.

3

A Haven, Bobbi Anderson montrait à Jim Gardener un appareil respiratoire modifié. Ev Hillman l'aurait reconnu : le respirateur ressemblait beaucoup à celui qu'il avait loué pour le flic, Butch Dugan, afin de le protéger de l'air de Haven ; mais les respirateurs dont Bobbi faisait la démonstration contenaient des réserves... d'air de Haven. Et c'était justement cet air de Haven que tous deux allaient respirer en entrant dans le vaisseau des Tommyknockers. Il était neuf heures trente.

Au même moment, à Derry, John Leandro s'était arrêté sur le bas-côté de la route, non loin de l'endroit où l'on avait découvert le daim saigné et la voiture de service des officiers Rhodes et Gabbons. Il ouvrit la boîte à gants et vérifia que le Smith & Wesson calibre 38 qu'il s'était procuré à Bangor la semaine précédente s'y trouvait bien. Il le sortit un instant, se gardant d'approcher son index de la détente, bien qu'il sût parfaitement qu'il n'était pas chargé. Il aimait la façon dont la forme compacte de l'arme s'insérait dans sa paume, son poids, l'impression de puissance qu'elle communiquait. Mais cela le faisait aussi trembler un peu, comme s'il avait détaché de quelque mets un morceau beaucoup trop gros pour qu'un type comme lui puisse le manger d'une bouchée.

Un morceau de quoi ?

Il n'en était pas sûr. Une sorte de viande étrange.

Des microbes, dit la voix de sa mère dans son esprit. *La nourriture, dans ce genre d'endroits, peut rendre très, très malade.*

Il vérifia que la boîte de balles était toujours dans la boîte à gants, et y replaça le pistolet. Il se dit que transporter un pistolet dans la boîte à gants d'un véhicule était probablement illégal — ce qui l'amena, inconsciemment, à repenser à sa mère. Il imagina un flic lui demandant de se garer pour un contrôle de routine, réclamant sa carte grise, et apercevant le 38 dans la boîte à gants ouverte. C'est toujours comme ça que les assassins se faisaient prendre dans la série *Alfred Hitchcock présente,* que sa mère et lui regardaient chaque samedi soir sur une chaîne de télévision par câble. Ce serait *aussi* un sacré scoop : UN REPORTER DU *DAILY NEWS* DE BANGOR ARRÊTÉ POUR PORT D'ARME PROHIBÉE.

Alors, retire ta carte grise de la boîte à gants et mets-la dans ton portefeuille, si tu t'inquiètes.

Mais il ne le ferait pas. C'était une très bonne idée, mais il avait l'impression que ce serait attirer les ennuis... et cette voix de la raison ressemblait trop à celle de sa mère le mettant en garde contre les *microbes* ou l'informant (comme elle l'avait fait quand il était enfant) des horreurs qui pourraient lui arriver s'il oubliait de tapisser de papier le siège des toilettes publiques avant de s'y asseoir.

Leandro continua sa route, conscient que son cœur battait un peu trop vite et qu'il transpirait un peu trop pour que cela s'explique uniquement par la chaleur du jour.

Quelque chose d'important... certains jours, je peux presque le flairer.

Oui. Il y avait bien quelque chose là-bas. La mort de Mme McCausland (une explosion de chaudière en juillet ? *Vraiment ?*) ; la disparition des policiers chargés de l'enquête ; le suicide de l'officier prétendument amoureux. Et, avant tout ça, la disparition du petit garçon. David Bright avait dit que le grand-père de David Brown était venu lui débiter tout un tas d'idioties sur la télépathie et des tours de magie qui marchaient vraiment.

Si seulement vous étiez venu me voir moi, au lieu de Bright, M. Hillman ! se dit Leandro pour la cinquantième fois.

Mais maintenant *Hillman* avait disparu. Cela faisait deux semaines qu'il ne s'était pas montré à la pension de famille. Il n'était pas revenu voir son petit-fils à l'hôpital de Derry, alors qu'avant les infirmières devaient le mettre dehors chaque soir. La thèse officielle de la police de l'État était qu'Ev Hillman n'avait *pas* disparu, mais c'était une situation sans issue, parce qu'aux yeux de la loi, un adulte *ne pouvait pas* être déclaré disparu tant qu'un *autre* adulte ne signalait pas sa disparition en remplissant les formulaires idoines. Officiellement, tout était donc parfait. Mais c'était loin d'être le cas pour John Leandro. La propriétaire de la pension lui avait dit que Hillman lui devait soixante dollars — et pour autant que Leandro puisse être sûr de quoi que ce soit, c'était sans doute bien la première fois de sa vie que le vieil homme laissait une ardoise.

Quelque chose d'important... une viande étrange.

Et ce n'était pas tout ce qui émanait d'étrange de

Haven ces temps-ci : en juillet également, un couple était mort dans l'incendie de sa maison, sur la route de Nista ; ce mois-ci, un chirurgien était mort aux commandes de son petit avion, qui avait brûlé (d'accord, c'était arrivé à Newport, mais les contrôleurs aériens de deux tours de contrôle avaient confirmé que l'infortuné neurologue avait survolé Haven, et à une altitude très basse, non autorisée) ; curieusement, les liaisons téléphoniques avec Haven étaient devenues tout à fait capricieuses. Parfois, on joignait son correspondant, parfois non. Il avait obtenu du centre des impôts d'Augusta — contre les six dollars demandés pour les neuf feuillets crachés par l'ordinateur — la liste des gens de Haven inscrits sur les listes électorales, et il avait réussi à retrouver des parents de près de soixante de ces électeurs, des parents vivant à Bangor, Derry, et dans la région. Le tout pendant son temps libre.

Il n'avait pu en trouver un seul — *pas un seul* — qui ait vu ses parents de Haven depuis l'enterrement de Ruth McCausland... près d'un mois auparavant. *Pas un seul.*

Naturellement, beaucoup de ceux qu'il avait interrogés ne trouvaient rien d'étrange à cela. Certains n'étaient pas en bons termes avec leurs parents de Haven et se moquaient bien de ne pas entendre parler d'eux pendant six mois... ou six ans. D'autres semblèrent tout d'abord surpris, puis songeurs quand Leandro insista sur le nombre de jours dont il s'agissait vraiment. Naturellement, l'été constituait une saison très active pour la plupart des gens. Le temps passait à une vitesse qu'on ne connaissait pas en hiver. Et, naturellement, ils avaient parlé à leur tante Mary ou à leur frère Bill une ou deux fois au téléphone — parfois on ne pouvait pas obtenir la communication, mais parfois si.

D'autres similitudes dans le témoignage des gens qu'il interrogea avaient fait flairer à Leandro quelque chose d'indubitablement curieux.

Ricky Berringer, peintre en bâtiment à Bangor, était le jeune frère de Newt, l'entrepreneur en charpentes qui se trouvait être aussi l'administrateur de la commune de Haven.

« On l'a invité à dîner fin juillet, dit Ricky, mais il a dit qu'il avait la grippe. »

Don Blue, agent immobilier à Derry, avait à Haven une tante Sylvia qui venait déjeuner chez lui et sa femme presque tous les dimanches. Les trois derniers dimanches, elle s'était excusée — une fois parce qu'elle avait la grippe *(la grippe semble faire des ravages à Haven,* se dit Leandro, *et nulle part ailleurs, vous comprenez — seulement à Haven),* et les autres fois parce qu'il faisait si chaud qu'elle n'avait pas le courage de se déplacer. Pressé de questions, Blue se rendit compte qu'il y avait en fait *cinq* dimanches que sa tante n'était pas venue — peut-être même six.

Bill Spruce élevait un troupeau de vaches laitières à Cleaves Mills. Son frère Frank en avait un à Haven. Ils se voyaient généralement toutes les semaines, rassemblant pour quelques heures deux très grandes familles : le clan Spruce consommait des tonnes de viande grillée au barbecue, buvait des litres de bière et de Pepsi-Cola, et Frank et Bill s'asseyaient soit à la table de pique-nique dans l'arrière-cour de Frank, soit sous le porche de la maison de Bill pour comparer les chiffres de ce qu'ils appelaient simplement leurs affaires. Bill admit que cela faisait un mois ou plus qu'il n'avait pas vu Frank. Frank lui avait parlé de divers problèmes, d'abord avec ses fournisseurs d'aliments pour bestiaux puis avec l'inspection sanitaire. Pendant ce temps, Bill avait eu quelques problèmes de son côté. Une demi-douzaine de ses holsteins étaient mortes pendant les fortes chaleurs. Et puis, ajouta-t-il après réflexion, sa femme avait eu une crise cardiaque. Son frère et lui n'avaient tout simplement pas eu beaucoup le temps de se voir, cet été-là... mais l'homme avait néanmoins exprimé une surprise non dissimulée quand Leandro avait sorti son agenda et qu'ils avaient tous les deux calculé combien de temps s'était écoulé depuis la dernière fois que les deux frères s'étaient vus : ça datait du 30 juin. Spruce siffla et remonta sa casquette au sommet de son crâne.

« Bon sang, ça en fait du temps ! avait-il dit. Je crois bien que je vais faire un saut à Haven pour voir Frank, maintenant qu'Evelyn est en convalescence. »

Leandro ne dit rien, mais certains des autres témoignages qu'il avait collectés ces deux dernières semaines lui avaient laissé penser que Bill Spruce pourrait trouver ce voyage un peu dangereux pour sa santé.

« J'avais l'impression d'être à l'article de la mort », avait raconté Alvin Rutledge à Leandro.

Rutledge était un camionneur musclé, actuellement au chômage, qui vivait à Bangor. Son grand-père, Dave Rutledge, avait toujours habité Haven.

« Qu'est-ce que vous voulez dire exactement ? » avait demandé Leandro.

Alvin Rutledge, attablé à la taverne Nan, à Bangor, avait posé un regard rusé sur le journaliste.

« Une autre bière descendrait toute seule, pour le moment, avait-il dit. Parler, ça donne incroyablement soif, mon gars.

— N'est-ce pas ? avait répondu Leandro en commandant deux autres chopes à la serveuse.

— Mon cœur battait trop vite, avait continué Rutledge après avoir aspiré une ample gorgée et essuyé du dos de sa main la mousse qui s'était déposée sur sa lèvre supérieure. J'avais mal à la tête. J'avais l'impression que j'allais dégueuler tripes et boyaux. Et *j'ai* vomi, vraiment. Juste avant de faire demi-tour. J'ai ouvert la fenêtre et j'ai tout envoyé par-dessus bord. C'est ce que j'ai fait.

— Eh bien ! » avait dit Leandro, qui avait l'impression que Rutledge attendait une réaction.

L'image de Rutledge — « tout envoyé par-dessus bord » — l'avait frappé, mais il avait décidé de ne pas s'y attarder. Du moins avait-il essayé.

« Hé, regardez, là ! »

Il avait relevé sa lèvre supérieure pour découvrir ce qui restait de ses dents.

« Hou oiyez heu ou euhan ? » avait demandé Rutledge.

Leandro voyait beaucoup de trous devant, mais il s'était dit qu'il serait sans doute maladroit d'en faire la remarque. Il s'était contenté d'opiner du chef. Rutledge en avait fait autant, et avait laissé retomber sa lèvre. Ce fut un soulagement.

« Mes dents n'ont jamais été bien solides, avait expliqué Rutledge d'un ton d'indifférence. Quand je travaillerai et que je pourrai m'offrir un bon dentier, je les ferai toutes sauter. Elles m'emmerdent. Enfin, bon, ce que je veux dire, c'est que j'avais encore mes deux dents du devant, ici, en haut, avant de partir pour Haven il y a quinze jours pour voir le grand-père. Bon Dieu, elles ne bougeaient même pas !

— Elles sont tombées quand vous vous êtes approché de Haven ?

— Elles sont pas *tombées*, avait dit Rutledge avant de finir sa bière. J' les ai *dégobillées*.

— Oh, avait dit faiblement Leandro.

— Vous savez, une autre chope descendrait bien. Parler, ça...

— Ça donne soif, je sais », avait terminé Leandro en faisant signe à la serveuse.

Il avait dépassé sa limite, mais il se disait qu'il avait bien besoin d'une bière de plus, lui aussi.

4

Alvin Rutledge n'était pas le seul qui eût essayé de rendre visite à un ami ou un parent de Haven au cours du mois de juillet, ni le seul qui, malade, eût fait demi-tour. Grâce aux listes électorales et aux annuaires téléphoniques de la région, Leandro trouva trois autres personnes qui lui racontèrent des histoires semblables à celle de Rutledge. Il découvrit un cinquième incident par pure — presque pure — coïncidence. Sa mère savait qu'il « suivait » certains aspects de sa « grande affaire », et elle lui dit en passant que son amie Eileen Pulsifer avait une amie à Haven.

Eileen avait quinze ans de plus que la mère de Leandro, ce qui la menait à près de soixante-dix ans. Devant une tasse de thé et un plateau de biscuits au gingembre écœurants de sucre, elle raconta à Leandro une histoire identique à celles qu'il avait déjà entendues.

L'amie de Mme Pulsifer était Mary Jacklin (la grand-mère de Tommy Jacklin). Elles se rendaient mutuellement visite depuis plus de quarante ans, et souvent participaient ensemble à des tournois locaux de bridge. Cet été, elle n'avait pas vu Mary du tout. Pas *une seule* fois. Elle lui avait parlé au téléphone, et elle avait l'air d'aller bien ; ses excuses semblaient toujours plausibles... mais tout de même, à force de mauvaises migraines, de pâtisseries à faire ou de soudaines visites en famille au Trolley Museum de Kennebunk, cela commençait à devenir bizarre.

« C'étaient de bonnes excuses considérées individuellement, mais à force, l'une après l'autre, ça devenait curieux, si tu vois ce que je veux dire, résuma-t-elle en lui proposant de reprendre des biscuits.

— Non, merci, répondit Leandro.

— Allez, prends-en ! Je vous connais, vous, les jeunes ! Votre mère vous a appris à être polis, mais jamais un garçon n'a pu résister à un biscuit au gingembre ! Alors, ne fais pas le timide et prends ce dont tu as envie ! »

Avec un sourire de circonstance, Leandro prit un autre biscuit.

Mme Pulsifer s'installa confortablement contre le dossier de son fauteuil, croisa ses mains sur son ventre rebondi et continua :

« J'ai fini par me dire que quelque chose n'allait pas... Je crois *toujours* que quelque chose pourrait ne pas aller bien, pour dire la vérité. J'ai tout d'abord pensé que Mary ne voulait peut-être plus être mon amie... que j'avais dit ou fait quelque chose qui l'aurait offensée. Mais je me suis dit que non, que si j'avais dit ou fait quelque chose, elle me l'aurait signalé. Au bout de quarante ans d'amitié, je crois qu'elle m'aurait parlé. De plus, elle ne m'avait pas semblé *froide* au téléphone, tu sais...

— Mais elle semblait différente ?

— Certainement, dit Eileen Pulsifer en opinant du chef. Alors je me suis dit qu'elle était peut-être malade, que son médecin, Dieu l'en garde, lui avait peut-être trouvé un cancer, ou je ne sais quoi, et qu'elle ne voulait pas que ses vieilles amies le sachent. Alors j'ai appelé Véra et j'ai dit : " On va aller à Haven, Véra, pour voir Mary. On ne la préviendra pas de notre visite, comme ça elle ne pourra pas refuser. Prépare-toi, Véra, parce que je passe te prendre à dix heures, et si tu n'es pas prête, j'irai sans toi.

— Véra, c'est...

— Véra Anderson, de Derry. Pratiquement ma meilleure amie au monde, John, à part Mary et ta mère. Cette semaine-là, ta mère était à Monmouth, chez sa sœur. »

Leandro s'en souvenait très bien : chaque semaine de paix et de silence restait enchâssée dans sa mémoire comme un trésor.

« Alors, vous êtes parties toutes les deux pour Haven.

— Exactement.

— Et vous avez été malade.

— *Malade !* J'ai cru que j'allais mourir. Mon *cœur* ! dit-elle en posant sa main sur sa poitrine en un geste théâtral. Mon cœur battait si *vite* ! J'ai été prise de maux de tête, mon nez s'est mis à saigner, et Véra a commencé à avoir peur. Elle a dit " Faisons demi-tour, Eileen, tout de suite. Tu dois aller immédiatement à l'hôpital ! " Je ne sais pas trop comment j'ai réussi à faire demi-tour — je ne m'en souviens pas, le monde tournait autour de moi — et ma bouche avait commencé à saigner aussi, et j'avais perdu deux dents. Tombées de ma mâchoire, John ! Est-ce que tu as jamais entendu une histoire pareille ?

— Non, mentit Leandro, pensant à Alvin Rutledge. Où est-ce arrivé ?

— Mais je te l'ai dit : nous allions voir Mary Jacklin...

— Oui, mais est-ce que vous étiez déjà à Haven, quand vous avez été malade ? Par quel côté arriviez-vous ?

— Oh, je comprends ! Non, nous n'étions pas à Haven. Nous étions sur la vieille route de Derry. A Troie.

— *Tout près* de Haven, donc.

— Oh, à environ un kilomètre et demi de la commune. Je ne me sentais pas bien depuis un petit moment, un peu vaseuse, tu sais. Mais je n'ai rien voulu dire à Véra. J'espérais que ça allait s'arranger. »

Véra Anderson n'avait pas été malade, et cela chiffonnait Leandro. Ça ne collait pas. Véra n'avait pas saigné du nez, ni perdu de dent.

« Non, elle n'a pas du tout été malade, dit Mme Pulsifer. Sauf de terreur. Je crois qu'elle a été malade de terreur. Pour moi... et pour elle aussi, je crois.

— Et pourquoi ?

— Eh bien, la route était épouvantablement déserte. Elle a cru que j'allais m'évanouir — et c'est presque ce que j'ai fait. Il aurait bien pu s'écouler quinze à vingt minutes avant que quiconque ne passe par là.

— Elle aurait pu prendre le volant.

— Mon cher enfant ! Véra souffre de dystrophie musculaire depuis des années. Elle porte de grosses prothèses métalliques aux jambes — des instruments horribles qu'on s'attendrait à trouver plutôt dans une chambe de torture. Rien qu'en la voyant, j'ai parfois envie de pleurer. »

5

A dix heures moins le quart, le matin du 15 août, Leandro entra dans la commune de Troie, la peau glacée, l'estomac serré d'anxiété et — soyons francs — d'un soupçon de peur.

Il se peut que je sois malade. Il se peut que je sois malade, et dans ce cas, je laisserai trente mètres de traces de pneus en forme de U. C'est clair ?

Tout à fait, patron, se répondit-il à lui-même. *Tout à fait, tout à fait.*

Il se peut que je perde des dents, se dit-il. Mais la perte de quelques dents semblait un petit prix à payer pour une histoire qui pouvait lui valoir le prix Pulitzer... et, mieux encore, qui rendrait David Bright vert de jalousie.

Il traversa le village de Troie, où tout semblait normal... même s'il remarqua un certain manque d'activité. Le premier signe de la succession ininterrompue des événements bizarres apparut un kilomètre et demi plus au sud, et ce fut un signe qu'il n'attendait pas. Il écoutait WZON, une station de radio de Bangor. La réception, ordinairement claire et puissante en modulation d'amplitude, commença à faiblir et à se brouiller. Leandro entendait une autre... non, deux... non, trois autres stations qui se mélangeaient à la première. Il fronça les sourcils. Cela se produisait parfois la nuit, quand la réflexion des ondes dans l'ionosphère permettait aux émissions d'être reçues plus loin que dans la journée, mais il n'avait jamais entendu dire que cela pouvait arriver le matin, pas même durant ces périodes optimales pour les transmissions radio que les radioamateurs appelaient « zone de silence ».

Il tourna le bouton de réglage des stations de son autoradio et fut stupéfait de la foule de stations se bousculant dans ses haut-parleurs : rock and roll, country and western, musique classique, tout se mélangeait. Très loin, à l'arrière-plan, il distinguait la voix de Paul Harvey chantant les louanges des produits Amway. Il continua à tourner et arriva à une émission tellement claire qu'il s'arrêta sur le bas-côté, fixant le poste avec des yeux ronds.

Ça parlait japonais.

Il attendit l'inévitable explication — « Votre cours de japonais pour débutants vous a été offert par votre magasin Kyanize Paint » — ou quelque chose dans le genre. La voix se tut. Elle fut suivie d'une chanson des Beach Boys en japonais.

Leandro continua de tourner le bouton d'une main de plus en plus tremblante. C'était presque pareil sur toute la bande. Comme pendant la nuit, cependant, le mélange des voix et des musiques empirait dans les hautes fréquences. Finalement, il devint tel que Leandro en fut effrayé — on aurait dit les sifflements montant d'une fosse à serpents. Il éteignit la radio et resta derrière le volant, les yeux agrandis, le corps un peu douloureux, comme quelqu'un qui se serait speedé avec de la mauvaise came.

Qu'est-ce que c'est que ça ?

A quoi cela rimait-il de se poser des questions alors que la réponse se trouvait moins de dix kilomètres... à condition qu'il puisse la découvrir, naturellement.

Oh, je crois que tu vas la découvrir. Il est possible qu'alors ça ne te plaise pas, mais oui, je crois que tu vas la découvrir sans aucun mal.

Leandro regarda autour de lui. Le foin, dans les champs, à sa droite, était long et touffu. Trop long et trop touffu pour le mois d'août. On n'avait pas fané début juillet. Il se dit même qu'il n'y aurait pas de fenaison en août non plus. A sa gauche, il vit une grange en ruine entourée d'épaves de voitures rouillées. La carcasse d'une Studebaker 1957 pourrissait devant l'entrée béante de la grange. Leandro eut l'impression que les fenêtres le regardaient. Il n'y avait pourtant *personne* pour le regarder, du moins à ce qu'il voyait.

Une petite voix très douce, très polie, s'éleva en lui, la voix d'un enfant lors d'un thé mondain qui a tourné à l'épouvante :

Je voudrais rentrer chez moi, s'il vous plaît.

Oui. Chez maman. A temps pour regarder avec elle les feuilletons de l'après-midi. Elle serait heureuse de le voir rentrer avec son scoop, mais peut-être encore plus de le voir rentrer sans. Ils s'assiéraient devant une assiette de biscuits et boiraient du café. Ils parleraient. *Elle* parlerait, plutôt, et il l'écouterait. Ça se passait toujours ainsi, et ce n'était pas si mal. Elle pouvait être bien irritante parfois, mais elle était...

Sécurisante.

Oui, sécurisante. C'était ça. Sécurisante. Et quoi qu'il pût se passer au sud de Troie en cet après-midi somnolent d'été, la sécurité n'y avait aucune part.

Je voudrais rentrer chez moi, s'il vous plaît.

Oui. Il y avait probablement eu des moments où les journalistes du *Washington Post*, Woodward et Bernstein, avaient ressenti la même chose quand ils subissaient les pressions des gars de Nixon pendant leur enquête sur le Watergate. Bernard Fall avait probablement ressenti ça aussi quand il avait décollé de Saigon pour la dernière fois. Quand on voit des correspondants de presse dans des endroits dangereux comme le Liban ou Téhéran, ils ont seulement *l'air* cool, calme et posé. Les téléspectateurs n'ont jamais l'occasion de regarder leur slip.

Il y a une histoire, là-bas, et je vais la raconter, et quand j'aurai le prix Pulitzer, je pourrai dire que je le dois à David Bright... et à ma montre secrète de Superman.

Il fit redémarrer sa Dodge et continua vers Haven.

6

Il n'avait pas parcouru deux kilomètres qu'il commença à se sentir mal. Il se dit que ce devait être un symptôme physique de sa peur et l'ignora. Puis, quand il se sentit plus mal encore, il se demanda (comme on le fait quand on se rend compte que la nausée nichée dans son estomac comme un petit nuage noir n'a pas l'air de vouloir se dissiper), il se demanda ce qu'il avait mangé. Aucune critique à formuler de ce côté-là : il n'avait pas peur quand il s'était levé le matin, mais il ressentait une grande anxiété et une forte tension, si bien qu'il avait refusé ses habituels œufs brouillés au bacon pour se contenter d'un thé avec des toasts sans beurre. C'était tout.

Je voudrais rentrer chez moi ! cria la voix sur un mode plus aigu.

Leandro continua en serrant les dents. Le scoop était à Haven. S'il ne pouvait entrer dans Haven, il n'y aurait *pas* de scoop. On ne pouvait parler que de ce qu'on avait vu. CQFD.

A un kilomètre environ de la commune — la journée était étrangement et totalement morte — une série de bip, boup, bzzz, bang, toc se fit entendre depuis le siège arrière, et Leandro eut si peur qu'il cria et se rangea à nouveau sur le bas-côté de la route.

Il se retourna, et ne parvint pas immédiatement à comprendre ce qu'il voyait. Ce devait être, se dit-il, une hallucination due à sa nausée de plus en plus forte.

Quand sa mère et lui s'étaient rendus à Halifax le week-end précédent, il avait emmené son neveu Tony manger une glace. Tony (que Leandro considérait personnellement comme un petit morveux mal élevé) était monté à l'arrière et avait joué avec un truc en plastique qui ressemblait à un combiné de téléphone. Ce jouet s'appelait Merlin, et c'était un ordinateur. Il proposait quatre ou cinq jeux simples faisant appel à la mémoire du joueur ou à sa capacité d'identification de séries mathématiques simples. Leandro se souvenait qu'il permettait aussi de jouer au morpion.

Quoi qu'il en soit, Tony devait l'avoir oublié, et maintenant il devenait fou sur le siège arrière, ses lumières rouges clignotant au hasard (vraiment ? ou simplement un peu trop vite pour que Leandro comprenne ?), répétant sans fin ses simples séries de sons. Il marchait tout seul.

Non... non. J'ai dû passer dans un nid-de-poule, ou donner une secousse quelconque. C'est tout. Ça a poussé le bouton. Ça l'a mis en marche.

Mais il *voyait* le petit bouton noir sur le côté. Il était éteint, et Merlin continuait ses boup, bip et bzzz. Ça lui rappela les machines à sous de Las Vegas quand elles recrachent un jackpot.

Le boîtier de plastique du jouet se mit à fumer. Le plastique s'effondrait, se gondolait... coulait comme une chandelle. Les lumières clignotaient de plus en plus vite... plus vite. Soudain, elles s'allumèrent toutes d'un coup, d'un rouge brillant, et le gadget émit un zonzonnement étranglé. Le boîtier éclata. Il y eut une brusque pluie de miettes de plastique. En dessous, le revêtement du siège commença à son tour à fumer.

Sans penser à ses malaises, Leandro se mit à genoux sur son siège et projeta le jouet au sol. Merlin laissa une tache de brûlé sur le siège.

Qu'est-ce qui se passe ?

La réponse, sans aucun rapport, fut un cri :

JE VOUDRAIS RENTRER CHEZ MOI TOUT DE SUITE S'IL VOUS PLAÎT !

« Sa capacité d'identification de séries mathématiques simples. » Est-ce que j'ai pensé ça ? Moi, le John Leandro qui a raté son épreuve de maths à l'examen de fin d'études au lycée ? C'est sérieux ?

Aucune importance. Fous le camp !

Non.

Il remit la Dodge en marche et démarra. Il n'avait pas

fait vingt mètres quand soudain, dans une folle excitation, il pensa :

La capacité à isoler des séries mathématiques simples indique l'existence d'un cas général, n'est-ce pas ? A y réfléchir, on peut l'exprimer ainsi :

$ax^2 + bxy = cy^2 + dx + ey + f.$

Ouais ! Ça marche tant que a, b, c, d, et f sont constants. Je crois, ouais. Tu parles ! Mais il ne faut pas qu'a, b, ou c soit égal à 0 — ça ficherait tout par terre ! f peut se débrouiller seul.

Leandro avait envie de vomir, mais il n'en émit pas moins un rire aigu et triomphant. Il eut tout à coup l'impression que son cerveau s'était envolé par le sommet de son crâne. Bien qu'il ne l'eût pas connue (puisqu'il avait pratiquement dormi pendant toute cette partie du programme de maths), il avait redécouvert l'équation générale du second degré à deux variables, équation que l'on peut en effet utiliser pour isoler les éléments d'une série mathématique simple. Il planait.

Un moment plus tard, du sang jaillit de son nez en un flot surprenant.

Ce fut la fin de la première tentative de John Leandro pour entrer dans Haven. Il passa la marche arrière et recula en zigzaguant, le bras droit accroché au dossier de son siège, le sang coulant sur l'épaule de sa chemise tandis qu'il regardait par la lunette arrière avec des yeux larmoyants.

Il recula sur plus d'un kilomètre, puis fit demi-tour dans un chemin de terre. Il regarda sa chemise. Elle était trempée de sang. Mais il se sentait mieux. *Un peu* mieux, corrigea-t-il. Il ne s'attarda pourtant pas. Il retourna au village de Troie et se gara devant l'unique boutique.

Il entra, s'attendant à ce que le groupe habituel de vieillards qui hante ce genre d'endroits regarde, dans ce silence accompagnant toujours la surprise d'un Yankee, sa chemise pleine de sang. Mais il n'y avait que le commerçant, et il ne parut pas du tout surpris — ni du sang, ni de la question que Leandro lui posa sur une chemise qu'il pourrait lui vendre.

« On dirait qu' vot' nez a bien pissé l' sang », dit gentiment le commerçant en montrant des T-shirts à Leandro.

Il en possédait un choix inhabituel pour une si petite boutique, se dit Leandro, qui reprenait lentement ses esprits bien que sa tête lui fît encore mal et que son estomac fût encore aigre et instable. L'écoulement de sang par son nez avait beaucoup effrayé Leandro.

« Vous pouvez le dire », répondit Leandro.

Il laissa le vieil homme fouiller à sa place dans la pile de vêtements parce que des traces de sang séchaient encore sur ses mains. Il y avait là les quatre tailles habituelles : S, M, L, et XL. Certains T-shirts portaient l'inscription : OÙ DIABLE SE TROUVE DONC TROIE ? DANS LE MAINE ! D'autres arboraient un gros homard et disaient : J'AI EU LA PLUS BELLE QUEUE DE MA VIE À TROIE, DANS LE MAINE. Sur d'autres encore, un gros moustique noir ressemblant à un monstre venu de l'espace : L'OISEAU DE L'ÉTAT DU MAINE, proclamaient-ils.

« Vous avez vraiment beaucoup de choix », dit Leandro en montrant une taille M dans le modèle OÙ DIABLE ?

Il avait trouvé amusante la plaisanterie des homards, mais il s'était dit que sa mère n'aurait guère apprécié le sous-entendu.

« Que oui ! confirma le commerçant. Il en faut beaucoup. On en vend beaucoup.

— Les touristes ? »

Le cerveau de Leandro filait déjà en avant, tentant de trouver ce qui allait venir ensuite. Il avait pensé être sur quelque chose d'important ; maintenant, il croyait que c'était infiniment plus important que même *lui* ne l'avait cru.

« Quelques-uns, dit le commerçant, mais y en a pas eu beaucoup par ici, cet été. La plupart du temps, c'est des types comme vous.

— Comme moi ?

— Ouais. Des types avec le nez qui saigne. »

Leandro ouvrit bêtement la bouche.

« Y saignent du nez, y bousillent leur chemise, expliqua le commerçant. Exactement comme vous avez bousillé la vôtre. Alors y veulent se changer. Et si c'est des gens du coin — comme vous, j'parie — y zont pas d' bagages, et rien d'aut' à s' mettre. Alors y s'arrêtent devant l' premier magasin qu'y voient et y zachètent quelque chose. J' les comprends. Conduire dans une ch'mise toute couverte de sang comme la vôt' ça m' donnerait envie d' vomir. Vous savez, j'ai vu des dames ici cet été — des dames *très* bien, bien attifées et tout — qui puaient comme toute une porcherie. »

Le commerçant ricana, dévoilant une bouche sans aucune dent.

« Dites-moi, si je vous ai bien compris, dit lentement Leandro. D'*autres* gens sont revenus de Haven avec le nez en sang ? Pas seulement moi ?

— Seulement vous ? Bon Dieu, non ! Le jour où y zont enterré Ruth McCausland, j'ai vendu quinze T-shirts ! En une seule journée ! Je m' voyais déjà prend' ma r'traite en Floride ! dit le commerçant en riant. C'étaient tous des étrangers au village, ajouta-t-il comme si cela expliquait tout (ce qui était peut-être le cas dans son esprit). Y en avait même dont l' nez saignait encore quand y sont arrivés ici. Des nez comme des fontaines ! Leurs oreilles aussi, parfois. Nom de Dieu de merde !

— Et personne ne le *sait* ? »

Le vieil homme regarda Leandro avec des yeux soudain remplis de sagesse :

« Tu le sais, *toi*, mon garçon », dit-il.

6

À l'intérieur du vaisseau

1

« Tu es prêt, Gard ? »

Gardener, assis sous le porche, ne quittait pas la Route nº 9 des yeux. La voix venait de derrière lui, et il n'eut pas de mal — aucun mal — à revoir en un instant une centaine de scènes de prison tirées de mauvais films, où les gardiens arrivent pour escorter le condamné dans le couloir de la mort. Ces scènes commencent toujours, naturellement, par la voix grave d'un gardien qui grogne : *T'es prêt, Rocky ?*

Prêt à ça ? Tu veux rire.

Il se leva, se retourna, vit l'équipement que Bobbi portait dans ses bras, puis le petit sourire qu'arborait son visage. Le sourire de quelqu'un qui en savait long, et Gard n'aimait pas cela.

« Tu vois quelque chose de drôle ? demanda-t-il.

— C'est ce que j'ai *entendu,* qui est drôle. Je t'ai entendu, Gard, répondit Bobbi. Tu pensais à des scènes de prison dans de vieux films, et ensuite tu as pensé : " Prêt à ça ? Tu veux rire ". J'ai tout entendu, cette fois, et c'est très rare... sauf quand tu me transmets délibérément tes pensées. C'est pour ça que j'ai souri.

— C'est de l'espionnage.

— Oui. Et il m'est de moins en moins difficile », dit Bobbi en continuant à sourire.

Derrière son bouclier mental en voie de pourrissement, Gardener pensa : *Maintenant, j'ai une arme, Bobbi. Elle est sous mon lit. Je l'ai prise dans la Première Église réformée des Tommyknockers.* C'était dangereux... mais il aurait été plus dangereux encore de ne pas savoir jusqu'où Bobbi pouvait l' « espionner ».

Le sourire de Bobbi s'assombrit un peu.

« Quoi ? Qu'est-ce que tu as pensé ?

— A toi de me le dire. »

Quand le sourire de Bobbi se chargea de soupçons, Gardener ajouta d'un ton détaché :

« Allez, Bobbi, j'essayais seulement de te pousser dans tes retranchements. Je me demandais ce que tu portais. »

Bobbi s'approcha avec l'équipement. C'étaient deux embouts de tuba, en caoutchouc, reliés à des réservoirs et à des détendeurs bricolés.

« On mettra ça pour entrer », dit-elle.

Entrer.

Ce simple mot alluma une étincelle brûlante dans le ventre de Gard et déclencha en lui toutes sortes d'émotions contradictoires — admiration, terreur, impatience, curiosité, tension. Il avait l'impression d'être à la fois un indigène superstitieux s'apprêtant à fouler le sol d'une montagne sacrée, et un gosse le matin de Noël.

« A l'intérieur, l'air est donc différent, dit Gardener.

— Pas tellement. »

Bobbi avait étalé son fond de teint n'importe comment, ce matin, peut-être parce qu'elle avait décidé qu'il n'était plus utile de cacher à Gard l'accélération du processus de changement physique qu'elle subissait. Gard se rendit compte qu'il pouvait voir la langue de Bobbi bouger dans sa tête pendant qu'elle parlait... sauf que cela ne ressemblait plus vraiment à une langue. Et ses pupilles, plus grandes, comme inégales et changeantes, semblaient regarder du fond d'une flaque d'eau. De l'eau légèrement teintée de vert. Gard sentit son estomac se retourner.

« Pas tellement, dit-elle. Juste pourri.

— Pourri ?

— Le vaisseau est fermé depuis plus de vingt-cinq mille siècles, expliqua patiemment Bobbi. *Hermétiquement* fermé. Nous serions tués par cette bouffée de mauvais air dès que nous ouvririons la trappe. Alors, nous allons porter ça.

— Qu'est-ce qu'il y a dedans ?

— Rien que du bon air de Haven. Les réservoirs sont petits — quarante à cinquante minutes d'autonomie. Ça s'attache à la ceinture comme ça, tu vois ?

— Oui. »

Bobbi lui tendit un des appareils. Gard attacha la bouteille d'air à sa ceinture. Pour ce faire, il dut relever son T-shirt, et il fut très content d'avoir décidé de laisser le 45 sous le lit.

« Ne commence à utiliser l'air du réservoir que juste avant que j'ouvre, dit Bobbi. Ah ! j'allais oublier. Tiens. Pour le cas où *toi,* tu oublierais. »

Elle lui tendit un pince-nez que Gard fourra dans sa poche de jeans.

« Bien ! dit Bobbi presque énergiquement. Est-ce que tu es *prêt,* maintenant ?

— Est-ce qu'on va vraiment entrer à l'intérieur ?

— Absolument », dit Bobbi d'un ton presque tendre.

Gardener émit un rire tremblant. Ses mains et ses pieds étaient glacés.

« Je suis drôlement excité, dit-il.

— Moi aussi, répondit Bobbi en souriant.

— Et j'ai peur.

— Il n'y a pas de raison, Gard, dit Bobbi de la même voix tendre. Tout se passera bien. »

Gard sentit dans cette tendresse quelque chose qui lui fit plus peur que tout.

2

Ils montèrent sur le Tomcat et gagnèrent les bois morts, silencieusement, accompagnés du seul ronronnement des batteries. Ils ne parlèrent ni l'un ni l'autre.

Bobbi gara le Tomcat près de la cabane et ils regardèrent un moment la soucoupe argentée émergeant de la tranchée. Le soleil matinal s'y réfléchissait en un secteur circulaire de plus en plus large et d'une luminosité très pure.

Entrer, songea de nouveau Gardener.

« Tu es prêt ? demanda à nouveau Bobbi. Viens, Rocky — c'est juste une grosse secousse, tu ne sentiras rien.

— Ouais, charmant », dit Gardener d'une voix un peu enrouée.

Bobbi le scruta de ses yeux changeants, de ses pupilles flottantes et dilatées. Gardener avait l'impression de sentir des doigts mentaux trifouiller dans ses pensées, tenter de les décortiquer.

« Tu sais qu'entrer là-dedans *pourrait* te tuer, finit par dire Bobbi. Pas l'air — on a réglé ce problème... C'est drôle, tu sais, ajouta-t-elle en souriant, cinq minutes à respirer de notre air en boîte ferait perdre conscience à n'importe quelle personne de l'extérieur, et en une demi-heure, elle serait morte. Mais cet air va nous garder en vie. Ça ne te fait pas tout drôle, Gard ?

— Si », dit Gard en contemplant le vaisseau et en se posant les questions qu'il se posait toujours : *D'où viens-tu ? Combien de temps as-tu dû voyager dans la nuit pour arriver ici ?* « Si, ça me fait tout drôle.

— Je *crois* que tu ne risques rien, mais tu sais..., dit Bobbi en haussant les épaules. Ta tête... cette plaque de métal dans ta tête interfère d'une certaine façon avec...

— Je connais les risques.

— Dans ce cas... »

Bobbi se tourna et se dirigea vers la tranchée. Gardener resta un instant immobile à la regarder.

Je connais les risques que me fait courir ma plaque. *Ce que je conçois moins clairement, ce sont les risques que tu me fais courir, Bobbi. C'est de l'air de Haven, que je vais respirer quand j'utiliserai ce masque, ou une sorte de DDT ?*

Mais ça n'avait pas d'importance, n'est-ce pas ? Les dés étaient jetés. Et *rien* ne l'empêcherait de voir l'intérieur de ce vaisseau s'il le pouvait, ni David Brown, ni rien au monde.

Bobbi avait atteint la tranchée. Elle se retourna, son visage maquillé formant un masque morne dans la lumière matinale qui traversait les vieux pins et les jeunes épicéas entourant les lieux.

« Tu viens ?

— Ouais », dit Gardener.

Il se mit en marche vers le vaisseau.

3

Descendre s'avéra extrêmement compliqué. Le treuil était commandé par un gros interrupteur-inverseur électrique à deux boutons, fixé sur une des poutres qui soutenaient l'abri, à vingt mètres du bord de la tranchée. Gardener comprit pour la première fois pourquoi il y avait tant de voitures neuves que l'on devait renvoyer à l'usine : un simple oubli, une commande mal placée.

Il y avait maintenant des semaines qu'ils utilisaient le treuil pour monter et descendre. Assez longtemps pour trouver ça tout à fait normal. Au bord de la tranchée, ils se rendirent compte que jamais encore ils n'étaient descendus ensemble, et qu'aucun d'eux ne s'était inquiété du fait que ses bras ne mesuraient pas tout à fait vingt mètres de long. Ce dont ils se rendirent également compte tous les deux, mais que ni l'un ni l'autre ne dit, c'était qu'ils auraient pu descendre l'un après l'autre, comme d'habitude : avec quelqu'un pour presser le bouton en bas, tout aurait été facile. Ni l'un ni l'autre ne le dit parce qu'il était sous-entendu entre eux cette fois-ci, et seulement cette fois-ci, qu'ils devaient descendre ensemble, parfaitement ensemble, chacun ayant engagé un pied dans l'unique boucle de la corde, les bras entourant la taille de l'autre, comme des amants sur une escarpolette. C'était stupide, tout à fait stupide — assez stupide pour constituer la seule manière d'agir.

Ils se regardèrent sans dire un mot, mais deux pensées fusèrent entre eux :

(ici nous sommes deux étudiants)

(Bobbi, où est-ce que j'ai laissé ma clé anglaise pour gaucher)

L'étrange Nouvelle Bouche Améliorée de Bobbi frissonna. Elle se retourna et pouffa. Gard sentit un instant la vieille chaleur toucher à nouveau son cœur. Ce fut la dernière fois qu'il vit vraiment la Vieille Bobbi Anderson.

« Est-ce que tu pourrais bricoler un boîtier de télécommande pour le treuil ?

— Oui, mais ça prendrait trop de temps. J'ai une meilleure idée. »

Ses yeux, songeurs et calculateurs, effleurèrent un instant le visage de Gardener, qui ne parvint pas vraiment à interpréter ce regard. Puis Bobbi se dirigea vers l'abri.

Gardener la suivit quelques pas et la vit ouvrir une grande boîte métallique verte fixée à un piquet. Bobbi fouilla dans le capharnaüm d'outils et de pièces détachées qui s'y trouvait, et revint avec un poste de radio à transistors plus petit que ceux que les « aides » de Gardener avaient transformés en Nouvelles Charges Explosives Améliorées à l'époque où Bobbi se remettait de son « insolation ». Gard n'avait jamais vu ce poste auparavant. Il était vraiment très petit.

L'un d'eux l'a apporté la nuit dernière, se dit-il.

Bobbi tira la petite antenne, inséra une fiche dans le boîtier de plastique et l'écouteur dans son oreille. Gard se souvint de Freeman Moss déplaçant les pompes comme un dresseur d'éléphants faisant évoluer ses pachydermes sur une piste de cirque.

« Ça ne prendra pas longtemps. »

Bobbi pointa l'antenne dans la direction de la ferme. Gardener eut l'impression d'entendre un lourd et puissant ronronnement — non pas porté par l'air, mais *dans* l'air, aurait-on dit. Un instant, son cerveau fut chatouillé par une musique, et il sentit cette douleur au milieu du front qui se manifeste quand on boit trop d'eau froide d'un coup.

« Et maintenant ?

— On attend, dit Bobbi. Il n'y en a pas pour longtemps. »

Son regard scrutateur passa à nouveau sur le visage de Gardener, et cette fois Gardener crut comprendre ce qu'il signifiait. *C'est qu'elle veut que je voie quelque chose. Et cette occasion se présente à point pour qu'elle me le montre.*

Il s'assit près de la tranchée et découvrit un très vieux paquet de cigarettes dans sa poche de poitrine. Il en restait deux à l'intérieur, une cassée, l'autre pliée, mais entière. Il l'alluma et fuma, songeur, pas vraiment fâché de ce retard, qui lui donnait l'occasion de peaufiner ses projets. Naturellement, s'il tombait raide mort dès qu'il passerait cette trappe ronde, ses projets s'en trouveraient quelque peu bouleversés.

« Ah ! Nous y voilà ! » dit Bobbi en se levant.

Gard se leva aussi. Il regarda autour de lui, mais ne vit rien.

« Là-bas, Gard. Dans le sentier. »

Bobbi exprimait une certaine fierté, comme un gosse qui vient faire admirer une caisse montée sur roues — la première voiture qu'il a fabriquée. Gardener aperçut enfin l'objet dont s'enorgueillissait Bobbi, et il se mit à rire. Il n'en avait pas vraiment eu l'intention, mais il n'avait pu s'en empêcher. Il croyait toujours qu'il s'était habitué au meilleur des mondes de la superscience hors normes de Haven, et à chaque fois un nouveau gadget le renvoyait à son ignorance. Comme maintenant.

Bobbi souriait, mais à peine, vaguement, comme si le rire de Gardener ne signifiait rien pour elle.

« Je sais, ça semble un peu étrange, mais ça suffira, crois-moi. »

C'était l'aspirateur Electrolux que Gard avait vu dans le hangar. Il ne roulait pas sur le sol, mais juste au-dessus, ses petites roues blanches tournant dans le vide, son ombre courant tranquillement à côté, comme un chien au bout de sa laisse. De l'arrière, où aurait dû s'insérer le tuyau d'aspiration, sortaient deux fils, fins comme des cheveux, en forme de V. *L'antenne,* se dit Gardener.

L'aspirateur atterrit, si l'on peut employer ce terme quand un objet retombe d'une hauteur de dix centimètres, et cahota sur le sol raviné de la zone de fouilles jusqu'à l'abri, laissant derrière lui de fines traces de roues. Il s'arrêta sous l'interrupteur contrôlant le treuil.

« Regarde-moi ça ! » dit Bobbi de ce même ton de fierté enfantin.

Il y eut un déclic, un ronronnement, et une cordelette noire sortit du flanc de l'aspirateur, comme une corde s'élevant du panier d'osier d'un fakir indien. Mais ce n'était pas une cordelette. Gardener identifia un morceau de câble coaxial.

Il s'éleva dans les airs... monta... monta... monta. Il toucha le côté de l'interrupteur, puis glissa vers le devant du boîtier. Gardener eut un frisson de dégoût. C'était comme regarder une chauve-souris, un animal aveugle muni d'une sorte de radar. Une chose aveugle qui pouvait *chercher.*

L'extrémité du câble trouva les boutons de commande du treuil — le noir pour la descente, le rouge pour la montée. L'extrémité du câble toucha le bouton noir, et soudain se raidit. Le bouton noir s'enfonça d'un coup. Le moteur installé derrière la cabane se mit en marche, et la corde glissa dans la tranchée. Le câble coaxial relâcha sa pression, et le moteur s'arrêta. En se penchant, Gardener vit la corde qui pendait contre le flanc de la tranchée, environ quatre mètres plus bas. Le câble glissa plus bas vers le bouton rouge, se raidit, et le pressa. La corde remonta. Quand elle atteignit le sommet de la tranchée, le moteur s'arrêta automatiquement.

Bobbi se tourna vers Gard. Elle souriait, mais ses yeux étaient attentifs.

« Voilà, dit-elle. Ça marche.

— C'est incroyable », dit Gardener.

Ses yeux étaient passés de Bobbi à l'aspirateur tandis que le câble pressait les boutons. Bobbi n'avait fait aucun geste avec la radio (comme Freeman Moss avec son walkie-talkie) mais Gardener avait détecté des rides de concentration sur son front, et il avait vu ses yeux se baisser juste avant que le câble coaxial ne glisse du bouton noir vers le bouton rouge.

On dirait un teckel mécanique, une de ces adorables peintures absolument tuantes de Kelly Freas. C'est à ça que ça ressemble, mais ce n'est pas un robot, pas vraiment. Ça n'a pas de cerveau. Son cerveau, c'est Bobbi... *et elle veut que je le sache.*

Il y avait *beaucoup* de ces machines bricolées, dans le hangar, toutes alignées contre le mur. Celle sur laquelle l'esprit de Gard tentait de se fixer était la machine à laver avec son antenne en forme de boomerang.

Le hangar. Ça soulevait une question extrêmement intéressante. Gard ouvrit la bouche pour la poser... puis la referma, luttant dans le même temps pour épaissir autant qu'il le pouvait le bouclier dissimulant ses pensées. Il éprouvait le même vertige qu'un homme qui a failli basculer dans une crevasse de trois cents mètres en regardant un beau coucher de soleil.

Il n'y a personne à la maison — du moins à ce que je crois — et le hangar est fermé de l'extérieur. Alors comment Fido l'Aspirateur est-il sorti ?

Il avait vraiment été à un cheveu de poser cette question quand il s'était souvenu que Bobbi n'avait pas dit *d'où* venait l'Electrolux. Gard prit soudain conscience de l'odeur de sa propre sueur, aigre et mauvaise.

Il regarda Bobbi et vit que Bobbi le regardait avec ce petit sourire irrité qui signifiait qu'elle sentait Gardener penser... sans savoir quoi.

« Mais d'où sors-tu ce truc ? demanda Gardener.

— Oh... Je l'avais dans un coin, dit Bobbi avec un geste évasif de la main. L'important, c'est que ça marche. Bon, on a perdu assez de temps. On y va ?

— D'accord », dit-il.

Ils gagnèrent la tranchée. Bobbi engagea la première le pied dans la boucle. Gardener monta à son tour, tenant la corde. Le câble sortant du côté de l'aspirateur pressa le bouton noir.

Gard regarda une dernière fois le vieil aspirateur et se demanda à nouveau :

Comment diable est-il sorti ?

Il glissait dans la tranchée étroite et s'imprégnait de l'odeur minérale de la roche humide. La surface lisse du vaisseau semblait monter sur sa gauche, comme le mur aveugle d'un gratte-ciel sans fenêtres.

4

Gard se dégagea de la corde. Bobbi et lui se tenaient côte à côte devant la rainure circulaire de la trappe, de la taille d'un grand hublot. Gardener découvrit qu'il lui était presque impossible de détacher les yeux du symbole qui y était gravé, et cela lui rappela un épisode de sa petite enfance. Il y avait eu une épidémie de diphtérie dans la banlieue de Portland où il habitait. Deux enfants étaient morts, et le ministère de la Santé publique avait imposé une quarantaine. Il se souvenait, en allant jusqu'à la bibliothèque, la main emprisonnée dans celle de sa mère, d'être passé devant des portes où l'on avait tracé des signes qu'il ne savait pas encore déchiffrer. Au début de chaque inscription, il y avait toujours le même mot en grosses lettres noires. Il avait demandé à sa mère ce que cela voulait dire, et elle avait répondu que ce mot signalait qu'un malade vivait dans la maison. Ce n'était pas un vilain mot, avait-elle dit, car il prévenait les gens de ne pas entrer. Sinon, avait-elle expliqué, ils risquaient d'attraper la maladie et de la transmettre à d'autres.

« Tu es prêt ? demanda Bobbi qui interrompit ses pensées par ces quelques mots.

— Qu'est-ce que ça signifie ? demanda Gard en montrant le symbole du doigt.

— Rasoirs Burma, répondit Bobbi sans sourire. Alors, tu es prêt ?

— Non... mais je crains de ne jamais l'être davantage. »

Il regarda le réservoir accroché à sa ceinture et se demanda à nouveau s'il allait inhaler un poison qui ferait exploser ses poumons à la première bouffée. Il ne le pensait pas. Cette étape devait être sa récompense : une visite à l'intérieur du Temple Sacré avant qu'on ne l'efface une fois pour toutes de l'équation.

« D'accord, dit Bobbi. Je vais l'ouvrir...

— Tu vas l'ouvrir par la *pensée* ? demanda Gardener en regardant l'écouteur fiché dans l'oreille de Bobbi.

— Oui, répondit Bobbi d'un ton sans réplique comme pour dire : *Et comment faire autrement ?* Ça va s'ouvrir comme un diaphragme, et le mauvais air jaillira comme dans une explosion... Très mauvais, crois-moi. Dans quel état sont tes mains ?

— Qu'est-ce que tu veux dire ?

— Tu as des égratignures ?

— Rien qui ne soit en voie de cicatrisation, dit-il en tendant ses mains comme un petit garçon qui se soumet à l'inspection de sa mère avant de se mettre à table.

— Ça va, dit Bobbi en sortant une paire de gants de travail en coton de sa poche arrière et en les enfilant. J'ai la peau arrachée à deux ongles, expliqua-t-elle devant le regard interrogateur de Gard. Ce ne sera peut-être pas suffisant, mais j'espère que si. Quand tu verras que la trappe commence à s'ouvrir, ferme les yeux, Gard. Respire l'air du réservoir. Si tu inspires ne serait-ce qu'une bouffée de ce qui va sortir du vaisseau, ça te tuera aussi vite qu'un cocktail au Dran-O.

— Je n'en doute pas », dit Gardener.

Il inséra l'embout du tuba dans ses lèvres et ferma ses narines à l'aide du pince-nez. Bobbi en fit autant. Gardener entendait et sentait la pulsation de son sang dans ses tempes, très rapide, comme si on frappait d'un doigt de petits coups saccadés sur un tambour.

Ça y est... enfin.

« Prêt ? » demanda Bobbi une dernière fois.

Le mot, étouffé par l'embout du tuba, ressembla plutôt à *pouêt.*

Gardener hocha la tête.

« Tu te souviens ? » *Huhehouuhin ?*

Gardener acquiesça de nouveau.

Pour l'amour de Dieu, Bobbi, allons-y !

Bobbi acquiesça à son tour.

OK. Prépare-toi.

Avant qu'il ne puisse demander à quoi il lui fallait se préparer, le symbole s'incurva et Gardener comprit soudain, avec une excitation si profonde qu'elle lui donna presque la nausée, que la trappe s'ouvrait. Il y eut un bruit semblable à un hurlement, comme celui que produit n'importe quelle porte rouillée fermée depuis longtemps, et qui résiste très fort.

Il vit Bobbi tourner la valve du réservoir fixé à sa ceinture et l'imita. Puis il ferma les yeux. Un instant plus tard, un souffle très doux lui caressa la visage, écartant de son front ses cheveux ébouriffés. Gardener se dit : *La Mort. C'est la Mort. La Mort qui passe près de moi, remplissant cette tranchée comme du chlore. A cet instant précis, tous les microbes réfugiés à la surface de ma peau sont en train de crever.*

Son cœur battait beaucoup trop vite, et il commençait même à se demander si la sortie de gaz *(comme la bouffée de gaz sortant d'un cercueil,* ajouta son esprit avec une espièglerie hors de propos) n'était pas finalement en train de le tuer aussi, quand il se rendit compte qu'il avait seulement retenu sa respiration.

Il inspira par le tuba et attendit de voir s'il en mourrait. Non. Malgré un goût rance et sec, c'était tout à fait respirable.

Quarante, peut-être cinquante minutes d'air.

Ralentis, Gard. Inspire lentement. Fais-le durer. Pas d'essoufflement.

Il ralentit sa respiration.

Il essaya, du moins.

Puis le long cri de la trappe cessa. La bouffée d'air s'adoucit encore sur son visage avant de retomber totalement. Gardener passa alors une éternité dans le noir, face à la trappe ouverte, les yeux fermés. Les seuls bruits qu'il entendait étaient les battements sourds de son cœur et le sifflement de l'air dans la valve du réservoir. Il avait déjà un goût de caoutchouc dans la bouche, et ses dents serraient l'embout beaucoup trop fort. Il fit un gros effort pour se détendre.

Enfin, l'éternité se termina. Une pensée très claire de Bobbi emplit le cerveau de Gardener :

D'accord... ça devrait aller... tu peux ouvrir tes jolis yeux bleus, Gard.

Comme un enfant amené les yeux bandés devant l'arbre de Noël, Gard fit ce qu'elle lui disait.

5

Il était face à une coursive.

La coursive était parfaitement ronde, à l'exception d'une étroite zone plane, mais disposée presque verticalement. Position totalement absurde. Pendant un moment de folie, il imagina les Tommyknockers comme des mouches abominablement intelligentes se déplaçant dans la coursive en s'accrochant à la paroi avec leurs pattes munies de ventouses. Puis la logique reprit ses droits. La coursive était de travers, *tout* était de travers, parce que le vaisseau était penché.

Une douce lumière émanait des parois rondes et lisses.

Ils n'ont pas de problèmes de batteries, ici, se dit Gardener. Les leurs durent *vraiment plus longtemps* ! Il scrutait le corridor, au-delà de la trappe, avec un profond émerveillement. *C'est vivant. Au bout de tous ces siècles, c'est encore en vie.*

J'entre, Gard. Tu viens ?

Je vais essayer, Bobbi.

Elle entra, baissant la tête pour ne pas se cogner au bord supérieur de la trappe. Gardener hésita un moment, mordant à nouveau l'embout du tuba, et la suivit.

6

Il y eut un moment d'agonie. Il sentit plutôt qu'il n'entendit la radio remplir sa tête. Non pas une seule station : c'était comme si toutes les émissions de radio du monde avaient un instant hurlé dans son cerveau.

Puis tout se tut, simplement, comme ça. Il pensa à la façon dont la réception faiblit et disparaît quand on entre dans un tunnel. Il était entré dans le vaisseau, et toutes les ondes de l'extérieur avaient été totalement étouffées. Pas seulement celles de l'extérieur, comme il le découvrit peu après : Bobbi le regardait, lui envoyant, à l'évidence, une pensée — *Ça va ?* devina Gardener —, mais ce n'était qu'une supposition. Il n'entendait plus du tout Bobbi dans sa tête.

Curieux, il lui transmit : *Ça va, continue !*

L'expression interrogatrice de Bobbi ne changea pas. Bien qu'elle fût beaucoup plus rompue que Gard à ce petit exercice, elle n'entendait rien non plus. Gard lui fit signe d'avancer. Elle finit par acquiescer et se mit en marche.

7

Ils parcoururent vingt pas dans la coursive. Bobbi avançait sans hésiter. Elle n'hésita pas non plus quand ils parvinrent à une trappe intérieure ronde qui s'ouvrait dans la partie plane de la coursive d'accès. Cette trappe, d'un mètre de diamètre, était béante. Sans même se retourner pour regarder Gardener, Bobbi s'y engouffra.

Gardener s'arrêta, jeta un coup d'œil à la coursive doucement éclairée derrière lui. La trappe extérieure était toujours là, hublot rond donnant sur l'obscurité de la tranchée. Il suivit Bobbi.

Une échelle était boulonnée à la paroi de la nouvelle coursive, presque assez étroite pour qu'on l'appelle un boyau. Gard et Bobbi n'eurent pas besoin de l'échelle car, du fait de la position du vaisseau, le boyau était presque horizontal. Ils progressèrent à quatre pattes, l'échelle leur raclant parfois le dos.

L'échelle mettait Gardener mal à l'aise. Pour commencer, les barreaux étaient distants de plus d'un mètre — autant dire qu'un homme, même doté de très longues jambes, aurait eu des difficultés à l'utiliser. Ensuite, les barreaux étaient plus que déroutants : au milieu, chacun s'incurvait en un demi-cercle, qui formait presque une encoche.

Les Tommyknockers ont vraiment la voûte plantaire très affaissée, se dit Gard en écoutant le bruit rauque de sa propre respiration. *Tu parles d'une information, Gard.*

Mais l'image qui s'imposa à lui ne fut pas celle de pieds plats ni de voûtes plantaires affaissées. L'image qui s'insinua dans son cerveau, tout doucement, mais avec une puissance simple et indéniable, fut celle d'une créature pas vraiment descriptible, possédant une serre unique à chaque pied, un gros ongle, qui se serait parfaitement encastré dans chacune de ces entailles tandis qu'elle serait montée à l'échelle...

Soudain, il lui sembla que la paroi ronde et peu éclairée l'enserrait, et il dut lutter contre un terrible accès de claustrophobie. Les Tommyknockers étaient bien là, et toujours en vie. A tout moment, il risquait de sentir une grosse main inhumaine se refermer sur sa cheville...

Des gouttes de sueur ruisselaient dans ses yeux, brûlantes.

Il s'essuya le front et jeta un coup d'œil par-dessus son épaule.

Rien. Rien, Gard. Reprends-toi.

Mais ils sont *là*. Peut-être morts... mais vivants tout de même. Dans Bobbi, pour commencer. Mais...

Mais il faut que tu voies, Gard. AVANCE *!*

Il se remit à ramper. Ses mains laissaient des empreintes humides sur le métal. Des empreintes humaines dans cette chose venue de Dieu sait où.

Bobbi arriva au bout du passage, pivota sur son estomac et disparut. Gardener la suivit, s'arrêtant toutefois à la sortie pour regarder où il débouchait. C'était une salle, de forme hexagonale, comme un grand alvéole de rayon de miel. Elle était également, depuis le « naufrage », inclinée selon un angle qui la faisait ressembler à une construction enfantine un peu ratée. Les murs luisaient d'une douce lumière incolore. Au sol, un gros câble sortait d'un joint d'étanchéité. Il se divisait ensuite en une demi-douzaine de fils plus fins, et chacun se terminait par une sorte de paire d'écouteurs au centre renflé.

Bobbi ne les regardait pas. Elle regardait dans un coin. Gardener suivit son regard et sentit son estomac prendre du poids. Sa tête se mit à flotter inconsidérément. Le cœur lui manqua.

Ils s'étaient rassemblés autour de leur manche à balai télépathique, ou Dieu sait quoi, quand le vaisseau avait percuté la Terre. Peut-être avaient-ils essayé, jusqu'au dernier instant, de redresser la trajectoire de leur plongeon. Et ils étaient là, deux ou trois d'entre eux du moins, rejetés dans le coin opposé. On avait du mal à dire à quoi ils ressemblaient tant ils étaient imbriqués les uns dans les autres. Le vaisseau avait heurté violemment le sol, et ils avaient été projetés dans ce coin où ils étaient toujours.

Accident de la circulation interstellaire, se dit Gardener avec une nausée. *Est-ce tout ce qu'il y a à en dire, Alf?*

Bobbi ne s'approchait pas de ces masses brunes empilées dans l'angle le plus bas de l'étrange pièce vide. Elle les regardait, ses mains se serrant et se desserrant. Gardener tenta de comprendre ce qu'elle pensait et ressentait, mais il n'y parvint pas. Il se retourna et se laissa doucement descendre dans la pièce. Il la rejoignit, marchant avec précaution sur le sol en pente. Bobbi le regarda avec ses étranges nouveaux yeux — *A quoi est-ce que je ressemble, à travers ces nouveaux yeux?* se demanda Gard — et retourna à sa contemplation des restes entremêlés dans le coin. Ses mains continuaient à s'ouvrir et à se refermer brusquement.

Gardener fit un pas dans la direction des masses brunes affaissées. Bobbi s'accrocha à son bras. Gardener se dégagea de son emprise sans même y penser. Il fallait qu'il les regarde. Il avait l'impression d'être un enfant attiré vers un tombeau ouvert, terrorisé mais poussé inexorablement à regarder. Il fallait qu'il *voie.*

Gardener, qui avait grandi dans le sud du Maine, traversait ce qu'il croyait être — malgré son aspect désolé — la salle de contrôle d'un vaisseau interstellaire. Sous ses pieds, le sol semblait aussi lisse que du verre, mais ses baskets n'avaient aucun mal à y adhérer. Il n'entendait pas d'autre son que sa propre respiration difficile, et ne sentait que l'air poussiéreux de Haven. Il marcha jusqu'aux corps sur le sol incliné, et les regarda.

Voilà les Tommyknockers, se dit-il. *Bobbi et les autres ne leur ressembleront pas exactement quand ils auront fini d' « évoluer ». Peut-être à cause de l'environnement, ou peut-être parce que le résultat final de l'*évolution *dépend de l'organisation physiologique originelle du — comment* *dire ? Du groupe cible ? — et présente un aspect un peu différent à chaque fois que ce genre de chose se produit. Mais il y a bien un air de famille. Peut-être que ceux-ci ne sont pas les originaux... mais ils n'en sont pas loin. Dieu qu'ils sont vilains !*

Il sentait la crainte... l'horreur... la répulsion qui coulait jusque dans ses veines.

Tard, la nuit dernière et celle d'avant, chantonna une voix peu assurée dans son cerveau, *toc, toc à la porte — Les Tommyknockers ! Les Tommyknockers, les esprits frappeurs.*

Au début, il crut qu'il y en avait cinq, mais il n'y en avait que quatre — l'un était en deux morceaux. Aucun (de sexe masculin, féminin, neutre ?) ne semblait être mort facilement, ni dans la sérénité. Leurs visages étaient laids, avec un long groin. Leurs yeux étaient recouverts d'un film blanc ressemblant à une cataracte. Leurs lèvres étaient rentrées en un rictus uniforme. Leur peau était écailleuse mais transparente. Gard pouvait voir des faisceaux croisés de muscles figés aux mâchoires, aux tempes et le long des cous.

Ils n'avaient pas de dents.

8

Bobbi le rejoignit. Gard lut sur son visage combien elle était impressionnée, mais non révulsée.

Ce sont ses dieux, maintenant, et il est bien rare — si cela arrive jamais — que l'on soit révulsé par ses propres dieux, se dit Gardener. *Ce sont ses dieux, maintenant, et pourquoi pas ? Ce sont eux qui l'on faite ce qu'elle est aujourd'hui.*

Il les lui montra du doigt chacun à son tour, délibérément, comme un professeur. Ils étaient nus, leurs blessures clairement apparentes. Un accident de la circulation interstellaire, oui, mais Gardener ne croyait pas qu'il y ait eu une quelconque panne mécanique. Ces étranges corps couverts d'écailles étaient tailladés et griffés, couverts de coupures qui avaient mis leur peau en lambeaux. Une main à six doigts serrait encore le manche de ce qui ressemblait à un couteau à lame circulaire.

Regarde-les, Bobbi. Inutile d'être Sherlock Holmes pour voir qu'ils se battaient, qu'ils se livraient à un cassage de gueule en règle dans leur bonne vieille salle de contrôle. Pour tes *foutus dieux, pas question de « réunissons-nous pour trouver une solution raisonnable à nos différends ». Ils s'entre-massacraient. Peut-être que tout avait commencé par une divergence d'opinion : était-il opportun d'atterrir ici ? Auraient-ils dû tourner à gauche après Alpha du Centaure ? En tout cas, le résultat est là. Souviens-toi de ce que nous pensions toujours que seraient les membres d'une espèce technologiquement avancée s'ils prenaient contact avec nous ? Nous pensions qu'ils seraient aussi intelligents que le Magicien d'Oz et aussi sages que Robert Young dans* Papa a toujours raison. *Eh bien, voici la vérité, Bobbi. Le vaisseau s'est écrasé parce qu'ils se battaient. Et où sont les armes modernes ? Les pistolets à laser ? La cabine de transmutation ? Je ne vois qu'un couteau. Les autres plaies ont dû être infligées par des miroirs brisés... ou par leurs mains nues... ou par ces grosses serres.*

Bobbi détourna les yeux, les sourcils douloureusement froncés — une élève butée, qui ne voulait pas comprendre sa leçon, une élève qui, en fait, était bien décidée à *ne pas* la comprendre. Elle voulut s'éloigner. Gardener la retint par un bras et la ramena. Il lui montra les pieds des créatures.

Si Bruce Lee avait eu des pieds comme ça, il aurait tué mille personnes par semaine, Bobbi.

Les jambes des Tommyknockers étaient d'une longueur grotesque. Elles rappelaient à Gardener ces types qui montent sur des échasses et enfilent les pantalons rayés de l'oncle Sam pour les défilés de la fête nationale, le 4 Juillet. Les muscles, sous la peau translucide, étaient longs, comme des cordes grises. Les pieds, étroits, ne se terminaient pas vraiment par des doigts. A la place, chaque pied s'incurvait en une griffe épaisse et chitineuse, comme une serre d'oiseau. Comme une serre de rapace géant.

Gardener pensa aux encoches dans les barreaux de l'échelle et frissonna.

Regarde, Bobbi. Regarde comme ces serres sont foncées. C'est du sang, ou je ne sais quel fluide qui circulait en eux. Il s'est déposé sur les serres parce que ce sont elles qui ont fait l'essentiel des ravages. Je parie qu'avant l'accident, cette salle n'avait rien à voir avec la passerelle de commandement du vaisseau interstellaire Enterprise. *Juste avant le choc, elle ressemblait plutôt à une arène pour combats de coqs dans la grange délabrée d'un bouseux. C'est ça, le progrès, Bobbi ? A côté de ces types, Ted, l'Homme de l'Énergie, fait concurrence à Gandhi.*

Le front plissé, Bobbi s'écarta. *Laisse-moi tranquille,* disaient ses yeux.

Bobbi, est-ce que tu ne vois pas...

Gardener resta près des corps desséchés, la regardant remonter sur le sol incliné comme si elle escaladait une colline lisse et pentue. Elle ne glissa pas du tout. Elle tourna en direction d'un mur où était ménagée une autre ouverture ronde et s'y engouffra. Pendant un instant, Gardener vit encore ses jambes et la semelle sale de ses tennis, puis elle disparut.

Gard remonta la pente et resta un instant près du centre de la pièce, regardant l'unique câble sortant du sol, et les écouteurs qui en partaient. La similitude entre ce système et celui du hangar de Bobbi était parfaitement évidente. Sinon...

Il regarda autour de lui. Une pièce hexagonale. Nue. Pas de sièges. Pas de photo des chutes du Niagara — ou des chutes de Cygnus-B, plutôt. Pas de cartes d'astronavigation, pas d'équipement produits par Mabuse Laboratoires. Les producteurs de films de science-fiction et les gens des effets spéciaux auraient été dégoûtés par ce vide, se dit Gardener. Rien que des écouteurs dont les fils s'emmêlaient sur le sol et les corps, parfaitement conservés mais probablement aussi légers maintenant que des feuilles d'automne. Des écouteurs et les corps momifiés, en tas dans le coin où la gravité les avait entraînés. Rien de bien intéressant. Rien de très intelligent. Ça collait. Parce que les gens de Haven faisaient plein de trucs mais, tout bien considéré, aucun n'était très futé.

Il ne ressentait pas de déception, mais plutôt le sentiment d'avoir vu stupidement juste. Non pas d'avoir su la vérité — Dieu savait qu'il n'y avait pas de vérité dans tout ça — mais d'avoir vu juste, comme si quelque chose en lui avait toujours su que ce qu'ils trouveraient serait ainsi quand ils entreraient — s'ils entraient. Pas de clinquant à la Disneyland. De simples spécimens de nullité. Il se souvint soudain d'un poème de W. H. Auden sur la fuite : tôt ou tard, on arrive toujours dans une pièce, sous une ampoule nue pendant du plafond, seul, à trois heures du matin. Le monde de demain, semblait-il, était un lieu vide où des gens assez intelligents pour naviguer entre les étoiles étaient devenus fous et s'étaient entre-déchirés avec les griffes de leurs pieds.

Voilà pour Robert Heinlein, se dit Gard. Et il suivit Bobbi.

9

Il escaladait une pente en se disant qu'il avait totalement perdu la notion de sa position par rapport au monde extérieur. Il valait mieux ne pas y penser. Il utilisait l'échelle pour progresser. Il arriva à une porte rectangulaire et, au-delà, aperçut ce qui pouvait être une salle des machines : de gros blocs de métal, carrés à une extrémité, ronds à l'autre, disposés par paire. Des tuyaux, épais et de couleur argent mat, sortaient de chacune des extrémités carrées de ces blocs et s'en écartaient en formant des angles étranges et biscornus.

Comme les tuyaux sortant d'un vieux tacot d'enfant, se dit Gard. Il prit soudain conscience qu'un liquide chaud descendait au-dessus de sa bouche, puis sur ses lèvres, et bientôt le long de son menton. Non nez saignait à nouveau... Lentement, mais cela signifiait que le saignement durait depuis un moment.

Est-ce que la lumière est plus forte, ici ?

Il s'arrêta et regarda autour de lui.

Oui. Et n'entendait-il pas un léger ronronnement, ou était-ce son imagination ?

Il pencha la tête. Non, ce n'était pas l'effet de son imagination. Des machines. Quelque chose s'était mis en marche.

Ça ne s'est pas mis en marche, et tu le sais. C'est nous, *qui l'avons mis en marche. nous l'avons réanimé.*

Il mordit très fort l'embout du tuba. Il voulait sortir. Il voulait faire sortir *Bobbi.* Le vaisseau était vivant ; comme un cri, il eut l'étrange intuition que c'était le *nec plus ultra* Tommyknocker. C'était aussi le plus horrible de tout. Une créature sensible... Quoi ? Nous l'avons réveillée, naturellement. Gard voulait qu'elle reste endormie. Soudain, il eut tout à fait l'impression d'être Jacques fouinant dans le château pendant que le géant dormait. Il fallait qu'ils sortent. Il se mit à ramper plus vite. Une nouvelle idée traversa alors son esprit, l'arrêtant net :

Et si ça ne voulait pas nous laisser sortir ?

Il écarta cette idée, et continua.

10

Il arriva à une patte d'oie. La coursive de gauche continuait de monter, celle de droite s'enfonçait de manière abrupte. Il prêta l'oreille et entendit Bobbi ramper vers la gauche. Il la suivit et arriva à une autre ouverture. Bobbi était debout en contrebas. Elle leva brièvement vers Gard des yeux dilatés et pleins d'effroi. Puis elle reporta son regard sur la pièce.

En forme de losange, elle était pleine de hamacs suspendus dans des cadres de métal. Il y en avait des centaines, relevés comiquement vers la gauche. On aurait dit un dortoir de bateau figé en plein roulis. Tous les hamacs étaient pleins. Leurs occupants étaient attachés. Peau transparente, museau de chien, yeux laiteux et morts.

Un câble sortait de chacune des têtes triangulaires et écailleuses.

Pas seulement attachés, se dit Gardener. ENCHAÎNÉS. *Ils étaient l'énergie du vaisseau, n'est-ce pas, Bobbi ? Si c'est ça, le futur, il est temps de prendre nos jambes à notre cou. Ce sont des galériens morts.*

Ils semblaient gronder, mais Gardener se dit que les grondements de certains d'entre eux avaient dû rester coincés dans leur gorge, car leur tête avait apparemment éclaté, comme si, quand le vaisseau s'était écrasé, un gigantesque retour d'énergie avait littéralement fait exploser leur cerveau.

Tous morts. Enchaînés à leurs hamacs pour l'éternité, la tête pendante, le groin figé en un grognement éternel. Morts dans la pièce penchée.

Tout près, une autre machine se mit en marche, par à-coups rouillés au début, puis en tournant plus rond. Un instant après, le système de ventilation s'anima, et Gard se dit que la machine qui venait de se réveiller devait le commander. Un courant d'air lui caressa le visage, mais il n'eut pas la tentation de découvrir s'il était frais ou non.

C'est peut-être le fait d'avoir ouvert la trappe sur l'extérieur qui a mis ce truc en marche, mais je ne le crois pas. C'est nous. Et qu'est-ce qui va démarrer, maintenant, Bobbi ?

Imagine que maintenant, ce soient *eux* qui démarrent. Les Tommyknockers en personne. Imagine que leurs mains à six doigts gris et transparents se mettent à se serrer et se desserrer, comme les mains de Bobbi l'avaient fait quand elle avait vu les cadavres dans la salle de contrôle vide. Et si ces pieds griffus avaient un frisson ? Et si ces têtes tournaient, et si ces yeux laiteux les regardaient ?

Je veux sortir. Ces fantômes sont tout à fait vivants, et je veux sortir.

Il toucha l'épaule de Bobbi. Elle sursauta. Gardener regarda son poignet sans montre. Seule paraissait une zone plus blanche sur sa peau bronzée. Il avait porté une Timex, une vieille montre costaud qui avait fait bien des virées avec lui et en était toujours ressortie vivante. Mais deux jours de fouilles avaient eu raison d'elle. VOILÀ *un truc que John Cameron n'a jamais essayé dans ses foutues publicités télévisées,* se dit Gard.

Bobbi comprit. Elle montra le réservoir d'air attaché à sa ceinture, et leva les sourcils. *On est là depuis combien de temps ?*

Gardener n'en savait rien et s'en moquait. Il voulait sortir avant que tout ce foutu vaisseau ne s'éveille et ne fasse Dieu sait quoi.

Il montra la coursive. *C'est assez long. Fichons le camp.*

Un bruit épais, huileux et saccadé prit son essor derrière la paroi proche de Gardener. Il s'en écarta. Des gouttes de sang de son nez éclaboussèrent la cloison. Son cœur battait comme un fou.

Arrête. C'est seulement une sorte de pompe...

Le bruit huileux s'adoucit... et quelque chose s'enraya. Il y eut un cri perçant de métal grippé et une série d'explosions rapides et tonitruantes. Gardener sentit la paroi vibrer, et pendant un instant, la lumière fit mine de clignoter et de faiblir.

Est-ce que nous retrouverions notre chemin vers la sortie dans le noir, si les lumières s'éteignaient ? En voilà une plaisanterie ! qu'elle est bonne, señor !

La pompe tenta de se réamorcer. Un grand cri du métal obligea Gardener à mordre l'embout de caoutchouc. Le cri s'estompa et s'arrêta enfin. Il fut suivi par un long et puissant gargouillis, comme le bruit d'une paille s'acharnant au fond d'un verre vide. Puis plus rien.

Ça n'a pas pu rester là aussi longtemps sans qu'il y ait des dégâts, se dit Gardener avec soulagement.

Bobbi montrait la coursive. *Vas-y, Gard.*

Avant de partir, il vit Bobbi s'arrêter et regarder une fois encore les rangées de cadavres dans les hamacs. Il vit à nouveau la peur passer dans ses yeux.

Puis Gard rampa dans la coursive par où ils étaient venus, tentant de garder une progression régulière et calme tandis que la claustrophobie l'oppressait de nouveau.

11

Dans la salle de contrôle, une des parois s'était transformée en une gigantesque baie panoramique de seize mètres de long sur sept de haut.

Gardener resta bouche bée devant le ciel bleu du Maine et la frise de pins, d'épicéas et d'érables entourant la tranchée. Dans le coin de droite, il voyait le toit de leur abri de chantier. Il regarda le spectacle plusieurs secondes — assez longtemps pour que de grands nuages d'été blancs traversent le ciel bleu — avant de se rendre compte qu'il ne pouvait s'agir d'une fenêtre. Ils étaient quelque part au centre du vaisseau, et très profondément enfoncés dans le sol. Une fenêtre dans cette paroi ne pourrait montrer qu'un morceau du vaisseau. Même s'ils avaient été près de la coque, ce qui n'était pas le cas, ils n'auraient vu qu'un mur de roche couvert d'un treillis métallique, et peut-être une bande de ciel bleu tout en haut.

C'est une image vidéo. Ou quelque chose dans ce genre.

Mais il n'y avait pas de lignes, comme sur une télévision. L'illusion était parfaite.

La puissance de la fascination lui fit oublier son besoin frénétique de sortir, Gardener s'approcha lentement de la paroi. L'inclinaison lui donnait la sensation trompeuse de voler. C'était comme se glisser aux commandes d'un simulateur de vol et de tirer le faux manche à balai en une ascension vertigineuse. Le ciel était si lumineux que Gard devait cligner des yeux. Il continua de chercher une paroi, un mur, comme on cherche l'écran de cinéma en s'approchant d'une image projetée, mais il ne semblait pas qu'il y eût de mur. Les pins étaient d'un vrai vert clair. Seul le fait qu'il ne pouvait sentir la moindre brise ni l'odeur des bois infirmait la véracité de cette illusion.

Il s'approcha encore, cherchant toujours le mur.

C'est une caméra. Il ne peut s'agir que d'une caméra pointée vers l'extérieur du vaisseau, peut-être même au coin sur lequel Bobbi avait trébuché. L'angle le confirmait. Mais, Seigneur, c'est tellement vrai ! Si les gens de chez Kodak ou Polaroïd voyaient ça, ils...

On saisit son bras, très brutalement, et il fut envahi de terreur. Il se retourna, s'attendant à voir l'un d'*eux*, une chose grimaçante avec une tête de molosse porcin, tenant à la main un câble terminé par une prise : *Penchez-vous, monsieur Gardener. Ça ne vous fera pas mal.*

C'était Bobbi. Il montra le mur. Elle écarta ses mains et ses bras et les secoua rapidement pour mimer quelque chose. Puis elle montra à nouveau le mur-fenêtre. Au bout d'un moment, Gardener comprit. Bien que terrifiant, c'était presque drôle. Bobbi avait mimé une électrocution, lui disant qu'effleurer ce mur équivaudrait probablement à caresser le rail électrifié du métro.

Gardener hocha la tête, puis montra le couloir plus large par lequel ils étaient entrés. Bobbi acquiesça et passa devant.

Comme Gardener se hissait dans le tunnel, il eut l'impression d'entendre un bruit de feuilles sèches et se retourna, ressentant la terreur d'un enfant en plein cauchemar. Il était sûr que c'étaient eux, ces cadavres dans le coin, eux qui se levaient lentement sur leurs pieds crochus, comme des zombies.

Mais ils étaient toujours emmêlés dans leur coin. La grande vue claire du ciel et des arbres sur le mur (ou *à travers* le mur) s'estompait, perdant la précision de sa définition et la puissance de son réalisme.

Gardener se retourna et courut derrière Bobbi aussi vite qu'il le put.

7

Le scoop, suite

1

Tu es fou, tu sais, se dit John Leandro en se garant exactement à la même place qu'Everett Hillman moins de trois semaines auparavant — ce que, bien sûr, Leandro ignorait. Et c'était probablement tout aussi bien ainsi.

Tu es fou, se dit-il à nouveau. *Tu as saigné comme un porc, tu as deux dents en moins, et tu projettes d'y retourner. Tu es fou !*

D'accord, se dit-il en sortant de sa vieille voiture. *J'ai vingt-quatre ans, je suis célibataire, mon ventre s'arrondit, et si je suis fou, c'est parce que je suis tombé sur cette histoire, je l'ai trouvée,* moi. *J'ai trébuché dessus. C'est important, et c'est à moi. C'est mon histoire. Non, utilise l'autre mot. C'est un peu ringard, mais qui me le reprochera ? C'est le mot juste : mon* scoop. *Je ne le laisserai pas me tuer, mais je vais m'y cramponner jusqu'à ce qu'il me lance dans la profession.*

Leandro était arrivé sur le parking à une heure et quart, en cette journée qui devait rapidement devenir la plus longue de sa vie (et la dernière, bien qu'il se fût juré le contraire), et il se dit : *Ça, c'est parler, mon vieux ! Tu vas t'y cramponner jusqu'à ce qu'il te lance dans la profession. Il est probable que Robert Capa ou*

Ernie Pyle ont pensé la même chose de temps à autre.

Raisonnable. Sarcastique, mais raisonnable. Les régions les plus profondes de son esprit, pourtant, ne semblaient plus accessibles au raisonnement. *Mon histoire,* ne cessait-il de se répéter. *Mon scoop.*

John Leandro, vêtu maintenant d'un T-shirt sur lequel on pouvait lire : OÙ DIABLE SE TROUVE DONC TROIE ? DANS LE MAINE ! (David Bright aurait probablement ri à s'en faire péter les veines en lisant ça), traversa le petit parking des Fournitures médicales du Maine (« *Spécialistes des soins et des appareils respiratoires depuis 1946* »), et entra dans le magasin.

2

« Trente dollars, c'est une caution bien élevée, pour un masque. Vous ne trouvez pas ? » fit remarquer Leandro à l'employé.

Il comptait ses billets. Il croyait bien avoir trente dollars, mais il allait se retrouver à sec.

« Je n'aurais jamais pensé que c'était une aubaine pour le marché noir, ajouta-t-il.

— Avant, on ne demandait jamais de caution, dit l'employé, et on n'en demande toujours pas si on connaît la personne ou l'entreprise, vous savez. Mais j'en ai perdu un il y a une ou deux semaines. Un vieil homme est arrivé et m'a expliqué qu'il voulait un masque et un réservoir d'air comprimé. J'ai cru que c'était pour plonger, vous savez — il était vieux, mais il paraissait assez costaud — alors je lui ai parlé de Downeast ScubaDive à Bangor. Mais il a dit que non, qu'il voulait surtout que le matériel soit portable sur terre. Alors je lui ai loué un appareil. Il ne l'a jamais rapporté. Un appareil tout neuf. Deux cents dollars d'équipement. »

Leandro, presque malade d'excitation, regarda le vendeur. Il avait l'impression de suivre des flèches de plus en plus loin dans une caverne effrayante mais fabuleuse et totalement inexplorée.

« Ce masque, vous l'avez loué personnellement ?

— Le masque et le réservoir, oui. Je m'occupe de cette affaire avec mon père. Il livrait des bouteilles d'oxygène à Augusta. Qu'est-ce qu'il m'a passé ! Je ne sais pas s'il va apprécier que je loue encore un équipement, mais avec la caution, je pense que ça ira.

— Pouvez-vous me décrire l'homme à qui vous avez loué l'équipement ?

— Monsieur, est-ce que vous vous sentez bien ? Vous êtes un peu pâle...

— Je vais très bien. Pouvez-vous me décrire l'homme qui a loué l'équipement ?

— Un vieux. Bronzé. Presque chauve. Maigre... comme un clou, même. Mais je vous l'ai dit, il avait l'air costaud, dit le vendeur d'un air songeur. Il conduisait une Valiant.

— Pourriez-vous vérifier quel jour il est venu ?

— Vous êtes un flic ?

— Un reporter. Du *Daily News* de Bangor, dit Leandro en tendant sa carte de presse au vendeur qui se montra immédiatement très excité.

— Il a fait autre chose, à part faucher notre équipement ?

— Pourriez-vous vérifier le nom et la date, s'il vous plaît ?

— Bien sûr. »

Le vendeur parcourut les pages de son registre. Il trouva la mention de la location et tourna le registre pour que Leandro puisse lire lui-même. A la date du 26 juillet, le nom du client, griffonné mais lisible, était Everett Hillman.

« Et vous n'avez pas signalé la perte de l'équipement à la police », dit Leandro.

Ce n'était pas une question. Si, en plus de la propriétaire de Hillman, légitimement mécontente de voir deux semaines de loyer lui passer sous le nez, quelqu'un était venu trouver les flics afin de porter plainte pour vol contre le vieux, la police se serait sans doute davantage intéressée à sa disparition : comment, pourquoi... et *où*.

« Non. Mon père a dit que ce n'était pas la peine. Notre assurance ne couvre pas le vol des équipements loués, vous comprenez, alors... c'est comme ça. »

Le vendeur haussa les épaules et sourit, mais il avait l'air un peu gêné, un peu hésitant, et Leandro le remarqua. Peut-être était-il, comme David Bright le craignait, une andouille irrécupérable, mais il n'était pas stupide. Si ces commerçants avaient déclaré le vol ou la disparition de l'équipement, la compagnie ne les aurait pas couverts, mais le père de ce type connaissait un autre moyen de faire casquer la compagnie d'assurances. Pour le moment, ce n'était cependant qu'une considération très secondaire.

« Bien, merci de votre aide, dit Leandro en retournant le registre. Maintenant, si nous pouvions terminer...

— Naturellement, oui, dit le vendeur qui était visiblement heureux d'abandonner le sujet de l'assurance. Et vous ne direz rien de tout ça dans le journal avant d'en parler à mon père, n'est-ce pas ?

— Absolument rien, affirma Leandro avec une chaleureuse sincérité que même P.T. Barnum aurait admirée. Est-ce que je pourrais signer l'accord...

— C'est ça. Vous avez une pièce d'identité ? Je n'en ai pas demandé au vieux, et pour ça aussi, mon père m'a sonné les cloches, croyez-moi.

— Je viens de vous montrer ma carte de presse.

— Je sais, mais vous avez peut-être une *vraie* pièce d'identité ? »

Leandro soupira et posa son permis de conduire sur le comptoir.

3

« Vas-y doucement, Johnny », dit David Bright.

Leandro lui téléphonait d'une cabine près d'un parking de restaurant. Il décela un début d'excitation dans la voix de Bright. *Il me croit. Putain de Dieu, je crois qu'il finit par me croire !*

Alors qu'il quittait le magasin des Fournitures médicales du Maine et reprenait la route de Haven, Leandro avait atteint un tel degré d'excitation et une telle tension qu'il avait cru exploser s'il ne parlait pas à quelqu'un. Il le *fallait.* Il considérait qu'il détenait là une responsabilité qui supplantait son désir de revendiquer ce scoop pour lui seul. Il le fallait parce qu'il y retournait, et que quelque chose pourrait facilement lui arriver. Et dans ce cas, il voulait s'assurer que quelqu'un savait quelle piste il suivait. Et Bright, aussi insupportable qu'il fût, était du moins foncièrement honnête. Il ne le doublerait pas.

Doucement, oui, il faut que j'y aille doucement.

Il porta le combiné à son autre oreille. Le soleil lui tapait sur le cou, mais ce n'était pas désagréable. Il commença par raconter son premier voyage vers Haven : l'incroyable bousculade des stations de radio, les violentes nausées, le nez qui saignait, les dents tombées. Il raconta à Bright sa conversation avec le vieux vendeur du magasin de Troie, le magasin vide, toute la région qui semblait partie pêcher à la ligne. Il ne dit rien de ses soudaines lumières en mathématiques, parce qu'il s'en souvenait à peine. *Quelque chose* était arrivé, mais c'était vague et diffus dans son esprit.

En revanche, il expliqua à Bright qu'il avait l'impression que l'air de Haven avait été comme empoisonné — qu'un produit chimique avait dû se répandre, ou bien qu'un gaz naturel mais mortel devait s'échapper des profondeurs de la terre.

« Un gaz qui améliorerait la réception des émissions de radio, Johnny ? »

Oui, il savait que c'était improbable, il savait que tout ne concordait pas encore, mais il y était *allé* et il était certain que c'était l'air qui l'avait rendu malade. Alors il avait décidé de se munir de réserves d'oxygène et d'y retourner.

Il raconta comment, par hasard, il avait découvert qu'Everett Hillman, que Bright avait considéré comme un vieux toqué, était venu avant lui, et avait demandé exactement le même type d'équipement.

« Alors, qu'est-ce que tu en penses ? » demanda finalement Leandro.

Il y eut un silence, puis Bright prononça les mots les plus doux que John ait jamais entendus :

« Je crois que tu avais raison depuis le début, Johnny. Il se passe quelque chose de curieux, là-bas, et je te conseille instamment de ne pas y retourner. »

Leandro ferma les yeux et posa la tête contre le montant de la cabine téléphonique. Il souriait d'un grand sourire émerveillé. *Raison. J'ai raison depuis le début.* Ah, comme c'étaient de belles paroles, de jolis mots, des mots de consolation et de béatitude. *Raison depuis le début.*

« John ? Johnny ? Tu es toujours là ?

— Je suis là », répondit Leandro sans ouvrir les yeux ni se départir de son sourire. *Je savoure, mon vieux David, parce que je crois que j'ai attendu toute ma vie que quelqu'un me dise que j'avais raison depuis le début. Raison pour quelque chose. Raison pour* n'importe quoi.

« N'y va pas. Appelle la police.

— C'est ce que tu ferais ?

— Sûrement pas !

— Eh bien, dit Leandro en riant, nous y voilà. Tout se passera bien. J'ai de l'oxygène.

— A en croire le type des fournitures médicales, Hillman en avait aussi. Et ça ne l'a pas empêché de disparaître.

— J'y vais. Quoi qu'il se passe à Haven, je serai le premier à le voir... et à en prendre des photos.

— Je n'aime pas ça.

— Quelle heure est-il ? »

La montre de Leandro s'était arrêtée, ce qui l'étonna. Il était presque certain de l'avoir remontée le matin même en se levant.

« Presque deux heures.

— Bon. Je t'appellerai à quatre heures. Et à six heures, etc. Jusqu'à ce que je sois rentré sain et sauf chez moi. Si tu n'entends pas parler de moi pendant plus de deux heures, appelle les flics.

— Johnny, tu parles comme un gosse qui jouerait avec des allumettes et donnerait à son père l'autorisation de l'éteindre s'il prenait feu.

— Tu n'es pas mon père, lança sèchement Leandro.

— Écoute, Johnny, soupira Bright. Si ça peut te faire plaisir, je m'excuse de t'avoir appelé Jimmy Olsen. Tu avais raison, est-ce que ça ne suffit pas ? Ne va pas à Haven.

— Deux heures. Je veux deux heures, David. J'ai *droit* à deux heures, bon Dieu ! »

Leandro raccrocha.

Il prit la direction de sa voiture... puis fit demi-tour et se dirigea d'un air de défi vers le comptoir du restaurant où il commanda deux cheeseburgers avec tous les suppléments possibles. C'était la première fois de sa vie qu'il mangeait dans un de ces lieux que sa mère appelait des *restaurants du bord de la route* — et quand elle prononçait ces mots, on avait l'impression qu'elle parlait des plus sombres bouges de films d'horreur tels que *Ça venait d'un restaurant du bord de la route*, ou *La Terre contre les monstres microbes*.

Quand ils arrivèrent, les cheeseburgers étaient brûlants et enveloppés dans des feuilles de papier sulfurisé un peu gras portant, répétés sur toute leur surface, les merveilleux mots de BURGER DU RANCH DE DERRY. Il avait englouti le premier avant même d'atteindre sa Dodge.

« Merveilleux, marmonna-t-il sans que sa bouche pleine puisse réellement articuler. Merveilleux, merveilleux. »

Microbes, au travail ! se dit-il avec l'œil conquérant d'un ivrogne tandis qu'il s'engageait sur la Route n° 9. Il ne savait naturellement pas que, maintenant, les choses changeaient rapidement à Haven, surtout depuis midi.

Pour employer un terme cher aux spécialistes du nucléaire, Haven se trouvait actuellement en situation critique. Haven était en fait devenu un pays en soi, dont les frontières étaient bien gardées.

Ignorant ce fait, Leandro continua sa route, dévorant son second cheeseburger avec le seul regret de ne pas avoir commandé de milk-shake à la vanille pour compléter son repas.

4

Quand il arriva à la hauteur du magasin de Troie, son euphorie s'était dissipée, et sa vieille nervosité latente se manifestait de nouveau. Le ciel était d'un bleu uniforme parcouru de quelques traînées de nuages blancs, mais ses nerfs pressentaient l'arrivée d'un orage. Il regarda l'équipement de respiration posé sur le siège à côté de lui, et dont le masque doré était recouvert d'un rond de Cellophane où l'on pouvait lire : SCEAU SANITAIRE — POUR VOTRE PROTECTION. *En d'autres termes,* se dit Leandro, *microbes, gardez vos distances !*

Aucune voiture sur la route. Aucun tracteur dans les champs. Pas un gamin pieds nus portant des cannes à pêche sur le bas-côté. Troie semblait silencieux (et sans doute édenté, se dit John), sous le soleil d'août.

Il garda son autoradio réglé sur WZON, et quand il passa devant l'église baptiste, le volume de la station faiblit, puis l'émission fut submergée par d'autres voix. Peu après, ses cheeseburgers commencèrent à arpenter nerveusement son estomac, avant de se mettre à cabrioler. Il les imaginait éliminant leur graisse en retombant. Il était tout près du lieu où il s'était arrêté lors de sa première tentative. Il fit halte à nouveau, sans attendre que les symptômes alarmants ne s'aggravent. Ces cheeseburgers lui avaient semblé trop bons pour qu'il les perde.

5

Le masque à oxygène en place, ses malaises disparurent instantanément, mais pas cette nervosité qui le rongeait. Il se regarda dans le rétroviseur, le masque doré sur le nez et la bouche, et prit peur. Était-ce bien lui ? Le regard de cet homme était trop sérieux, trop intense... On aurait dit les yeux d'un pilote de chasse. Leandro ne voulait pas que David Bright et ses pareils le considèrent comme une andouille, mais il n'était pas sûr de vouloir être à ce point sérieux.

Trop tard, maintenant. Tu y es.

A la radio caquetaient cent voix différentes, mille peut-être. Leandro l'éteignit. Là, devant lui, approchait le panneau annonçant l'entrée dans la commune de Haven. Leandro, qui ne savait rien du bas nylon invisible, s'approcha... passa la ligne, et entra dans Haven sans le moindre ennui.

Bien que la pénurie de piles fût à nouveau critique à Haven, on aurait *pu* créer des champs de force sur la plupart des routes menant au village. Mais dans la confusion et la peur qu'avaient créées les événements du matin, Dick Allison et Newt Berringer avaient pris une décision qui devait affecter directement John Leandro. Ils voulaient que Haven soit fermé, mais ils ne voulaient pas que quelqu'un se heurte à une inexplicable barrière au milieu de ce qui semblait être de l'air pur, fasse demi-tour, et aille raconter son aventure à qui il ne fallait pas...

... c'est-à-dire à n'importe qui ailleurs dans le monde, pour l'instant.

Je ne pense pas que quiconque puisse approcher si près, avait dit Newt. Dick et lui se trouvaient dans le camion de Dick, au milieu d'un convoi de voitures et de camions fonçant chez Bobbi Anderson.

C'est ce que je pensais, répondit Dick, *avant Hillman... et la sœur de Bobbi. Quelqu'un pourrait entrer... mais dans ce cas, il ne ressortirait jamais.*

Bon, d'accord. Comme tu voudras. Mais est-ce que tu ne pourrais pas conduire ce tas de ferraille un peu plus vite ?

Le fond des pensées des deux hommes — de toutes les pensées qui les entouraient — mêlait déception et fureur. Pour le moment, l'incursion possible d'un étranger dans Haven était le cadet de leurs soucis.

« Je *savais* qu'on aurait dû se débarrasser de ce foutu ivrogne ! » hurla Dick tout haut en abattant son poing sur le tableau de bord. Il ne portait pas de maquillage, aujourd'hui. Sa peau, tout en devenant de plus en plus transparente, avait commencé à se durcir. Le centre de son visage — comme le visage de Newt, ainsi que le visage de tous ceux qui avaient fréquenté le hangar de Bobbi —, s'était mis à enfler, à prendre indubitablement la forme d'un groin.

6

John Leandro n'en savait naturellement rien. Tout ce qu'il savait, c'était que l'air qui l'entourait était empoisonné, plus empoisonné encore que même *lui* l'aurait cru. Il avait retiré le masque juste le temps d'une bouffée d'air et le monde s'était immédiatement estompé dans l'obscurité. Il avait remis le masque précipitamment, son cœur battant à se rompre, les mains glacées.

Deux cents mètres après l'entrée dans la commune, la Dodge de Leandro rendit l'âme. La plupart des voitures et des camions de Haven avaient été bricolés pour qu'ils ne soient pas gênés par l'augmentation du champ électromagnétique provenant, depuis deux mois environ, du vaisseau enterré (Elt Barker se chargeait le plus souvent de ce travail dans son garage Shell), mais la voiture de Leandro n'avait subi aucun traitement spécial.

Il resta un moment assis derrière le volant, regardant bêtement ces idiotes de lumières rouges, mit le levier de vitesse au point mort et tourna la clé. Le moteur ne sursauta pas. Bon sang, la bobine ne cliqueta même pas !

Peut-être que le câble de la batterie s'est débranché.

Ce n'était pas le câble de la batterie car, dans ce cas, les voyants HUILE et AMP ne se seraient pas allumés. Ça n'avait pas d'importance. En fait, il savait que ce n'était pas le câble de la batterie, simplement parce qu'il le savait.

A cet endroit, des arbres bordaient les deux côtés de la route. Le soleil qui filtrait à travers leurs feuilles mouvantes projetait des taches claires et sombres sur l'asphalte et la terre blanche des bas-côtés. Leandro sentit soudain que des yeux le regardaient de derrière les arbres. C'était idiot, naturellement, mais l'impression n'en était pas moins puissante pour autant.

D'accord, maintenant il faut que tu repartes, et que tu voies si tu peux marcher hors de la zone empoisonnée avant de ne plus avoir d'air. Tes chances s'amenuisent à chaque seconde où tu restes là à te faire peur.

Il essaya de nouveau de tourner la clé de contact. Toujours rien.

Il prit son appareil photo, passa la sangle sur son épaule et sortit. Il regarda d'un air inquiet les bois qui s'étendaient à droite de la route. Il crut entendre quelque chose derrière lui, comme un frottement. Il se retourna brusquement, les lèvres relevées en un rictus de peur.

Rien... rien qu'il pût *voir.*

Les bois sont beaux, sombres et profonds.

En route. Tu gâches de l'air.

Il rouvrit la porte, se pencha et sortit le pistolet de la boîte à gants. Il le chargea, puis tenta de le glisser dans sa poche de droite. Il était trop gros. S'il le laissait là, il avait peur qu'il ne tombe et que le coup ne parte tout seul. Il releva son T-shirt tout neuf et glissa le pistolet dans sa ceinture avant de rabattre le T-shirt dessus.

Il regarda de nouveau les bois, puis la voiture, avec amertume. Il se disait qu'il pourrait prendre des photos, mais qu'y verrait-on ? Rien qu'une route de campagne déserte. On en voyait partout, même au plus fort de la saison touristique. Les photos ne rendraient pas le manque de bruits dans les bois ; elles ne montreraient pas que l'air était empoisonné.

Adieu le scoop ! Oh, tu écriras des tas d'articles sur ce sujet, et j'ai l'impression que tu vas indiquer à plein d'équipes de télévision quel est ton bon profil ; mais ta photo sur la couverture de Newsweek *? Le prix Pulitzer ? Oublie-les.*

Au fond de lui-même, son côté le plus adulte répétait avec insistance que c'était idiot, que mieux valait la moitié d'une miche que pas de pain du tout, que la plupart des reporters du monde tueraient pour une simple tranche de ce pain-là, quel qu'il soit en réalité.

Mais John Leandro était plus jeune que ses vingt-quatre ans. Quand David Bright avait vu en lui une andouille, il ne s'était pas trompé. Il avait des excuses, naturellement, mais les excuses ne changent rien aux faits. C'était comme s'il avait marqué un essai contre toute attente, mais ne l'avait pas transformé. *Seigneur, tant que vous y étiez à me favoriser, pourquoi est-ce que vous ne m'avez pas laissé triompher complètement ?*

Le village de Haven était à peine à plus d'un kilomètre. Il pouvait y être en un quart d'heure... mais alors il ne pourrait jamais sortir de la zone empoisonnée avant que ne s'épuisent ses réserves d'air, et il le savait.

J'aurais dû louer deux de ces foutus appareils.

Même si tu y avais pensé, tu n'aurais pas eu assez d'argent liquide pour verser la double caution. La véritable question, Johnny, c'est de savoir si, oui ou non, tu es prêt à mourir pour ton scoop ?

Non. Si sa photo devait faire la couverture de *Newsweek,* il ne voulait pas qu'elle soit entourée d'un filet noir.

Il se mit en route vers Troie. Il avait fait une soixantaine de pas quand il se rendit compte qu'il entendait des moteurs, plein de moteurs, très loin.

Il se passe quelque chose à l'autre bout de la commune.

Ça pourrait tout aussi bien se passer sur la face cachée de la Lune. Laisse tomber.

Après un nouveau coup d'œil vers les bois, il se remit en marche, mal à l'aise. Une douzaine de pas plus tard, il se rendit compte qu'il entendait un autre bruit : un faible ronronnement qui s'approchait de lui par-derrière.

Il se retourna et sa bouche s'ouvrit de surprise. A Haven, presque tout juillet avait été le Mois Municipal du Gadget. L' « évolution » progressant, les gens de Haven ne s'étonnaient plus de ces choses... mais les gadgets étaient toujours là, étranges éléphants blancs comme ceux que Gardener avait vus dans le hangar de Bobbi. Beaucoup avaient été affectés à la surveillance des frontières. Hazel McCready trônait dans son bureau de l'hôtel de ville devant une batterie d'écouteurs, dirigeant brièvement les engins à tour de rôle. Elle était furieuse qu'on l'ait laissée là pour assurer cette tâche alors que l'avenir de *tout* était en jeu à la ferme de Bobbi. Mais... quelqu'un avait finalement réussi à pénétrer dans la commune.

Heureuse de cette diversion, Hazel entreprit de se débarrasser de l'intrus.

7

C'était le distributeur de Coca-Cola qui se trouvait naguère devant le supermarché Cooder. Leandro regarda la machine approcher, et l'étonnement le paralysa ; le joli parallélépipède rectangle rouge et blanc de deux mètres de haut sur un mètre de large fendait rapidement l'air dans sa direction, flottant à une cinquantaine de centimètres du sol.

Je suis tombé dans une pub, se dit Leandro. *Une sorte de pub étrange. Dans une ou deux secondes, la porte de cette chose va s'ouvrir et O. J. Simpson va en sortir comme un diable de sa boîte.*

L'idée était drôle. Leandro se mit à rire. Alors même qu'il riait, il se dit qu'elle était là, sa photo... Seigneur, oui ! C'était *la* photo : une machine de Coca-Cola flottant sur une route rurale !

Il saisit son Nikon. Le distributeur de Coke, marmonnant pour lui-même, fit le tour de la voiture en panne et continua son chemin. On aurait dit l'hallucination d'un fou, mais le devant de la machine proclamait que, même si certains désirent se convaincre du contraire, COCA-COLA C'EST ÇA !

Riant toujours, Leandro se rendit compte que la machine, loin de s'arrêter, accélérait. Et qu'est-ce que c'était qu'un distributeur de boissons, en fait ? Un réfrigérateur orné d'autocollants publicitaires. Et un réfrigérateur, c'était *lourd.* La machine à Coke, missile guidé rouge et blanc, fendait l'air en direction de Leandro. Le vent produisait un petit sifflement dans le clapet de retour des pièces.

Leandro oublia la photo. Il sauta vers la gauche. Le distributeur de Coke heurta son tibia et le brisa. Pendant un moment, sa jambe ne fut plus qu'un éclair de pure douleur blanche. Il hurla dans le masque doré en atterrissant sur son estomac, déchirant son T-shirt au bord de la route. Le Nikon vola à l'extrémité de sa sangle et heurta bruyamment le gravier du bas-côté.

Oh ! Espèce de fils de pute ! Cet appareil vaut quatre cents dollars !

Il se mit sur ses genoux et se retourna, le T-shirt déchiré, la poitrine en sang, la jambe hurlant.

La machine recula. Elle resta un instant suspendue dans l'air, sa face avant se tournant de droite et de gauche en petits arcs qui rappelèrent à Leandro le balayage d'un radar. Le soleil se reflétait dans sa porte vitrée. A l'intérieur, Leandro voyait des bouteilles de Coke et de Fanta.

Soudain elle s'orienta droit sur lui... et accéléra.

Elle m'a trouvé ! Seigneur...

Il se leva et tenta de sauter sur sa jambe gauche

jusqu'à sa voiture. La machine se lança sur lui, le clapet de retour des pièces émettant un hurlement sinistre.

Avec un cri, Leandro se jeta en avant et roula. La machine ne le rata que de quelques centimètres. Il atterrit sur la route. La douleur remonta de sa jambe brisée. Leandro cria de nouveau.

La machine tourna, s'arrêta, le trouva, et redémarra.

Leandro chercha le pistolet glissé dans sa ceinture et le sortit. Il tira quatre fois, en équilibre sur ses genoux. Chaque balle atteignit son but. La troisième brisa la porte vitrée de la machine.

La dernière chose que Leandro vit avant que la machine ne le heurte de ses trois cents kilos, fut la mousse et les gouttes jaillissant des bouteilles de soda brisées par ses balles.

Des bouteilles brisées fonçaient sur lui à soixante à l'heure.

Maman ! hurla l'esprit de Leandro, et il serra ses bras autour de sa tête.

En fait, il n'avait pas à s'inquiéter des bouteilles brisées, ni des microbes qui avaient pu proliférer dans les cheeseburgers du Ranch. Une des vérités primordiales de l'existence est que, lorsqu'on est sur le point d'être heurté par un distributeur de Coca-Cola pesant trois cents kilos et lancé à soixante à l'heure, on n'a plus à s'inquiéter de rien d'autre.

Il y eut un bruit tonitruant d'écrasement. L'avant du crâne de Leandro éclata comme un vase Ming projeté du cinquième étage. Une fraction de seconde plus tard, sa colonne vertébrale se brisa. Pendant un moment, la machine le traîna à sa suite, collé à elle comme un gros insecte maculant le pare-brise d'une voiture rapide. Ses jambes désarticulées traînaient sur la route, la ligne blanche se déroulant entre elles. Les talons de ses chaussures de tennis frottèrent le macadam jusqu'à n'être plus que des masses de caoutchouc fumant. Il en perdit une.

Puis il glissa au sol et s'abattit sur la route.

Le distributeur de Coke reprit la route du village de Haven. Le réceptacle des pièces avait été faussé quand la machine avait heurté Leandro et, tandis que la machine ronronnante filait dans les airs, des pièces de tous diamètres s'envolaient en un flot continu du clapet de retour de monnaie et allaient rouler sur l'asphalte.

8

Gard et Bobbi

1

Gardener savait que Bobbi ne tarderait pas à exécuter son projet : la veille, elle avait accompli ce que la Nouvelle Bobbi Améliorée considérait comme sa dernière obligation envers le bon vieux Jim Gardener, arrivé quelques semaines plus tôt pour sauver son amie et resté pour badigeonner une bien étrange clôture.

Il se dit, en fait, que ce serait la corde, que Bobbi monterait la première et, une fois en haut, ne la renverrait pas et couperait la commande du treuil. Il resterait là, en bas, à côté de la trappe, et il mourrait, tout près de cet étrange symbole. Bobbi n'aurait pas à se salir les mains par un véritable meurtre. Elle n'aurait pas non plus à craindre que le bon vieux Gard ne meure lentement et misérablement de faim. Le bon vieux Gard mourrait d'hémorragies multiples, et très rapidement.

Mais Bobbi insista pour que Gard monte le premier, et l'étincelle sardonique qu'il vit dans ses yeux lui montra qu'elle avait très bien compris ce qu'il pensait, sans pour cela, d'ailleurs, avoir à lire ses pensées.

La corde s'éleva dans les airs et Gardener s'y accrocha, luttant contre son envie de vomir, une envie, se dit-il, qu'il lui serait bientôt impossible de réprimer, mais Bobbi lui avait envoyé une pensée qui lui était parvenue tout à fait clairement dès qu'ils s'étaient extraits de la trappe : *Ne retire pas le masque avant d'arriver en haut.* Les pensées de Bobbi étaient-elles plus claires qu'avant, ou bien l'avait-il imaginé ? Non, il n'avait rien imaginé. Tous deux avaient reçu une bonne dose supplémentaire à l'intérieur du vaisseau. Le nez de Gard saignait toujours et sa chemise se maculait de sang. C'était de loin le pire saignement de nez qu'il eût connu depuis que Bobbi l'avait amené ici.

Pourquoi ça ? avait-il répondu en silence, faisant tout son possible pour ne transmettre que cette pensée superficielle, et pas les plus profondes.

Presque toutes les machines que nous avons entendues étaient des systèmes de renouvellement d'air. Respirer maintenant l'air de la tranchée te tuerait tout aussi rapidement que respirer celui qui était dans le vaisseau quand nous l'avons ouvert. Il faudra plus d'une journée pour que tout redevienne normal.

Cela n'avait pas grand rapport avec les pensées qu'on attend généralement d'une femme qui désire votre mort, mais la lueur sardonique persistait dans les yeux de Bobbi.

Accroché au câble comme à sa vie, mordant l'embout de caoutchouc, Gardener luttait pour contrôler son estomac.

La corde arriva au sommet. Il s'écarta du vide sur des jambes qui ne valaient guère mieux que des élastiques sur un rouleau de papier, remarquant à peine l'aspirateur maintenant au repos près de l'abri. *Compte jusqu'à dix,* se dit-il. *Compte jusqu'à dix, éloigne-toi autant que tu le pourras de la tranchée, et ensuite retire le masque, et advienne que pourra. Je crois de toute façon que je préfère mourir que de rester dans cet état.*

Il arriva à cinq et ne put se retenir davantage. De folles images dansèrent devant ses yeux : le verre vidé dans le décolleté de Patricia McCardle ; Bobbi titubant sous son porche pour l'accueillir quand il était enfin arrivé ; le grand bonhomme avec un masque doré sur le visage qui s'était retourné pour le regarder depuis la fenêtre du passager d'une quatre-quatre alors que Gardener était vautré sous le porche, fin soûl.

Si j'avais creusé ailleurs dans la gravière, qui sait si j'aurais trouvé aussi celle-là ! songea-t-il, et c'est alors que son estomac se révolta enfin.

Il arracha l'embout de caoutchouc de sa bouche et vomit, cherchant à tâtons un pin en bordure de la clairière pour s'y cramponner.

Il vomit à nouveau et se dit qu'il n'avait jamais vomi ainsi de toute sa vie. Par ses lectures, il savait pourtant que cela pouvait arriver. Il éjectait de la matière — essentiellement sanguinolente — en boulettes qui partaient comme des balles. Et c'étaient presque des balles. C'était une crise de vomissements en jets. Dans les cercles médicaux, ce n'était pas considéré comme un signe de bonne santé.

Des voiles gris passaient devant ses yeux. Ses genoux ployèrent.

Bordel de Dieu, je suis en train de mourir, se dit-il sans que cette idée semble vraiment l'émouvoir. C'était une mauvaise nouvelle, rien de plus, rien de moins. Il sentit sa main glisser le long du tronc rugueux du pin. Il sentit la sève poisseuse. Il prit vaguement conscience d'une odeur d'air pourri, jaune et sulfureux, l'odeur d'un moulin à papier au bout d'une semaine de temps couvert et sans vent. Il s'en moquait. Champs Élysées ou Grand Rien noir, ça ne puerait pas comme ici. Alors peut-être qu'il y gagnerait. Il valait mieux laisser tomber. Juste laisser...

Non ! Non, tu ne laisseras pas tomber ! Tu es revenu pour sauver Bobbi, et il était sans doute déjà impossible de la sauver, mais ce gosse n'est pas loin, et qui dit que lui, tu ne peux pas le sauver ? Je t'en prie, Gard, essaie au moins !

« Que tout ça n'ait pas été en vain, dit-il d'une voix incertaine et râpeuse. Jésus-Christ ! Faites que tout ça n'ait pas été vain ! »

La brume grise s'éclaircit un peu. Les vomissements

diminuèrent. Gardener leva une main vers son visage et effaça une traînée de sang.

Une main toucha sa nuque, et la peau de Gardener se hérissa des protubérances familières de la chair de poule. Une main... la main de Bobbi... mais pas une main *humaine,* plus maintenant.

Gard, est-ce que ça va ?

« Ça va », répondit-il à haute voix en réussissant à se hisser sur ses pieds.

Le monde chancela, puis redevint stable. Et c'est Bobbi qui y parut en premier. Elle portait sur son visage une expression calculatrice froide et sans joie. Il n'y vit aucune trace d'amour, pas même un semblant d'inquiétude. Bobbi était au-delà de ces choses.

« Partons, dit Gardener d'une voix rauque. Conduis. Je me sens... commença-t-il avant de trébucher et d'attraper l'étrange épaule étriquée de Bobbi pour éviter de tomber... un peu sonné. »

2

De retour à la ferme, Gardener se sentait déjà mieux. Son saignement de nez avait considérablement diminué. Il avait avalé une bonne quantité de sang pendant qu'il portait l'appareil respiratoire, et l'essentiel du sang qu'il avait vu dans ses vomissures devait provenir de là. Du moins l'espérait-il.

Il avait perdu neuf dents au total.

« Je voudrais me changer, dit-il à Bobbi.

— Tu viendras dans la cuisine après, dit Bobbi sans lui prêter une grande attention. Il faut que nous parlions.

— Oui. Je le crois aussi. »

Dans la chambre d'ami, Gardener retira son T-shirt et en enfila un propre. Il le laissa par-dessus son pantalon. Au pied du lit, il souleva le matelas et sortit le 45. Il le glissa dans sa ceinture. Le T-shirt était trop grand : Gardener avait perdu beaucoup de poids. S'il rentrait le ventre, on devinait à peine la bosse que formait la poignée de son revolver. Il resta un instant immobile à se demander s'il était prêt à faire ça. Il se dit qu'il n'y avait aucun moyen de savoir une chose pareille à l'avance. Ses tempes commençaient doucement à le faire souffrir, et le monde semblait devenir flou par cycles lents et nébuleux. Il avait mal à la bouche, et il sentait son nez rempli de sang séché.

Et voilà. Une épreuve de force comme Bobbi n'en avait jamais décrit dans ses romans. Le soleil luit sur le centre du Maine. Joue ton rôle, mon pote.

L'ombre d'un sourire passa sur ses lèvres. Tous ces philosophes à bon marché disaient que la vie était une étrange affaire, mais en fait elle était monstrueuse.

Il se rendit dans la cuisine.

Assise à la table, Bobbi le regarda. Un curieux liquide vert circulait sous la surface de son visage transparent. Ses yeux — plus grands, avec des pupilles bizarrement difformes — regardaient sombrement Gardener.

Une radiocassette était posée sur la table. A la demande de Bobbi, Dick Allison l'avait apportée trois jours plus tôt. C'était celle que Hank Buck avait utilisée pour envoyer Pits Barfield dans le grand reppeldeppel du ciel. Il avait fallu moins de vingt minutes à Bobbi pour la connecter au pistolet d'enfant à photons qu'elle pointait sur Gardener.

Sur la table, il y avait aussi deux bières et un flacon de comprimés. Gardener reconnut le flacon. Bobbi avait dû aller le chercher dans la salle de bains pendant qu'il se changeait. C'était son Valium.

« Assieds-toi, Gard », dit Bobbi.

3

Gardener avait dressé son bouclier mental dès qu'il était sorti du vaisseau. Mais il ne savait pas ce qu'il en restait.

Il traversa lentement la pièce et s'assit à la table. Il sentit le 45 lui entrer dans l'estomac et dans l'aine — et dans son esprit aussi, lourdement appuyé contre ce qui restait du bouclier.

« Est-ce que c'est pour moi ? demanda Gard en montrant les comprimés.

— J'ai pensé que nous pourrions boire une bière ou deux ensemble, dit Bobbi d'un ton égal, comme deux amis. Et pendant notre conversation, tu pourrais avaler quelque-uns de ces comprimés d'un coup. J'ai pensé que ce serait plus gentil comme ça.

— Gentil », minauda Gardener.

Il ressentait les premiers assauts timides de la colère. Je ne me laisserai plus avoir, disait la chanson, mais l'habitude doit être terriblement difficile à casser. Pour sa part, il s'était fait avoir dans les grandes largeurs. *Mais finalement,* se dit-il, *tu es peut-être l'exception qui confirme la règle, mon vieux Gard.*

« Les comprimés pour moi, et cet horrible aquarium dans le hangar pour Peter. Bobbi, ta définition de la gentillesse a subi une modification radicale depuis l'époque où tu pleurais quand Peter rapportait un oiseau mort à la maison. Tu te souviens de cette époque ? Nous vivions ici ensemble, nous rembarrions ta sœur ensemble, et nous n'avons jamais eu à la suspendre dans une cabine de douche pour y arriver. Nous nous contentions de l'envoyer balader d'un coup de pied au cul, dit-il en la regardant d'un air sombre. Tu te souviens, Bobbi ? C'était quand nous étions amants autant qu'amis. Je me disais que tu avais peut-être oublié. J'aurais donné ma vie pour toi, minette. Et *sans* toi, je serais mort. Tu te rappelles ? Te souviens-tu de *nous* ? »

Bobbi regarda ses mains. Avait-il vu des larmes dans ces yeux étranges ? Il n'avait probablement vu que ce qu'il aurait désiré voir.

« Quand es-tu allé dans le hangar ?

— Hier soir.

— Qu'as-tu touché ?

— Avant, c'est *toi* que je touchais. Et toi tu me touchais. Et aucun de nous n'y trouvait rien à redire. Tu t'en souviens ?

— *Qu'as-tu touché ?* hurla-t-elle au point de ne plus ressembler qu'à un monstre furieux.

— Rien, dit Gardener. Je n'ai touché à rien. »

Sur son visage, le mépris devait être plus convaincant encore que ses dénégations, car Bobbi se détendit. Elle but une gorgée de bière.

« Ça n'a pas d'importance. Tu n'aurais de toute façon pas pu abîmer quoi que ce soit.

— Comment as-tu pu faire ça à Peter ? Je n'arrête pas de me le demander. Je ne connaissais pas le vieil homme, et Anne s'est jetée dans la gueule du loup. Mais je connaissais *Peter. Lui* aussi serait mort pour toi. Comment as-tu pu faire ça ? Seigneur !

— Il m'a gardée en vie quand tu n'étais pas là, dit Bobbi d'une voix un tout petit peu gênée et sur la défensive. Quand je travaillais vingt-quatre heures sur vingt-quatre. Ce n'est que grâce à lui que tu as trouvé quelque chose à sauver quand tu es arrivé.

— Salope de *vampire* ! »

Elle le regarda, puis détourna les yeux.

« Seigneur, tu as fait ça, et *je t'ai aidée* ! Est-ce que tu sais à quel point ça fait mal ? *Je t'ai aidée* ! J'ai vu ce qui t'arrivait... à un moindre degré, j'ai vu ce qui arrivait aux autres, mais *je t'ai quand même aidée.* Parce que j'étais fou. Mais bien sûr, tu le savais, n'est-ce pas ? Tu m'as utilisé comme tu as utilisé Peter, mais je n'étais même pas aussi futé qu'un vieux beagle, j'imagine, parce que tu n'as pas eu à me mettre dans le hangar et à me planter un de tes *bon sang de câbles pourris* dans la tête. Tu as juste veillé à ce que je reste ivre. Tu m'as tendu une pelle et tu m'as dit : " Allez, Gard, déterrons ce machin pour arrêter la police de Dallas. " *Sauf que* tu es *la police de Dallas. Et j'ai marché.*

— Bois ta bière, dit Bobbi dont le visage était à nouveau glacé.

— Et si je ne la bois pas ?
— Alors je mettrai cette radio en marche, elle ouvrira un trou dans la réalité, et t'expédiera... quelque part.
— Sur Altaïr-4 ? » demanda Gardener d'une voix calme.
Il resserra son emprise mentale
(bouclier-bouclier-bouclier-bouclier)
sur cette barrière dans son esprit. Un léger froncement rida à nouveau le front de Bobbi, et Gardener sentit encore une fois ses doigts mentaux qui tâtonnaient, creusaient, essayaient de découvrir ce qu'il savait, combien il en savait... comment il avait su.
Distrais-la. Mets-la en colère, et distrais-la. Comment ?
« Tu as *beaucoup* fouiné, n'est-ce pas ? demanda Bobbi.
— Pas avant que je comprenne que tu me mentais. »
Et soudain il sut. Il avait tout appris dans le hangar sans même s'en rendre compte.
« La plupart de ces mensonges, c'est toi qui te les es racontés, Gard.
— Ah oui ? Et le gosse qui est mort ? Ou la fille qui est aveugle ?
— Comment sais-tu... ?
— Le hangar. C'est là que tu vas pour devenir futée, non ? »
Elle ne répondit pas.
« Vous les avez envoyés chercher des *batteries*. Vous en avez tué un et vous avez rendu l'autre aveugle pour avoir des *batteries*. Seigneur, Bobbi, à quel degré de stupidité allez-vous vous arrêter ?
— Nous sommes plus intelligents que tu ne pourras jamais espérer...
— Qui parle d'*intelligence* ? s'écria-t-il, furieux. Il ne s'agit pas d'être *futé*, mais d'avoir simplement le *sens commun*, bon Dieu ! Les lignes à haute tension passent juste derrière ta *maison* ! Pourquoi ne pas vous être branchés dessus ?
— C'est ça, dit Bobbi en souriant de sa curieuse

bouche. C'est une idée très intelligente — excuse-moi, *futée.* Et la première fois qu'un technicien d'Augusta aurait remarqué qu'on pompait du courant sur ses compteurs...

— Presque tout marche sur batteries ou sur piles, ça n'aurait été qu'une *bagatelle.* N'importe quel type utilisant l'électricité domestique pour faire marcher une scie à ruban aurait tiré plus que ça. »

Un instant, elle eut l'air égaré. Elle semblait écouter — non pas quelqu'un d'autre, mais sa propre voix intérieure.

« Les batteries fournissent du courant continu, Gard. Les lignes à haute tension ne nous auraient pas...

— *Et vous n'avez jamais vu de redresseur ? Nom de Dieu !* s'écria-t-il en se frappant les tempes de ses deux poings. Tu peux en acheter à Radio Shack pour trois dollars ! Est-ce que tu essaies de me faire croire que vous n'auriez pas pu fabriquer de simples redresseurs alors que vous faites voler les tracteurs et taper les machines à écrire par télépathie ? Est-ce que tu...

— *Personne n'y a pensé !* » hurla-t-elle soudain.

Il y eut un moment de silence. Elle semblait sonnée, presque stupéfaite du son de sa propre voix.

« Personne n'y a pensé, dit Gardener. Très bien. Alors vous avez envoyé ces gosses, tout prêts à réussir ou à mourir pour le bon vieux Haven, et maintenant le garçon est mort et la fille est aveugle. C'est de la merde, Bobbi. Je me moque de savoir qui ou ce qui s'est emparé de vous — mais une partie de vous doit bien exister encore *quelque part.* Une partie de vous capable de comprendre que vous n'avez rien fait de créatif du tout. Bien au contraire. Vous avez avalé des comprimés de bêtise, et vous vous êtes congratulés pour les merveilles réalisées. C'était *moi,* le fou. Je n'ai pas cessé de me dire que tout irait bien quand j'en saurais plus. Mais c'est toujours la même merde. Vous pouvez désintégrer les gens, vous pouvez les téléporter dans un endroit sûr, ou les enterrer, ou je ne sais quoi, mais vous êtes aussi bêtes qu'un bébé tenant un pistolet chargé.

— Je crois que tu ferais mieux de te taire, maintenant, Gard.

— Vous n'y avez pas pensé, dit-il doucement. Seigneur ! Bobbi ! Comment peux-tu encore te regarder dans ton miroir ? Toi, et tous les autres ?

— J'ai dit que je crois...

— Un savant idiot, tu as parlé un jour d'un savant idiot. C'est pire. C'est comme un groupe de gosses qui se préparent à faire sauter le monde avec des chariots en bois. Vous n'êtes même pas mauvais. Idiots, mais pas mauvais.

— Gard...

— Vous n'êtes qu'une troupe de cloches avec des tournevis, dit-il en riant.

— *Ta gueule !* hurla Bobbi.

— Seigneur ! Est-ce que j'ai vraiment cru que Sœurette était morte ? Est-ce que je l'ai *cru* ? »

Bobbi tremblait.

Il montra du menton le pistolet à photons en plastique.

« Alors si je ne bois pas ma bière et que je ne prends pas les comprimés, tu vas m'expédier sur Altaïr-4, c'est ça ? Je pourrai garder David Brown jusqu'à ce que nous mourrions tous les deux d'asphyxie ou de faim ou d'empoisonnement à cause du rayonnement cosmique. »

Elle était d'une froideur cruelle, maintenant, et cela faisait mal à Gard, plus mal qu'il ne l'aurait jamais cru ; mais du moins n'essayait-elle plus de lire dans ses pensées. Elle était tellement en colère qu'elle avait oublié.

Tout comme elle avait oublié combien il était simple de brancher un magnétophone à piles sur une prise murale grâce à un adaptateur placé entre l'instrument et la source de courant.

« En fait, il n'y a pas d'Altaïr-4, comme il n'y a pas de

Tommyknockers. Certaines choses n'*ont pas* de nom, elles se contentent d'*être*. Ici, quelqu'un leur a donné un nom, et ailleurs, on leur en donnera un autre. Le nom n'est jamais très bon, mais ça n'a pas d'importance. Tu es revenu du New Hampshire en parlant de Tommyknockers, en pensant à des Tommyknockers, alors ici, c'est ce que nous sommes. On nous a donné d'autres noms ailleurs, tout comme à Altaïr-4. Ce n'est qu'une sorte d'entrepôt. Généralement pas pour des êtres vivants. Les greniers peuvent être des lieux froids et sombres.

— Est-ce de là que vous venez ? Votre peuple ? »

Bobbi — ou cet être qui lui ressemblait un peu — rit presque gentiment.

« Nous ne sommes pas un “ peuple ”, Gard. Pas une “ race ”. Pas une “ espèce ”. Klaatu ne va pas apparaître et dire : “ Conduisez-moi à votre chef. ” Non, nous ne sommes pas Altaïr-4. »

Elle le regarda en continuant à sourire légèrement. Elle semblait avoir recouvré l'essentiel de sa sérénité... et avoir oublié les comprimés, pour le moment.

« Puisque tu sais, pour Altaïr-4, je me demande si tu n'as pas trouvé étrange l'existence du vaisseau. »

Gardener la regarda bêtement.

« J'imagine que tu n'as pas eu le temps de te demander, continua Bobbi en agitant un peu le pistolet de plastique, pourquoi une race qui a accès à la technologie du télétransport devrait se donner la peine de circuler dans un vaisseau en dur. »

Gardener leva les sourcils. Non, il n'y avait pas pensé, mais maintenant que Bobbi évoquait ce sujet, il se rappelait un camarade de fac qui se demandait pourquoi le capitaine Kirk, M. Spock et les autres s'embêtaient avec le vaisseau *Enterprise* alors qu'il aurait été tellement plus simple de parcourir l'univers sur un rayon.

« Encore des comprimés de bêtises, dit-il.

— Pas du tout. C'est comme la radio. Il y a des

longueurs d'onde. Mais au-delà, nous ne comprenons pas très bien ce qui se passe. Ce qui est d'ailleurs vrai, en ce qui nous concerne, dans la plupart des domaines, Gard. Nous sommes des bâtisseurs, pas des " compreneurs ". Quoi qu'il en soit, nous avons isolé environ quatre-vingt-dix mille longueurs d'onde " claires " — des ensembles prolinéaires qui permettent deux choses : premièrement d'éviter le paradoxe des binômes, qui empêche la réintégration des tissus vivants et de la matière inerte, et deuxièmement d'*aller* effectivement quelque part. Mais dans presque tous les cas, ce n'est nulle part ou quiconque aurait envie de se rendre.

— Autant gagner un séjour tous frais payés à Utica, hein ?

— Bien pire. Il y a un endroit qui ressemble beaucoup à la surface de Jupiter. Si tu ouvres une porte vers *ce* lieu, la différence de pression est tellement grande que ça déclenche une tornade dans l'embrasure de la porte, en même temps qu'une charge électrique extrêmement forte agrandit la porte de plus en plus. C'est comme si on débridait une plaie. La gravité est tellement plus forte que ça se met à aspirer la substance de la planète qui a tenté cette incursion, comme un tire-bouchon extrait un bouchon d'une bouteille. Si on reste trop longtemps dans cette situation, ça peut entraîner une modification de la trajectoire orbitale de la planète — si sa masse est similaire à celle de la Terre. Selon la composition de la planète, ça risque de la mettre en pièces.

— Est-ce que ça a failli arriver *ici* ? » demanda Gard en bougeant à peine ses lèvres engourdies.

Une telle perspective reléguait Tchernobyl au niveau d'un pet dans une cabine téléphonique. *Et tu as marché, Gard !* lui cria son cerveau. *Tu les a aidés à le déterrer !*

« Non, mais il a fallu dissuader certains de trop jouer avec les lignes de transmission/transmutation, dit-elle en souriant. Mais c'est arrivé dans un autre lieu que nous avons visité.

— Qu'est-il arrivé ?

— Ils ont refermé la porte avant l'apocalypse, mais beaucoup de gens ont rôti quand l'orbite a changé, expliqua-t-elle comme si le sujet commençait à l'ennuyer.

— *Tous ?* murmura Gardener.

— Non. Il en reste encore neuf ou dix mille vivants sur l'un des pôles, je crois.

— Seigneur ! Ô Seigneur, Bobbi !

— D'autres canaux ouvrent sur du roc. Seulement du roc. L'intérieur de quelque part. La plupart s'ouvrent sur les profondeurs de l'espace. Nous n'avons jamais pu localiser un seul de ces lieux en utilisant notre carte astrale. Te rends-tu compte, Gard ! Tous ces lieux nous sont étrangers... même à nous, et nous sommes de grands voyageurs du ciel. »

Elle se pencha en avant et but un peu de bière. Le pistolet en plastique, qui n'était plus un jouet, restait pointé sur la poitrine de Gardener.

« Alors, c'est ça le télétransport. La belle affaire ! Quelques rochers, beaucoup de trous, un grenier cosmique. Peut-être qu'un jour quelqu'un ouvrira une longueur d'onde jusqu'au cœur du soleil et asséchera toute la planète. »

Bobbi se mit à rire, comme si c'eût été une trouvaille particulièrement réjouissante, mais le pistolet resta pointé sur la poitrine de Gard.

Retrouvant son sérieux, Bobbi déclara :

« Ce n'est pas *tout,* Gard. Quand tu allumes un poste de radio, tu le règles sur une station. Mais les bandes — mégahertz, kilohertz, ondes courtes, ce que tu voudras — ce ne sont pas que des *stations.* C'est aussi tout l'espace vide *entre* les stations. En fait, il constitue l'essentiel de la plupart des bandes. Est-ce que tu me suis ?

— Oui.

— C'est ma façon détournée de te convaincre de prendre les comprimés. Je ne t'enverrai pas sur ce que tu appelles Altaïr-4, Gard — là, tu mourrais lentement et de façon très déplaisante.

— Comme David Brown est en train de mourir ?

— Je n'ai rien eu à voir avec ça, dit-elle précipitamment. C'était entièrement le fait de son frère.

— Comme au procès de Nuremberg, hein ? Rien n'est vraiment la faute de *quiconque.*

— Espèce d'idiot ! Est-ce que tu ne peux pas comprendre que parfois c'est la vérité ? Est-ce que tu manques de tripes au point de refuser d'accepter l'idée de faits dus au hasard ?

— Je peux l'accepter. Mais je crois aussi que tout individu peut corriger un comportement irrationnel.

— Vraiment ! En tout cas, *toi* tu n'y es jamais parvenu. »

T'as tiré sur ta femme, dit dans sa tête le flic qui se curait le nez, *tu t'es mis dans de beaux draps !*

Peut-être que parfois des gens commencent la Danse de l'Expiation un peu trop tard, se dit-il en regardant ses mains.

Les yeux de Bobbi analysaient cruellement son visage. Elle avait saisi une partie de ses pensées. Il tenta de renforcer son bouclier par une chaîne emmêlée de pensées sans aucun rapport entre elles, un bruit blanc.

« A quoi penses-tu, Gard ?

— A rien que tu doives savoir, répondit-il avec un petit sourire. Considère que c'est comme... disons... un cadenas sur une porte de hangar. »

Les lèvres de Bobbi se retroussèrent un instant comme pour montrer les dents... puis elles se détendirent pour produire à nouveau un sourire étrangement gentil.

« Ça n'a pas d'importance, dit-elle. De toute façon il se peut que je ne comprenne pas. Comme je l'ai dit, nous n'avons jamais été très forts de la comprenette. Nous ne sommes pas des super-Einstein. Nous serions plutôt des Thomas Edison de l'Espace, je crois. Passons. Je ne veux pas t'envoyer quelque part où tu mourrais lentement et misérablement. Je t'aime encore, à ma façon, Gard, et s'il *faut* que je t'envoie quelque part, je t'enverrai... nulle part, dit-elle en haussant les épaules. C'est probablement comme de prendre de l'éther... mais ça *peut* être douloureux. Une véritable agonie, même. Quoi qu'il en soit, le diable qu'on connaît est toujours préférable au diable qu'on ne connaît pas.

— Bobbi, s'écria Gard en fondant soudain en larmes, tu aurais *vraiment* pu m'éviter beaucoup de peine en me rappelant ça plus tôt !

— Prends les comprimés, Gard. Va vers le diable que tu connais. Tel que tu es maintenant, 200 milligrammes de Valium te feront partir très vite. Ne m'oblige pas à t'expédier comme une lettre adressée nulle part.

— Parle-moi encore des Tommyknockers, dit Gardener en se passant les mains sur le visage.

— Les comprimés, Gard, insista Bobbi en souriant. Si tu commences à en avaler, je te dirai tout ce que tu veux savoir. Sinon... »

Elle leva le pistolet à photons.

Gardener dévissa le bouchon du flacon de Valium, secoua une demi-douzaine de comprimés bleus ornés d'un cœur (*La Saint-Valentin de la vallée de la Torpeur,* se dit-il) et les projeta dans sa bouche. Il décapsula la bière et les avala. 60 milligrammes descendirent dans le bon vieux tuyau. Il aurait pu en cacher un sous sa langue, peut-être, mais six ? Allez, les gars, soyez réalistes. *Ça ne prendra pas longtemps. J'ai vidé mon estomac en vomissant, j'ai perdu beaucoup de sang, je ne prends plus de ces merdes depuis longtemps, ce qui fait que je n'ai aucune accoutumance, je pèse près de quinze kilos de moins que quand on m'a fait la première ordonnance. Si je ne me débarrasse pas de ces conneries, et vite, elles vont m'avoir comme un semi-remorque dont les freins ont lâché.*

« Parle-moi des Tommyknockers », demanda-t-il à nouveau.

Une de ses mains glissa sous la table et tâta la poignée

(bouclier-bouclier-bouclier-bouclier)

du revolver. Combien de temps avait-il avant que les comprimés ne fassent effet ? Vingt minutes ? Il ne s'en souvenait plus. Et personne ne lui avait jamais parlé de prendre congé en avalant du Valium.

Bobbi montra le flacon du bout de son pistolet.

« Prends-en plus, Gard. Comme il se pourrait que Jacqueline Susann l'ait dit un jour, six risquent de ne pas suffire. »

Il en fit tomber quatre de plus, mais les laissa sur la nappe.

« Tu en chiais dans ton froc de trouille, là-bas, hein ? demanda Gardener. Je t'ai regardée, Bobbi. Tu avais l'air de penser qu'ils allaient tous se lever et se mettre à marcher. *Le Retour des Morts vivants.* »

Les Nouveaux Yeux Améliorés de Bobbi lancèrent des éclairs... mais sa voix resta douce.

« Mais *nous* marchons, *nous* parlons, Gard. Nous sommes de retour. »

Gard prit les quatre comprimés et les fit sauter dans sa paume.

« Je voudrais que tu me dises une seule chose, et ensuite je les avalerai. »

Oui. Cela suffirait en quelque sorte à répondre à toutes les autres questions — toutes celles qu'il n'aurait jamais l'occasion de poser. C'était peut-être à cause de cette question qu'il n'avait pas encore essayé son revolver sur Bobbi. Parce qu'il avait vraiment besoin de le savoir. Juste une chose :

« Je voudrais savoir ce que vous *êtes*, dit-il. Dis-moi ce que vous *êtes*.

4

— Je vais te répondre, ou du moins essayer, dit Bobbi, si tu prends ces comprimés que tu fais rebondir dans ta main. Sinon, au revoir, Gard ! Tu as quelque chose dans ta tête. Je n'arrive pas à savoir quoi. C'est comme si je percevais une forme dans le brouillard. Mais ça me rend *extrêmement* nerveuse. »

Gardener mit les comprimés dans sa bouche et les avala.

« Encore. »

Gardener en fit tomber quatre de plus et les prit. Il en était à 140 milligrammes. Il décollait pour la lune. Bobbi sembla se détendre.

« J'ai dit que nous ressemblions plutôt à Thomas Edison qu'à Albert Einstein, et cette comparaison n'est pas plus mauvaise qu'une autre. Je crois que certaines choses, ici, à Haven, auraient complètement ahuri ce cher Albert. Mais Einstein savait ce que *signifiait* $E = mc^2$. Il *comprenait* la relativité. *Lui,* il connaissait les choses. *Nous...* nous faisons des choses. Nous réparons des choses. Nous ne théorisons pas. Nous construisons. Nous sommes des tâcherons.

— Vous *améliorez* les choses », dit Gardener.

Il avala. Quand le Valium faisait effet, sa gorge devenait sèche. Il s'en souvenait. Quand cela se produirait, il faudrait qu'il agisse. Il se disait qu'il avait peut-être déjà pris une dose mortelle, et il restait bien une douzaine de comprimés dans le flacon.

Le visage de Bobbi s'était un peu éclairé.

« *Nous améliorons !* C'est ça ! C'est ce que nous faisons. Comme ils — comme nous avons amélioré Haven. Tu as compris l'étendue potentielle de nos pouvoirs dès que tu es revenu. Nous n'étions plus accrochés à la mamelle du réseau d'électricité de l'État. Il serait même possible éventuellement de se reconvertir à... euh... à des sources de stockage d'électricité totalement organiques. Elles sont renouvelables et très durables.

— Tu parles des gens.

— Pas *seulement* les gens, bien que les espèces supérieures semblent *effectivement* produire une énergie plus durable que les espèces inférieures — c'est peut-être davantage fonction de leur spiritualité que de leur intelligence. Le mot latin *esse* est sans doute celui qui traduit le mieux ce que je veux dire. Mais même Peter a tenu un temps remarquablement long, et il a produit une grande quantité d'énergie, bien qu'il ne soit qu'un *chien*.

— Peut-être à cause de son esprit, dit Gardener. Peut-être parce qu'il t'aimait. »

Il sortit le pistolet de sa ceinture et le tint

(bouclier-bouclier-bouclier-bouclier)

contre sa cuisse gauche.

« Ça n'a rien à voir, dit Bobbi en écartant de la main toute allusion à l'amour ou à la spiritualité de Peter. Tu as décidé pour une raison qui t'appartient que ce que nous faisons est moralement inacceptable. Mais l'éventail de ce que tu considères comme moralement acceptable est très étroit. Ça n'a pas d'importance : tu ne tarderas pas à t'endormir. Nous n'avons pas d'histoire, ni écrite, ni orale. Quand tu dis que le vaisseau s'est écrasé ici parce que les responsables se battaient pour tenir le manche à balai, je sens qu'il y a là une part de vérité... mais je sens aussi que ça devait peut-être arriver, que le *destin* en avait décidé ainsi. Les télépathes jouissent de prémonitions partielles, Gard, et de ce fait ils sont plus enclins à se laisser guider par les courants, grands ou petits, qui parcourent l'univers. Certains donnent le nom de " Dieu " à ces courants, mais Dieu n'est qu'un mot, comme Tommyknockers ou Altaïr-4. Je veux dire que nous aurions disparu depuis longtemps si nous ne nous étions pas fiés à ces courants, parce que nous avons toujours été un peu vifs, prêts à nous battre. Mais " battre " est un mot trop général. Nous... nous... »

Les yeux de Bobbi luirent soudain d'un reflet vert profond et effrayant. Ses lèvres s'écartèrent en un sourire sans dents. Gardener serra la poignée de son arme d'une main trempée de sueur.

« Nous nous *chamaillons* ! dit Bobbi. Voilà *le mot juste*, Gard !

— Bien trouvé », dit Gardener en avalant sa salive.

Il entendit comme un déclic dans sa bouche. La sécheresse ne s'était pas imposée progressivement — elle était arrivée d'un seul coup.

« Oui, nous nous chamaillons, nous nous sommes toujours chamaillés. Comme des enfants, dit Bobbi avec un sourire. Nous sommes très enfantins. C'est notre bon côté.

— Vraiment ? »

Une image monstrueuse emplit soudain la tête de Gard : des collégiens se dirigeant vers leur école, chargés de livres, de cahiers et de pétards M-16, de gamelles « smurf » pour leur déjeuner et de mitraillettes Uzi, de pommes pour les professeurs qu'ils aiment et de grenades à fragmentation pour ceux qu'ils n'aiment pas. Et... Seigneur ! Toutes les filles ressemblent à Patricia McCardle et tous les garçons à Ted, l'Homme de l'Énergie. Ted, l'Homme de l'Énergie, avec des yeux verts dont la lueur explique tout ce bordel déplorable, les Croisades, les arcs et les flèches, les satellites armés de missiles chers à Reagan.

Nous nous chamaillons. De temps à autre, nous nous bagarrons même un peu. Nous sommes des adultes — je crois — mais nous avons mauvais caractère, comme des enfants, et nous aimons aussi nous amuser, comme les enfants, alors nous satisfaisons nos deux penchants en construisant ces chouettes lance-pierres nucléaires, et de temps à autre nous en laissons quelques-uns traîner pour que des gens les ramassent, et tu sais quoi ? Ils les ramassent toujours. Les gens comme Ted, qui sont parfaitement prêts à tuer pour qu'aucune femme de Braintree qui désirerait acheter un sèche-cheveux ne manque d'électricité pour le faire marcher. Les gens comme toi, Gard, qui n'ont que de maigres scrupules à tuer pour l'idée de paix.

Ce serait un monde tellement terne, sans les armes et les chamailleries, tu ne trouves pas ?

Gardener se rendit compte qu'il avait sommeil.

« Enfantins, répéta Bobbi. Nous nous battons... mais

nous pouvons être aussi très généreux. Comme nous l'avons été ici.

— Oui, vous avez été très généreux pour Haven », dit Gardener avant que ses maxillaires ne s'écartent soudain en craquant pour un bâillement à se décrocher la mâchoire.

Bobbi sourit.

« Quoi qu'il en soit, il est possible que nous nous soyons écrasés parce que c'était " l'heure de l'écrasement ", selon les courants dont j'ai parlé. Le vaisseau n'a pas été endommagé, naturellement. Et quand j'ai commencé à le mettre au jour, nous... sommes revenus.

— Êtes-vous nombreux ?

— Je ne sais pas, dit Bobbi en haussant les épaules, *et je m'en moque. Nous sommes* ici. *Il faut apporter des améliorations. Ça suffit.*

— C'est vraiment tout ce que vous êtes ? »

Il voulait s'en assurer, s'assurer qu'il n'y avait rien d'autre. Il avait terriblement peur d'y employer trop de temps, beaucoup trop de temps... mais il *fallait* qu'il sache.

« C'est *tout* ? insista-t-il.

— Qu'est-ce que tu veux dire ? Est-ce si peu, ce que nous sommes ?

— Franchement, oui, dit Gard. Tu vois, j'ai recherché le diable hors de moi *toute* ma vie parce que celui que j'avais à l'intérieur était tellement difficile à attraper... C'est dur de croire si longtemps que tu es... Homère... »

Il bâilla à nouveau, très profondément. Il avait l'impression d'avoir des briques sur les paupières.

« ... et de découvrir que tu n'as jamais été que... le capitaine Achab... Est-ce que c'est *vraiment* tout ce que vous êtes ? demanda-t-il pour la dernière fois avec un accent désespéré dans la voix. Juste des gens qui fabriquent des choses ?

— Je crois, dit-elle. Désolée de te décevoir a... »

Gardener leva le pistolet sous la table, et au même

moment, il sentit que la drogue le trahissait : le bouclier s'évanouissait.

Les yeux de Bobbi se mirent à luire — non, cette fois ils *flamboyèrent*. Sa voix, cri mental, traversa la tête de Gardener comme un couteau à viande

(ARME IL A UNE ARME IL A UNE)

tailladant le brouillard de plus en plus épais.

Elle essaya de bouger. Et en même temps, elle essaya de pointer le pistolet à photons sur lui. Gardener dirigea le 45 vers Bobbi, sous la table, et pressa la détente. Il n'y eut qu'un claquement sec. Le vieux revolver n'avait pas tiré.

9

Le scoop, suite et fin

1

John Leandro mourut. Mais pas le scoop.

David Bright avait promis de donner jusqu'à seize heures à Leandro, et c'était une promesse qu'il voulait tenir parce qu'il avait le sens de l'honneur, naturellement, mais aussi parce qu'il n'était pas sûr de vraiment vouloir mettre son nez dans cette histoire. Il se pouvait qu'il ne s'agisse pas d'une nouvelle pour la presse, mais d'un piège à cons peut-être mortel. Il ne douta néanmoins jamais que Johnny Leandro eût dit la vérité, ou ce qu'il en percevait, aussi folle que parût son histoire. Johnny était une andouille. Non seulement il lui arrivait de tirer des conclusions hâtives, mais il allait parfois bien au-delà. Cela dit, il n'était pas menteur (et même s'il l'avait été, il n'était sans doute pas, selon Bright, assez futé pour fabriquer une histoire aussi touffue).

Vers deux heures et demie, cet après-midi-là, Bright pensa soudain à un autre Johnny — ce pauvre diable de Johnny Smith, un médium qui avait parfois eu des « sensations » en touchant des objets. C'était aussi une histoire folle, mais Bright avait cru Johnny Smith, il avait cru que Smith pouvait faire ce qu'il disait. Il était impossible de regarder les yeux fervents de cet homme et de ne pas le croire. Bright ne touchait rien qui appartînt à John Leandro, mais il voyait son bureau, de l'autre côté de la pièce, la housse qui recouvrait bien proprement son ordinateur à traitement de texte, et il ressentait quelque chose... de tout à fait lugubre. Il avait l'impression que John Leandro était peut-être mort.

Il se traita de vieille bonne femme, mais cela ne dissipa en rien son impression. Il pensa à la voix de Leandro, désespérée et vibrante d'excitation. *C'est mon histoire, et je ne vais pas laisser tomber comme ça.* En pensant aux yeux sombres de Johnny Smith, à sa façon de se frotter constamment le côté gauche du front, Bright n'arrivait pas à quitter du regard le traitement de texte de Leandro.

Il résista jusqu'à trois heures. L'impression était devenue une certitude nauséeuse. Leandro était mort. Il n'y avait plus aucun doute. Bright n'aurait peut-être plus jamais d'authentique prémonition de sa vie, mais en cet instant, il en avait une. Pas fou, pas blessé, pas disparu, *mort*.

Bright décrocha son téléphone et, bien qu'il ne composât qu'un numéro de Cleaves Mills, Bobbi et Gard auraient compris qu'il téléphonait très loin : cinquante-cinq jours après que Bobbi Anderson eut trébuché dans les bois, quelqu'un appelait enfin la police de Dallas.

2

L'homme à qui Bright parla au commissariat central de la police de l'État, à Cleaves Mills, s'appelait Andy Torgeson. Bright le connaissait depuis ses années d'université, et il pouvait lui parler sans avoir l'impression qu'on avait tatoué sur son front JOURNALISTE EN QUÊTE DE NOUVELLES SENSATIONNELLES. Torgeson écouta avec patience, parlant peu, tandis que Bright lui racontait tout, commençant par le jour où Leandro avait été envoyé enquêter sur la disparition des deux flics.

« Son nez s'est mis à saigner, ses dents sont tombées,

il s'est mis à vomir, et il était persuadé que ça venait de l'air ?

— Oui, répondit Bright.

— Et ce truc dans l'air améliore les transmissions radio.

— C'est ça.

— Et tu crois qu'il a plein d'ennuis.

— Encore vrai.

— Je crois moi aussi qu'il risque d'être dans la merde, Dave. On dirait qu'il est bon pour le pavillon des agités.

— Je sais ce qu'on dirait. Mais je ne crois pas que ce soit *ça*.

— David, dit Torgeson sur un ton de grande patience, il est possible — dans les films en tout cas — de prendre un petit village et de l'empoisonner. Mais il y a une *route nationale* qui traverse ce petit village. Il y a des *gens* dans ce petit village. Et des *téléphones*. Est-ce que tu crois que quelqu'un pourrait empoisonner tout un village ou le couper du monde extérieur sans que personne le sache ?

— La vieille route de Derry n'a d'une route nationale que le nom depuis qu'on a terminé le tronçon de l'autoroute I-95 entre Bangor et Newport, il y a trente ans. Maintenant, la vieille route de Derry ressemble plutôt à une piste d'atterrissage abandonnée avec une ligne jaune au milieu.

— Tu n'essaies pas de me dire que *personne* n'a tenté de l'utiliser ces derniers temps, quand même !

— Non. Je n'essaie pas de te dire grand-chose... mais Johnny prétendait qu'il avait trouvé plusieurs personnes qui n'avaient pas vu leurs parents habitant Haven depuis près de deux mois. Et certains de ceux qui avaient essayé d'aller les voir ont été malades et ont dû rebrousser chemin. La plupart ont mis leur malaise sur le compte d'un mauvais repas, ou Dieu sait quoi. Il m'a aussi parlé d'un magasin à Troie où un vieux commerçant fait des affaires en or en vendant des

T-shirts aux gens qui ont essayé d'aller à Haven, parce qu'ils saignent du nez... et ce depuis des semaines.

— Divagations ! » dit Torgeson.

Il regarda de l'autre côté de la salle de garde et vit son collègue se redresser brutalement et prendre, pour pouvoir écrire, son téléphone de la main gauche. A son air ahuri, il était clair qu'on ne venait pas de lui parler d'un différend entre voisins ni d'un vol à la tire. Naturellement, les gens étant ce qu'ils sont, il arrivait toujours quelque chose. Et, bien qu'Andy ne l'admît pas volontiers, il pouvait aussi se passer quelque chose à Haven. Toute cette histoire semblait aussi folle que le thé d'*Alice,* mais David ne lui avait jamais semblé être un membre de la brigade des cinglés notoires. Du moins pas officiellement, corrigea-t-il.

« Tu as peut-être raison, disait Bright, mais tu pourras confirmer ou non que ce sont des divagations en envoyant tout simplement un de tes gars à Haven... Je te le demande en tant qu'ami. Je ne suis pas un grand pote de Johnny, mais je me fais du souci pour lui. »

Torgeson regardait toujours le bureau vitré du chef, où Smokey Dawson faisait marcher sa mâchoire à cent à l'heure. Smokey leva les yeux, vit que Torgeson le regardait et dressa une main, les doigts écartés. *Attends,* voulait dire ce geste. Il se passe *quelque chose d'énorme.*

« J'enverrai quelqu'un avant ce soir, dit Torgeson. J'irai moi-même si je peux, mais...

— Si je venais à Derry, tu pourrais m'emmener ?

— Je te rappellerai, dit Torgeson. Il se passe quelque chose. On dirait que Dawson est au bord de la crise cardiaque.

— Je ne bouge pas d'ici, dit Bright. Je me fais *vraiment* du souci, Andy.

— Je sais, dit Torgeson, je t'appellerai. »

Bright n'avait pas manifesté le moindre intérêt quand Torgeson lui avait dit qu'il se passait quelque chose et ça ne lui ressemblait pas du tout.

Dawson sortit du bureau du chef. On était en plein été,

et à part Torgeson, tous les autres policiers étaient sur les routes. Les deux hommes tenaient le poste à eux seuls.

« Oh, Andy ! gémit Dawson, je ne sais vraiment pas quoi penser de tout ça !

— De quoi ? »

Il sentit l'excitation, oppressante, peser au centre de sa poitrine. Torgeson avait aussi ses intuitions de temps à autre, et elles étaient assez justes dans le cadre étroit de la profession qu'il avait choisie. Quelque chose d'énorme, sans nul doute. On aurait dit que Dawson avait reçu un coup sur la tête. Cette bonne vieille oppression de l'excitation — il la haïssait la plupart du temps, mais elle agissait sur lui comme une drogue. Et à cet instant, la drogue lui fit faire un rapprochement fulgurant : c'était aussi irréfutable qu'irrationnel. La grande nouvelle était liée à ce que Bright venait de lui dire. *Qu'on aille chercher le Chapelier fou, le thé est servi.*

« Il y a un feu de forêt à Haven, dit Dawson. C'est forcément un feu de forêt. On dit que c'est probablement dans les bois du Grand Injun.

— *Probablement !* Qu'est-ce que ça veut dire que cette merde, *probablement* ?

— Le rapport est venu de la station d'observation des incendies de China Lakes, dit Dawson. Ils ont localisé la fumée il y a plus d'une heure. Vers deux heures. Ils ont alerté la caserne de Derry et la Station Trois des Rangers de Newport. On a fait partir des camions de Newport, d'Unity, de China, de Woolwich...

— Troie ? Albion ? Et eux, alors, bon sang ? Ils sont limitrophes de la commune de Haven !

— Troie et Albion n'ont pas répondu.

— Et Haven même ?

— Les téléphones sont en dérangement.

— Allons, Smokey, ne me casse pas les couilles. *Quels* téléphones ?

— *Tous,* dit-il après avoir péniblement avalé sa salive. Naturellement, je n'ai pas vérifié personnellement, mais ce n'est pas le pire. Enfin... je sais, c'est déjà incroyable, mais...

— Allez, crache le morceau ! »

C'est ce que fit Dawson. Quand il eut terminé, la bouche de Torgeson était sèche.

La Station Trois des Rangers avait la responsabilité des incendies du comté de Penobscot, du moins tant que le feu ne progressait pas dans les bois sur un front trop large. La première de ses tâches était la surveillance, la seconde le repérage, la troisième la localisation. Ça semblait facile, mais ça ne l'était pas. Dans le cas présent, la situation était pire encore qu'à l'ordinaire, parce que le feu avait été signalé depuis un poste d'observation situé à plus de trente kilomètres. La Station Trois réclama des camions de pompiers de type classique, parce qu'il était encore théoriquement possible qu'ils s'avèrent utiles : on n'avait pu joindre quiconque à Haven qui fût capable de leur dire ce qu'il en était exactement. Pour autant que les gardes aient pu le déterminer, le feu aurait pris dans le champ est de Frank Spruce, ou à plus d'un kilomètre dans les bois. Ils avaient aussi envoyé trois équipes de deux hommes dans des véhicules tout-terrain, avec des cartes topographiques, et un avion de reconnaissance. Dawson avait parlé des bois du Grand Injun, mais le chef Wahwayvokah n'était plus depuis longtemps, et aujourd'hui, le nouveau nom sans connotation raciale indiqué sur les cartes officielles semblait plus approprié : les Bois Brûlants.

La voiture de pompiers d'Unity arriva la première... malheureusement pour elle. A cinq ou six kilomètres de la commune de Haven, alors qu'ils étaient encore à une douzaine de kilomètres de la colonne de fumée de plus en plus imposante qui s'élevait dans le ciel, les hommes commencèrent à se sentir mal. Pas seulement un ou deux : tous les sept. Le chauffeur continua sa route... jusqu'à ce qu'il perde soudain conscience derrière le volant. Le camion-pompe sortit de la route de la vieille école d'Unity et s'écrasa dans les bois, à près de deux kilomètres de Haven. Trois hommes furent tués sur le coup, deux autres saignèrent à mort, les deux survivants s'échappèrent de la zone à quatre pattes en vomissant tout le long de la route.

« Ils ont dit que c'était comme si on les avait gazés, expliqua Dawson.

— C'étaient eux, au téléphone ?

— Seigneur, non ! Les deux survivants sont en route pour l'hôpital de Derry dans une ambulance. C'était la Station Trois. Ils essaient de rassembler des informations, mais pour le moment, on dirait qu'il se passe à Haven bien davantage qu'un feu de forêt. Quant au feu, il commence à échapper à tout contrôle. La météo annonce un vent d'est dans la soirée, et il ne semble pas que quiconque puisse aller là-bas pour éteindre l'incendie.

— Que savent-ils d'autre ?

— *Merde !* s'exclama Smokey Dawson comme si on lui infligeait une offense personnelle. Les gens qui approchent de Haven sont malades. Plus ils approchent, plus ils sont malades. C'est tout ce qu'on sait, en plus du fait que quelque chose brûle. »

Pas une seule unité de pompiers n'était arrivée à Haven. Celles de China et de Woolwich étaient allées le plus loin. Torgeson consulta l'anémomètre sur le mur et crut comprendre pourquoi ; ils étaient arrivés à contre-vent. Si l'air autour de Haven était empoisonné, le vent qui soufflait dans leur dos l'entraînait loin d'eux.

Nom de Dieu ! Et si c'était radioactif !

Dans ce cas, ça ne ressemblait à aucune radiation dont Torgeson ait jamais entendu parler. Les unités de Woolwich avaient annoncé cent pour cent de pannes mécaniques à l'approche de Haven. China avait envoyé une autopompe et un camion-citerne. La pompe les avait lâchés, mais la citerne avait continué à marcher et le chauffeur — Dieu sait comment ! — avait réussi à faire demi-tour et à la sortir de la zone dangereuse avec ses hommes, vomissant, tassés dans la cabine, accrochés aux pare-chocs, ou à cheval sur la citerne. La plupart souffraient de saignements de nez, certains de saignements d'oreilles, un d'une rupture de vaisseau dans un œil.

Tous avaient perdu des dents.

Mais qu'est-ce que ça peut être que cette foutue radiation ?

Dawson jeta un coup d'œil dans le bureau du chef et vit que toutes les lignes téléphoniques clignotaient.

« Andy, ça s'aggrave. Il faut que je...

— Je sais, dit Torgeson, il faut que tu parles à des fous. Je dois appeler le bureau de l'attorney général à Augusta et parler à d'autres fous. Jim Tierney est le meilleur attorney général que nous ayons eu dans le Maine depuis que je porte cet uniforme, et tu sais où il est, en cette belle journée, Smokey ?

— Non.

— En *vacances,* dit Torgeson avec un rire qu'il ne contrôlait pas vraiment. Ses premières vacances depuis qu'il occupe ce poste. Le seul homme de toute l'administration de l'État qui aurait pu comprendre cette situation de fous est en train de camper avec sa famille dans l'Utah. Dans l'*Utah,* bordel ! C'est pas beau, ça ?

— Très.

— Mais qu'est-ce qui se passe ici ?

— Je ne sais pas.

— D'autres victimes ?

— Un ranger de Newport est mort, dit Dawson après une seconde d'hésitation.

— Qui ?

— Henry Amberson.

— *Quoi ?* Henry ? *Seigneur !* »

Torgeson eut l'impression qu'on l'avait frappé à l'estomac. Il connaissait Henry Amberson depuis vingt ans. Ils n'étaient pas inséparables, mais ils avaient joué aux cartes ensemble les jours calmes, et ils étaient allés pêcher à la mouche. Ils avaient aussi dîné en famille.

Henry, Seigneur, Henry Amberson. Et Tierney qui est dans l'*Utah*, bordel !

« Est-ce qu'il était sur l'une des Jeep qu'ils ont envoyées ?

— Ouais. Il avait un stimulateur cardiaque, tu sais, et...

— Quoi ? Quoi ? demanda Torgeson en faisant un pas vers Smokey comme s'il voulait le secouer. *Quoi ?*

— Le type qui conduisait la Jeep aurait transmis par radio à la Station Trois que le stimulateur avait explosé dans la poitrine d'Amberson.

— Bon Dieu, c'est pas vrai !

— Je n'en suis pas encore sûr, ajouta précipitamment Dawson. Rien n'est sûr. La situation n'est pas encore claire.

— Comment un stimulateur cardiaque peut-il *exploser* ? demanda doucement Torgeson.

— Je ne sais pas.

— C'est une blague, déclara froidement Torgeson. Quelqu'un fait une blague idiote, ou c'est comme l'émission de radio *La Guerre des mondes*.

— Je ne crois pas, dit timidement Smokey, que ce soit une blague, ni un canular.

— Moi non plus, dit Torgeson en se dirigeant vers son bureau. Bordel d'*Utah*. » murmura-t-il.

Il alla au téléphone, laissant Smokey Dawson faire front aux informations de plus en plus incroyables qui arrivaient de la zone dont la ferme de Bobbi Anderson formait le centre.

3

Si Jim Tierney n'avait pas été dans l'Utah — bordel ! —, Torgeson aurait commencé par appeler le bureau de l'attorney général. Mais comme Tierney *était* dans l'Utah, Torgeson différa son appel le temps de parler à David Bright, au *Daily News* de Bangor.

« David ? C'est Andy. Écoute, je...

— J'ai entendu dire qu'il y a un incendie à Haven, Andy. Peut-être un gros. Tu le sais ?

— Ouais, on le sait, David. Je ne peux pas t'emmener. Les informations que tu m'as données collent, pourtant. Les équipes de pompiers et de reconnaissance n'arrivent pas à entrer dans la commune. Ils sont malades. On a perdu un ranger. Un type que je connaissais. On m'a dit... Oublie ce qu'on m'a dit. C'est trop fou pour être vrai.

— Qu'est-ce que c'est ? demanda Bright dont la voix trahissait l'excitation.

— Laisse tomber.

— Mais tu dis que les pompiers et les équipes de secours sont malades ?

— Les équipes de *reconnaissance*. On ne sait pas encore si des secours sont nécessaires ou non. Et puis il y a eu une merde avec les camions de pompiers et les Jeep. Les véhicules semblent tous avoir des ennuis mécaniques à l'approche de Haven.

— *Quoi ?*

— Tu m'as bien compris.

— Tu veux parler de quelque chose comme le pouls ?

— Le pouls ? Quel pouls ? demanda Andy qui eut la folie de croire un instant que Bright parlait du stimulateur cardiaque de Henry et qu'il savait tout depuis le début.

— C'est un phénomène qui est censé suivre les grandes explosions nucléaires. Les moteurs des voitures s'arrêtent net.

— Bon sang ! Et les radios ?

— Elles aussi.

— Mais ton ami a dit...

— Sur toute la bande, oui. Des centaines. Est-ce que je peux citer ce que tu m'as dit des pompiers et des équipes de reconnaissance ? Des véhicules qui s'arrêtent ?

— Ouais. Cite M. Sources. M. Sources Bien Informées.

— Quand est-ce que tu en as entendu parler pour la première...

— Je n'ai pas le temps de donner une interview pour *Playboy*, David. Ton Leandro est allé louer un appareil de respiration aux Fournitures médicales du Maine ?

— Oui.

— Il pensait donc que c'était l'air, murmura Torgeson davantage pour lui que pour Bright. C'est ce qu'il pensait, *lui*.

— Andy... tu sais ce qui arrête aussi les moteurs de voitures, selon les rapports qu'on reçoit de temps à autre ?

— Quoi ?

— Les OVNIS. Ne ris pas, c'est vrai. Les gens qui ont vu des soucoupes volantes de près alors qu'ils conduisaient une voiture ou un avion ont presque toujours dit que leur moteur s'est arrêté jusqu'au départ de la chose... Tu te souviens du médecin dont l'avion s'est écrasé à Newport, il y a une semaine environ ? »

La Guerre des mondes, se dit à nouveau Torgeson. *Quel bordel de merde !*

Mais le stimulateur cardiaque de Henry Amberson avait... avait quoi ? *Explosé ?* Est-ce que cela se pouvait ?

Il veillerait à tirer ça au clair, ça, on pouvait en être sûr.

« On se rappelle, Davy », dit Torgeson avant de raccrocher.

Il était 15 heures 15. A Haven, l'incendie qui avait éclaté à la ferme du vieux Frank Garrick brûlait depuis plus d'une heure, et il s'étendait maintenant, en un croissant toujours plus large, en direction du vaisseau.

4

Torgeson appela Augusta à 15 h 17. A cette heure, deux limousines transportant six inspecteurs de police étaient déjà en route sur la I-95. La Station Trois avait appelé les bureaux de l'attorney général à 14 h 26, et la police de Derry à 14 h 49. Le rapport de Derry faisait la synthèse des premiers éléments épars : l'accident de l'autopompe d'Unity, la mort du ranger qui semblait avoir été tué par son propre stimulateur cardiaque comme par une balle. A 13 h 30, heure des montagnes Rocheuses, une voiture de la police de l'Utah s'arrêtait au camping où Jim Tierney et sa famille passaient leurs vacances. L'officier informait Tierney de la situation d'urgence dans le Maine. Quelle sorte d'urgence ? Ça, l'officier de police ne le savait pas. Ce type d'information, lui avait-on dit, n'était divulguée qu'en cas de nécessité absolue. Tierney aurait pu appeler Derry, mais il connaissait Torgeson, à Cleaves Mills, et il lui faisait confiance. Et pour l'instant, il voulait plus que tout parler à quelqu'un en qui il avait confiance. Il sentit la peur s'insinuer dans sa gorge, le sentiment que c'était sûrement Maine Yankee, que c'était à cause de la seule centrale nucléaire de l'État, forcément. Il fallait au moins ça pour qu'on lui refuse toute précision à l'autre bout du pays. L'officier demanda le numéro. Torgeson fut à la fois ravi et soulagé d'entendre la voix de Tierney.

A 13 h 37, heure des Rocheuses, Tierney montait dans la voiture de police et demandait :

« A quelle vitesse pouvez-vous rouler ?

— Monsieur ! Ce véhicule dépasse les deux cents kilomètres/heure, et je suis mormon, Monsieur, alors je n'ai pas peur de le conduire à cette vitesse, parce que je suis certain de ne pas aller en enfer, Monsieur !

— Prouvez-le ! » lança Tierney.

A 14 h 03, heure des Rocheuses, Tierney avait pris place dans un Learjet dépourvu de toute marque distinctive, hormis un drapeau américain sur sa queue. L'avion attendait sur un petit aéroport privé près de Cottonwoods... la ville dont Zane Grey parlait dans *Les Cavaliers de la sauge pourpre,* le livre de chevet de Roberta Anderson quand elle était enfant, celui qui l'avait peut-être lancée à tout jamais sur la piste des westerns.

Le pilote était en péquin.

« Vous êtes du ministère de la Défense ? demanda Tierney.

— Affirmatif », répondit-il en regardant Tierney à travers des lunettes noires, sans expression.

Ce fut la seule fois qu'il fit entendre sa voix tant avant que pendant ou après le vol.

C'est ainsi que la police de Dallas entra dans la danse.

5

Haven n'avait jamais été qu'un point sur la route, rêvant sa vie, confortablement installé à quelque distance des principales routes touristiques du Maine. Maintenant, on l'avait remarqué. Maintenant, les gens s'y rendaient en cohortes. Comme ils ne savaient rien des anomalies que l'on rapportait en nombres de plus en plus importants, ce ne fut au départ que la colonne de fumée à l'horizon qui les attira, comme des mites vers la flamme d'une bougie. Il faudrait attendre presque 19 heures ce soir-là avant que la police de l'État, avec l'aide des Gardes nationaux du coin, réussisse à bloquer toutes les routes de la région — les routes secondaires aussi bien que les routes principales. Au matin, le feu deviendrait le plus grand incendie de forêt de l'histoire du Maine. Le vent d'est se leva juste à l'heure, et quand il fraîchit, on n'eut plus aucune chance d'arrêter le feu. Ils ne le comprirent pas tout de suite, mais ils finirent par s'en rendre compte : le feu se serait propagé sans aucune gêne même si l'air avait été parfaitement immobile. On ne pouvait pas grand-chose contre un feu impossible à atteindre, et les efforts pour s'en approcher avaient produit des résultats déplaisants.

L'avion de reconnaissance s'écrasa.

Un bus plein de Gardes nationaux de Bangor sortit de

la route, percuta un arbre et prit feu quand le cerveau du conducteur explosa comme une tomate farcie de bombes-cerise. Les soixante-dix pompiers du dimanche furent tués, mais la moitié seulement sur le coup : les autres moururent en un effort désespéré pour s'extraire en rampant de la zone empoisonnée.

Malheureusement, le vent soufflait du mauvais côté... comme Torgeson aurait pu le leur dire.

L'incendie de forêt qui avait démarré aux Bois Brûlants avait tout rôti jusqu'à mi-chemin de Newport avant que les pompiers n'aient pu se mettre réellement au travail... Mais à ce moment-là, ils n'étaient plus assez nombreux pour faire grand-chose, surtout que le front du feu s'étendait sur près de cent kilomètres.

A 7 heures, ce soir-là, des centaines de gens — dont beaucoup de pompiers improvisés, appartenant pour la plupart à l'espèce bien connue *Homo curiosus* — s'étaient agglutinés dans la région. Bon nombre d'entre eux repartirent sur-le-champ, le visage décoloré, les yeux exorbités, le nez et les oreilles pissant le sang. Certains serraient dans leur main leurs dents tombées comme s'ils avaient craché des perles. Et il en mourut un nombre non négligeable... sans compter même les centaines de malheureux habitants de l'est de Newport sur qui s'abattit soudain un nuage mortel d'air de Haven quand le vent fraîchit. La plupart de ceux-là moururent chez eux. C'est sur les diverses routes, ou à proximité, qu'on retrouva les badauds qui s'étaient laissé asphyxier sur place par l'air pourri, recroquevillés en position fœtale, les mains crispées sur leur estomac. La plupart d'entre eux, raconta plus tard un G.I. au *Washington Post* (à condition qu'on ne cite pas son nom), ressemblaient à des virgules humaines sanguinolentes.

Ce n'est pas ainsi que finit Lester Moran, un démarcheur en livres scolaires qui vivait dans la banlieue de Boston et passait l'essentiel de ses journées à sillonner les autoroutes du nord de la Nouvelle-Angleterre.

Lester revenait de sa tournée de fin d'été dans les

écoles du comté d'Aroostook, quand il vit de la fumée — beaucoup de fumée — à l'horizon. Il était environ 16 h 15.

Lester décida d'aller voir. Il n'était pas pressé de rentrer : célibataire, il n'avait rien de prévu pour les deux semaines à venir. Mais il aurait fait le détour même si la conférence annuelle des vendeurs avait figuré à son agenda pour le lendemain, et s'il n'avait pas encore écrit le premier mot du discours inaugural qu'il était censé y prononcer. Il n'aurait pas pu s'en empêcher. Lester Moran avait une passion pour le feu, et ce depuis sa plus tendre enfance. En dépit de cinq jours passés sur les routes, de ses fesses aplaties comme une planche, de ses reins qui lui semblaient lourds comme des pierres après tous les chocs que sa voiture avait été incapable d'amortir sur des routes merdiques menant à des villages si petits qu'ils ne portaient même pas de nom et se réduisaient à une chiure de mouche sur la carte, il n'hésita pas une seconde. Sa fatigue s'estompa et ses yeux luirent d'une lumière surnaturelle que tous les pompiers, de Manhattan à Moscou, connaissent et redoutent : l'excitation malsaine d'un authentique pyromane.

Mais c'est pourtant le genre de personnes que les pompiers utilisent... s'ils y sont contraints. Cinq minutes plus tôt, Lester Moran — qui s'était proposé comme pompier à Boston à l'âge de vingt et un ans et n'avait pas été accepté à cause de sa plaque de métal dans le crâne — se sentait un moral de chien battu. Maintenant, il avait le moral d'un homme gonflé aux amphétamines. Maintenant, il était cet homme qui aurait joyeusement transporté toute la nuit sur son dos une pompe pesant près de la moitié de son poids, respirant de la fumée comme d'autres respirent du parfum dans le cou d'une belle femme, luttant contre les flammes jusqu'à ce que la peau de ses joues soit toute craquelée et boursouflée, et ses sourcils grillés.

Il quitta l'autoroute à Newport et brûla les étapes jusqu'à Haven.

On avait remplacé un os de son crâne par une plaque de

métal après un horrible accident qu'il avait eu à l'âge de douze ans, quand il assumait la charge de faire traverser la route à ses camarades de collège. Une voiture l'avait heurté et projeté à dix mètres, où le mur de brique inamovible d'un magasin de meubles avait interrompu son vol plané. On lui administra l'extrême-onction. Le chirurgien qui l'avait opéré prévint ses parents en larmes que leur fils mourrait certainement dans moins de six heures, ou resterait dans le coma pendant plusieurs jours, voire plusieurs semaines, avant de succomber. Mais le gamin se réveilla et demanda une glace avant le coucher du soleil.

« Je crois que c'est un miracle, s'exclama sa mère en sanglotant. Un miracle du ciel !

— Moi aussi », dit le chirurgien qui avait eu l'occasion de voir le cerveau de l'enfant par le trou laissé dans son crâne fracassé.

Et le jour de l'incendie, en approchant de cette délicieuse fumée, Lester se sentit un peu patraque du côté de l'estomac, mais il mit cela sur le compte de l'excitation et finit par ne plus y penser. La plaque de métal qui fermait son crâne était presque deux fois plus grosse que celle de Jim Gardener. Il trouva à la fois incroyable et tout à fait excitante l'absence de tout véhicule de police, d'incendie ou des Eaux et Forêts, dans la fumée qui réduisait de plus en plus sa visibilité. Après un tournant, une grosse Plymouth couleur bronze était couchée sur le toit dans le fossé de gauche, ses feux de détresse encore allumés. La porte avant portait l'écusson des pompiers de Derry.

Lester gara son break Ford, sortit et s'approcha du véhicule accidenté. Il y avait du sang sur le volant, sur le siège du conducteur et sur le sol, et des gouttelettes écarlates maculaient le pare-brise.

Ça faisait pas mal de sang. Lester regarda, horrifié, puis tourna les yeux vers Haven. A la base de la colonne de fumée, il voyait maintenant des reflets rouges, et il se rendit compte qu'il pouvait *entendre* le craquement du bois en feu. C'était comme s'il s'approchait du plus grand foyer à ciel ouvert du monde... ou plutôt comme si des jambes avaient poussé à ce foyer, qui s'approchait de *lui.*

Comparée à ce bruit, comparée à ce reflet rouge terne mais titanesque, la voiture retournée du chef des pompiers de Derry et le sang à l'intérieur lui semblèrent soudain beaucoup moins importants. Lester retourna vers sa propre voiture, lutta brièvement contre sa conscience, et gagna la partie en se promettant qu'il s'arrêterait à la première cabine téléphonique pour prévenir la police de Cleaves Mills... Non, de Derry. Comme la plupart des bons vendeurs, Lester Moran possédait en tête une carte détaillée de son territoire, et après l'avoir consultée, il en vint à la conclusion que Derry était plus près.

Il résista à une furieuse envie de pousser son break à la limite de ses possibilités... qui se situait aux environs de cent à l'heure, ces temps-ci. A chaque virage, il s'attendait à tomber sur des barrières en travers de la route, sur un chaos de véhicules garés en tous sens, les CB glapissant des messages, les hommes casqués et portant des cirés, criant des ordres.

Cela n'arriva pas. Au lieu de barrières et d'un foisonnement d'activité, il trouva l'autopompe d'Unity, la cabine détachée de la citerne qui continuait à se vider de son contenu. Lester, qui respirait maintenant autant de fumée que d'un air qui aurait tué pratiquement n'importe qui d'autre, resta sur l'accotement, paralysé par la vue d'un bras blanc pendant à la fenêtre de la cabine amputée de l'autopompe. Des rigoles de sang séché formaient un dessin compliqué sur l'intérieur blanc et vulnérable du bras.

Il y a quelque chose qui ne va pas, ici. C'est bien plus grave qu'un feu de forêt. Il faut que tu fiches le camp, Lester.

Mais il se retourna vers le feu, et fut perdu.

Le goût de fumée s'accentuait dans l'air. Le bruit du

feu n'était plus un craquement, mais un tonnerre roulant. La vérité s'abattit soudain sur lui comme un seau de ciment : *Personne ne luttait contre ce feu. Personne.* Pour une raison qu'il ne pouvait comprendre, soit ils n'avaient pu pénétrer dans la zone, soit on ne leur avait pas *permis* d'y aller. Si bien que le feu brûlait sans contrôle, et, avec le vent qui s'était levé et fraîchissait, il s'étendait comme un monstre radioactif dans un film d'horreur.

Cette idée le rendit malade de peur... d'excitation... et d'une sombre joie. Ce n'était pas bon de ressentir ce genre de joie, mais elle était là, et il n'aurait servi à rien de la nier. Il n'était pas le seul à l'avoir ressentie : cette sombre joie semblait avoir envahi tous les pompiers à qui il lui était arrivé de payer un verre (c'est-à-dire presque tous les pompiers qu'il avait rencontrés depuis qu'on l'avait écarté du métier).

Il tituba jusqu'à sa voiture, la fit redémarrer avec quelque difficulté (en se disant que, dans son excitation, il avait probablement noyé ce foutu dinosaure), monta le conditionneur d'air au maximum et reprit la route de Haven. Il savait parfaitement que c'était une idiotie sans nom — après tout, il n'était pas Superman, mais un vendeur de livres de classe de quarante-cinq ans, un peu chauve et toujours célibataire parce qu'il était trop timide pour inviter une femme à sortir avec lui. Il ne se contentait pas de se conduire comme un idiot. Aussi dur que fût ce jugement, il était tout à fait rationnel. En vérité, il se conduisait comme un fou. Et pourtant, il ne pouvait pas plus s'arrêter qu'un drogué qui voit sa dose cuire dans sa cuiller.

Il ne pouvait pas *lutter* contre le feu...

... mais il pouvait toujours aller le *voir*.

Et ce serait vraiment quelque chose, de le voir, non ? se dit Lester. Des gouttes de sueur coulaient déjà sur son visage, comme s'il anticipait la sensation de chaleur qui l'attendait. Quelque chose à voir, oh oui ! On permettait à un feu de forêt de faire rage à sa guise, comme des millions d'années plus tôt, quand les hommes n'étaient guère plus que de petites tribus de singes sans poils blotties dans les berceaux jumeaux du Nil et de l'Euphrate, à l'époque où les grands incendies étaient déclenchés spontanément par la foudre ou une chute de météore, et non par des chasseurs ivres qui se foutaient pas mal de savoir où tombaient leurs mégots de cigarettes. Ce serait un feu orange clair, un mur de feu de trente mètres de haut à travers les clairières, les jardins et les champs, courant comme le feu de prairie du Kansas dans les années 1840, avalant les maisons tellement vite qu'elles implosaient à cause du soudain changement de pression de l'air, comme les maisons et les usines dans les tempêtes de feu allumées par les bombardements de la Seconde Guerre mondiale. Il verrait la route sur laquelle il était, *cette route-ci*, disparaître dans la fournaise, comme une autoroute pénétrant dans l'enfer.

Le goudron, se dit-il, se mettrait d'abord à couler en rigoles poisseuses... puis il s'enflammerait.

Il accéléra et se dit : *Comment pourrais-tu ne pas continuer, alors que tu as la chance — la chance d'une vie — de voir quelque chose comme ça ? Comment le pourrais-tu ?*

6

« Je ne sais vraiment pas comment je vais expliquer ça à mon père, vraiment pas... », gémissait le vendeur des Fournitures médicales du Maine.

Il aurait voulu ne jamais avoir convaincu son père, quatre ans plus tôt, d'étendre les services de leur magasin à la location. Son père n'avait pas manqué de lui envoyer ça dans les gencives quand le vieux n'avait pas rendu son équipement, et maintenant c'était l'enfer à Haven — la radio avait parlé d'un feu de forêt, mais avait laissé entendre qu'il pourrait s'y passer des choses bien plus bizarres — et il aurait parié qu'il ne reverrait jamais non plus l'équipement qu'il avait loué le matin même au reporter aux grosses lunettes. Et maintenant, il y avait deux autres types, des flics de l'État, rien moins, tous les deux grands, et l'un, ce qui l'étonnait le plus, aussi noir qu'on peut l'être, qui exigeaient la fourniture non pas d'un équipement, mais de *six*.

« Tu diras à ton père que nous les avons réquisitionnés, dit Torgeson. Tu fournis bien des équipements de respiration aux pompiers, non ?

— Oui, mais...

— Et il y a un incendie de forêt à Haven, non ?

— Oui, mais...

— Alors apporte-les. Je n'ai pas de temps à perdre.

— Mon père va me tuer ! hurla-t-il. C'est tout ce qui nous reste ! »

En sortant du parking du commissariat, Torgeson avait croisé Claudell Weems qui y entrait. Claudell Weems, le seul flic noir de l'État, était grand — pas aussi grand que Monstre Dugan, mais il mesurait tout de même un mètre quatre-vingt-treize. Le sourire de Claudell Weems s'ouvrait sur une dent en or, et quand Claudell Weems s'approchait des gens, s'approchait très près d'un suspect, ou d'un vendeur récalcitrant, par exemple, et qu'il révélait cette incisive étincelante, ils devenaient très nerveux. Une fois, Torgeson avait demandé à Claudell Weems comment il expliquait ce phénomène, et Claudell Weems avait répondu qu'il *c'ouayait* que c'était cette bonne vieille magie noi'e. Et il était parti d'un rire qui avait fait trembler les fenêtres.

Weems se pencha donc très près du vendeur, et utilisa sa bonne vieille magie noire qui marchait si bien.

Quand ils quittèrent les Fournitures médicales du Maine avec les équipements, le vendeur n'était plus très sûr de ce qui lui était arrivé... sauf que ce nègre avait la plus grande dent en or qu'il ait jamais vue de sa vie.

7

Le vieil édenté qui avait vendu son T-shirt à Leandro était sous le porche de son magasin. Il regarda, impassible, la voiture de Torgeson passer en trombe. Quand elle fut loin, il entra et composa un numéro de téléphone que la plupart des gens n'auraient pu obtenir : ils auraient entendu ce bruit de sirène qui avait tant irrité Anne Anderson. Mais il y avait une amélioration idoine au dos du téléphone du commerçant, et il ne tarda pas à joindre une Hazel McCready de plus en plus débordée.

8

« Bien ! dit Claudell Weems d'un air joyeux après avoir regardé l'indicateur de vitesse. Je vois que nous dépassons les cent trente à l'heure ! Et comme de l'avis général tu es probablement le conducteur le plus merdique de toute la police de l'État du Maine...

— L'avis général *de qui*, bordel ? demanda Torgeson.

— Le *mien*, répondit Claudell Weems. En tout cas, ça m'amène à une déduction : je ne vais pas tarder à mourir. Je ne sais pas si tu connais cette foutaise qui consiste à accorder un dernier vœu à un condamné, mais si oui, peut-être pourrais-tu me dire de quoi il s'agit ? Si possible avant qu'on reçoive le bloc-moteur dans la gueule, bien sûr. »

Andy ouvrit la bouche, puis la referma.

« Non, dit-il. Je ne peux pas. C'est trop tordu. Je peux te dire une chose : il est possible que tu ne te sentes pas bien. Dans ce cas, renifle tout de suite un peu de cet air en boîte.

— Seigneur ! C'est l'*air* qui a été empoisonné à Haven ?

— Je ne sais pas. Je crois.

— Seigneur ! répéta Weems. Qui a déversé quelle cochonnerie ? »

Andy se contenta de hausser les épaules.

« C'est pour *ça* que personne ne lutte contre le feu. »

La ligne de fumée qui bouillonnait dans les airs à l'horizon s'élargissait de plus en plus. Pour l'instant, elle était presque toute blanche, Dieu merci !

« Je ne sais pas. Je crois. Allume la radio et cherche une station. »

Weems fronça les sourcils comme s'il croyait que Torgeson était fou.

« Quelle fréquence ?

— N'importe. »

Weems mit donc la fréquence de la police, et au début n'obtint rien que les exclamations confuses et de plus en plus paniquées de flics et de pompiers qui voulaient combattre un feu et ne pouvaient s'en approcher pour une raison inconnue. Puis, plus loin, ils entendirent une demande de renforts pour un vol à main armée dans une boutique de spiritueux au 117, Mystic Avenue, à Medford.

Weems regarda Andy.

« Bon sang, Andy, je ne savais pas qu'il y avait une Mystic Avenue à Medford... en fait, je n'ai jamais imaginé qu'il y avait la moindre avenue à Medford. Juste quelques sentiers caillouteux, et encore.

— Je crois, dit Andy d'une voix dont l'écho lui sembla revenir de très loin à ses propres oreilles, que cet appel provient de Medford dans le *Massachusetts.* »

9

Lester Moran n'avait pas parcouru deux cents mètres sur le territoire de la commune de Haven que son moteur rendit l'âme. Il ne toussa pas, il ne brouta pas, il ne pétarada pas. Il rendit l'âme en douceur et sans fanfare. Lester sortit de sa voiture sans prendre la peine de tourner la clé de contact.

Le craquement ininterrompu du feu emplissait le monde. La température de l'air s'était élevée de dix degrés au moins. Le vent poussait la fumée dans sa direction, mais vers le haut, si bien que l'air restait respirable. Il n'en avait pas moins un goût âcre et brûlant.

A gauche et à droite s'étendaient des champs — les terres des Clarendon à droite, celles des Ruvall à gauche. Ils ondulaient vers le bois. Dans ces bois, Lester voyait des éclats rouges et orange de plus en plus lumineux. De la fumée s'en élevait en un torrent qui s'assombrissait. Il entendait les implosions brutales des arbres creux quand le feu aspirait l'oxygène qu'ils renfermaient comme on sucerait la moelle d'un os. Le vent ne soufflait pas droit sur lui, mais presque. Le feu allait sortir des bois et courir dans les champs d'une minute à l'autre... dans quelques secondes, peut-être. Sa descente vers lui, lui dont la face rougeoyait et ruisselait de sueur, pouvait être mortellement rapide. Il préférait être de retour dans sa voiture avant que cela n'arrive — elle allait démarrer, naturellement qu'elle démarrerait, cette vieille carcasse ne l'avait encore jamais lâché — et creuser la distance qui le séparait de cette bête rouge lancée à sa poursuite.

Pars, alors ! File, pour l'amour de Dieu ! Tu as vu, alors maintenant, file !

Mais l'ennui, c'était qu'il ne l'avait pas *vraiment* vu. Il n'avait pas senti sa chaleur, il ne l'avait pas vu plisser les yeux et souffler de la fumée de ses narines de dragon... il n'avait pas encore vraiment *vu* le feu.

Il le vit.

Il jaillit du bois pour inonder le champ ouest de Luther Ruvall. Le front principal du feu continuait sa route dans les bois du Grand Injun, mais ce flanc venait de sortir libéré de la forêt. Les arbres massés à l'extrémité du champ n'étaient que fétus de paille pour l'animal rouge. Ils semblèrent un instant noircir tant la lumière derrière eux était forte — jaune orangé, orange rougeâtre. Puis ils s'enflammèrent. Tout arriva en un instant. Lester ne vit plus que leur sommet, avant qu'il ne disparaisse aussi. C'était un numéro de grand prestidigitateur ; un magicien comme Hilly Brown aurait, de tout son cœur, de toute son âme, voulu être.

La ligne du feu s'élevait à trente mètres de haut et dévorait les arbres devant un Lester Moran fasciné, bouche bée. Les flammes s'engagèrent sur la pente du champ. Maintenant, la fumée tournoyait autour de Lester, plus épaisse, suffocante. Il se mit à tousser.

Va-t'en ! Pour l'amour du Ciel, sauve-toi !

Oui. Maintenant, il allait partir, maintenant, il le *pouvait*. Il avait vu, et c'était tout aussi spectaculaire qu'il l'avait espéré. Mais c'était *bien* une bête fauve. Et quand un homme raisonnable est confronté à un fauve, il s'enfuit. Il court aussi vite et aussi loin qu'il le peut. Tous les êtres vivants le font. Tous les êtres vivants...

Lester reflua vers sa voiture, et s'arrêta.

Tous les êtres vivants.

Oui. Tous les êtres vivants s'enfuient devant un incendie de forêt. L'ordonnance ancestrale n'a plus cours : le coyote court aux côtés du lièvre. Mais il n'y avait ni lièvres ni coyotes courant dans ce champ, il n'y avait aucun oiseau dans le ciel de plomb.

Il n'y avait personne d'autre que lui.

Pas d'oiseau, pas d'animal fuyant le feu... cela voulait dire qu'il n'y en avait pas dans les bois.

La voiture de police retournée, le sang partout.

L'autopompe écrasée dans les bois. Le bras ensanglanté.

Que se passe-t-il, ici ? hurla son cerveau.

Il ne le savait pas... mais il savait qu'il était temps d'enfiler les légendaires bottes de sept lieues. Il ouvrit la porte de sa voiture — et se retourna une dernière fois.

Ce qu'il vit sortir de la grande colonne de fumée lui arracha un cri. Il inspira de la fumée, toussa, et cria à nouveau.

Quelque chose — un gigantesque *quelque chose* — s'élevait dans la fumée comme la plus grosse baleine de la création émergeant lentement des flots.

Les rayons du soleil, voilés par la fumée, l'éclairaient

doucement, et la chose continuait de monter, monter, monter, sans aucun bruit hormis les craquements et les explosions dus au feu.

Plus haut... plus haut... toujours plus haut...

Il leva la tête pour suivre la lente et impossible progression de l'objet, si bien qu'il ne vit pas le curieux petit engin qui sortait de la fumée au ras du sol et descendait bravement la route vers lui. C'était un chariot d'enfant, rouge. Au début de l'été, il appartenait encore au petit Billy Fannin. Au centre du chariot, on avait fixé une planche, et sur la planche une débroussailleuse Bensohn — guère plus qu'une lame circulaire au bout d'une perche. La lame était commandée par une gâchette. Pendait encore de la poignée une étiquette où l'on pouvait lire : FENDEZ L'ORAGE AVEC VOTRE BENSOHN ! Montée sur un cardan, on aurait dit la proue d'un vaisseau absurde.

Lester agrippait sa voiture et regardait le ciel quand le détecteur d'ondes cérébrales du chariot rouge — qui avait commencé sa vie comme thermomètre de cuisine digital — actionna le démarreur électronique de la débroussailleuse (une amélioration à laquelle les concepteurs de la Bensohn n'avaient pas pensé). La lame se mit à tourner, le petit moteur à essence miaulant comme un chat blessé.

Lester baissa les yeux et vit quelque chose comme une canne à pêche munie de dents qui avançait vers lui. Il cria et se réfugia derrière sa voiture.

Que se passe-t-il, ici ? hurla son cerveau. *Que se passe-t-il, que se passe-t-il, que se passe-t-il, que...*

La débroussailleuse pivota sur son cardan, cherchant Lester, suivant les ondes émises par son cerveau, qui lui parvenaient comme de petites pulsations bien nettes, pas si différentes des bip d'un radar. La débroussailleuse n'était pas très intelligente (son cerveau provenait d'un jouet programmable appelé le Terrible Tank Traqueur), mais elle était assez futée pour rester fixée sur la faible émission électrique du cerveau de Lester Moran — ses piles, pourrait-on dire.

« *Fous le camp!* cria Lester au chariot de Billy Fannin qui cahotait vers lui. *Fous le camp!* Fous *le caaaaamp!* »

Mais le chariot sembla au contraire bondir vers lui. Lester Moran, le cœur battant comme un fou dans sa poitrine, s'enfuit en zigzaguant. La débroussailleuse zigzagua derrière lui. Il zigzagua de plus belle — et une énorme ombre l'engloutit lentement. Il ne put s'empêcher de lever les yeux... il ne put s'en empêcher. Il s'emmêla les pieds, tomba, et la lame entra en action. Elle pénétra en tourbillonnant dans la tête de Lester. Elle s'acharnait encore sur lui quand le feu les engloutit tous deux, l'assaillant comme sa victime.

10

Torgeson et Weems virent le corps au même instant. Ils respiraient tous deux l'air de leurs réservoirs. Ils avaient été pris de nausées si soudaines qu'ils en avaient été effrayés, mais une fois les masques en place, les nausées disparurent complètement. Leandro avait raison. L'air. Quelque chose dans l'air.

Claudell Weems cessa de poser des questions après qu'ils eurent capté sur leur radio l'appel de la police du Massachusetts. A partir de là, il resta sagement assis, les mains sur les cuisses, les yeux mobiles et attentifs. D'autres stations les avaient informés des activités des polices de Friday dans le Dakota du Nord, d'Arnette au Texas...

Torgeson s'arrêta et les deux hommes descendirent de voiture. Weems, après une hésitation, se munit du fusil à pompe fixé sous le tableau de bord. Torgeson approuva de la tête. Les choses commençaient à s'éclaircir. Elles ne devenaient pas *rationnelles,* elles étaient plus *claires.*

Que disait déjà cette chanson de Phil Collins, celle où la batterie donnait la chair de poule ? *Je le sens dans l'air, cette nuit...*

C'était bien dans l'air.

Tout doucement, Torgeson retourna l'homme dont il pensait que c'était celui qui avait fini par déclencher l'alarme.

Il avait nettoyé bien des accidents d'une horreur écœurante sur l'autoroute, mais il ne put pourtant retenir un râle et détourna les yeux.

« Seigneur ! Qu'est-ce qui a bien pu lui faire ça ? » demanda Weems. Le masque étouffait ses mots, mais le ton d'épouvante parvint 5 sur 5 à Andy.

Torgeson ne savait pas. Il avait vu un jour un homme heurté par un chasse-neige. Il ressemblait vaguement à ça. C'était ce qu'il voyait de plus proche.

Le type n'était que sang du sommet de ce qui avait été sa tête jusqu'à la taille, où la boucle de sa ceinture s'enfonçait dans son corps.

« Bon Dieu, mon vieux, je suis désolé », murmura-t-il en laissant doucement retomber le corps.

Il aurait pu prendre le portefeuille du mort, mais il ne voulait plus rien avoir à faire avec ce cadavre déchiqueté. Il revint à la voiture. Weems s'effondra à côté de lui, son fusil à pompe en travers de la poitrine. Au loin, à l'ouest, la fumée s'épaississait à vue d'œil, mais ils ne sentaient qu'une légère odeur de bois brûlé.

« Quelle incroyable merde ! s'exclama Weems dans son masque.

— Oui.

— Je ne me sens pas du tout bien, ici.

— Oui.

— Je crois que nous devrions foutre le camp de cette zone en quatrième v... »

Il y eut un cliquetis derrière eux et, pendant un instant, Torgeson pensa que ce devait être le feu, très loin — mais ça pouvait aussi être tout autre chose, tout près... Parfaitement raisonnable ! Quand on prend le thé avec le Chapelier fou, tout est raisonnable. En se retournant, il se rendit compte que ce n'était pas un bruit de branches en train de brûler, mais de branches cassées.

« Bordel de *merde* ! » hurla Claudel Weems.

La mâchoire inférieure de Torgeson tomba de stupéfaction.

Le distributeur de Coca-Cola, stupide mais fiable, s'était remis en marche et sortait cette fois des buissons de l'accotement. La vitre de la façade était brisée, les côtés de la grande boîte rectangulaire éraflés. Et sur la partie métallique du devant de la machine, Torgeson vit une chose dont la forme ne laissait pas de doute sur sa nature, malgré l'horreur qu'elle inspirait, une chose encastrée si profondément qu'elle avait presque l'air sculptée.

Elle ressemblait à une demi-tête.

Le distributeur de Coke s'engagea sur la route et resta un instant suspendu là, comme un cercueil peint de couleurs d'une gaieté incongrue. Elles étaient gaies du moins tant qu'on ne remarquait pas le sang qui coulait et commençait à sécher en taches bordeaux.

Torgeson entendit un léger ronronnement, un cliquetis — *Comme des relais,* se dit-il. *Elle a peut-être été abîmée. Peut-être, mais...*

Le distributeur de Coke se tourna soudain droit sur eux.

« *Putain de* MERDE *!* hurla Weems d'une voix qui trahissait la surprise et la terreur, mais aussi le hoquet d'un rire incontrôlé.

— *Tire dessus, tire !* » cria Torgeson en effectuant un saut vers la droite.

Weems recula d'un pas et tomba sur le corps de Leandro. C'était tout à fait stupide. Et c'était aussi tout à fait heureux. La machine le rata de quelques centimètres. Alors qu'elle prenait son élan pour revenir sur eux, Weems s'assit et tira trois fois dessus. Le métal s'enfonça en formant des fleurs irisées au cœur noir. Elle se mit à bourdonner et s'arrêta, secouée de sursauts comme une victime de la chorée de Huntington.

Torgeson dégaina et tira quatre fois. La machine le chargea, mais elle semblait léthargique, incapable d'accélérer. Elle vibra et s'arrêta, sursauta et fit un bond en avant, s'arrêta, refit un bond en avant. Elle oscillait, comme ivre. Le bourdonnement s'intensifia. La porte de façade cracha des coulées de soda qui se figèrent en rigoles poisseuses.

Torgeson n'eut pas de mal à esquiver quand la machine arriva sur lui.

« *Couche-toi, Andy !* » cria Weems.

Torgeson s'aplatit. Claudell Weems tira trois balles de plus dans le distributeur de Coke, aussi vite qu'il le put. Au troisième coup, quelque chose explosa à l'intérieur. De la fumée noire et une brève flamme léchèrent un des côtés de la machine.

Du feu *vert,* remarqua Torgeson. *Vert.*

Le distributeur de Coke s'écroula sur la route à sept mètres du corps de Leandro. Il oscilla, puis s'abattit en avant en un bang vide. Du verre brisé s'éparpilla en tintant. Il y eut trois secondes de silence, puis un long râle métallique, qui s'arrêta. Le distributeur de Coca-Cola était mort en travers de la ligne blanche marquant le milieu de la Route n° 9. Sa carcasse rouge et blanc était criblée de perforations de balles laissant échapper de la fumée.

« Je viens de dégainer et de tuer un distributeur de Coke, mon lieutenant, dit Claudell Weems d'une voix qui sonnait creux sous son masque.

— Et sans sommations ! Tu ne lui as jamais donné l'ordre de s'arrêter, déclara Andy Torgeson en se tournant vers lui. Tu n'as pas non plus tiré de coups de semonce. Ça te vaudra probablement une suspension, crétin. »

Ils se regardèrent par-dessus leurs masques et éclatèrent de rire. Claudell Weems riait tant qu'il était presque plié en deux.

Vert, se dit Torgeson. Et bien qu'il fût encore en train de rire, il ne trouvait rien de drôle tout au fond de lui-même, où résidait son instinct de survie. *Le feu qui sortait de cette saloperie était* vert.

« Je n'ai pas tiré de coups de semonce, hoquetait Weems. Non, je ne l'ai pas fait. Pas du tout.

— C'est une violation de ses droits civiques.

— Faudra faire une enquête ! Ouais, mon vieux ! Je veux dire... »

Weems riait tant qu'il ne put finir. Il remit maladroitement son grand corps sur ses pieds... et ce n'était pas rien. Torgeson se rendit soudain compte qu'il était un peu étourdi, lui aussi. Ils respiraient de l'oxygène pur... ils étaient en hyperventilation.

« *Arrête de rire !* hurla-t-il d'une voix qui semblait venir de très loin. Claudell, arrête de rire ! »

Il parvint à tituber jusqu'à Weems, sur une distance qui lui sembla très grande. Alors qu'il était presque arrivé, il trébucha. Weems parvint à le retenir et ils restèrent un instant à osciller, enlacés comme deux ivrognes. On aurait dit Rocky Balboa et Apollo Creed à la fin de leur premier combat.

« Tu vas me faire tomber, crétin, murmura Weems.

— C'est toi qui as commencé, enfoiré. »

Le monde était flou, redevenait net, et flou à nouveau.

Respire plus lentement, s'ordonna Torgeson. *Prends de longues inspirations profondes. Reste tranquille, mon cœur affolé !* Ce dernier ordre le fit à nouveau rire, mais il se contrôla.

Ils titubèrent ensemble jusqu'à la voiture, se tenant respectivement par la taille.

« Le corps... dit Weems.

— Laisse tomber pour le moment. Il est mort. Pas nous. Pour l'instant.

— Regarde, dit Weems en passant près des restes de Leandro, les bulles ! Elles sont éteintes ! »

Sur le toit de la voiture, les gyrophares bleus que les flics appellent des bulles étaient éteints et sombres. Ça n'aurait pas dû être le cas : jamais un flic n'aurait oublié de laisser les gyrophares allumés sur les lieux d'un accident.

— « Est-ce que tu... » commença Torgeson.

Quelque chose avait changé dans le paysage. Tout s'était assombri comme lorsqu'un grand nuage passe devant le soleil, ou quand commence une éclipse. Ils se regardèrent, puis se retournèrent. Torgeson la vit le premier, l'énorme forme argentée émergeant des volutes de fumée. Son bord gigantesque luisait.

« Sainte Vierge ! » gémit Weems.

Sa grande main brune trouva le bras de Torgeson et le serra.

Torgeson le sentit à peine, et pourtant, le lendemain, il aurait la forme de la main de Weems incrustée en bleu dans son muscle.

Ça montait... montait... montait. Le soleil voilé de fumée faisait luire la surface bombée du métal. Ça montait selon un angle d'environ quarante degrés. Ça semblait encore osciller quelque peu, bien que cette oscillation eût pu n'être qu'une illusion due à la brume de chaleur.

Naturellement, tout cela ne pouvait être qu'une illusion — impossible autrement. Ça ne *peut pas* être réel, se dit Torgeson. C'était dû à l'oxygène qu'il respirait.

« Ô mon Dieu ! gronda Weems, c'est une soucoupe volante, Andy, c'est une foutue soucoupe volante ! »

Alors comment se fait-il que nous ayons tous les deux la même hallucination ?

Mais pour Torgeson, ça n'avait pas l'air d'une soucoupe ; ça avait l'air du dessous d'une assiette du réfectoire de l'armée, la plus grosse assiette de cette foutue création. Elle apparaissait, encore et encore. Andy se disait que ça devait s'arrêter, qu'une bande brumeuse de ciel allait se dessiner entre elle et les volutes de fumée, mais elle continuait à s'élever comme une falaise au-dessus des arbres qui semblaient de plus en plus minuscules, dans un paysage de maison de poupée. On aurait dit que la fumée et le feu de forêt étaient une cigarette fumant dans un cendrier. Elle emplissait de plus en plus de ciel, bouchant l'horizon, montant, oh, oui ! montant des bois du Grand Injun, montant dans un silence mortel — sans un bruit, sans le moindre bruit.

Ils la regardaient, et Weems s'accrochait à Torgeson, et Torgeson s'accrochait à Weems, et ils se serrèrent l'un contre l'autre comme des enfants, et Torgeson se dit : *Oh, et si ça tombe sur nous...*

Et ça continuait à sortir de la fumée et du feu, à monter, comme si ça n'allait jamais finir.

11

A la tombée du jour, Haven était isolé du monde par la Garde nationale. Les gardes l'entouraient. Ceux qui se trouvaient sous le vent portaient des masques à oxygène.

Torgeson et Weems réussirent à sortir — mais pas dans leur voiture. Elle était aussi morte qu'on peut l'être. Ils revinrent à pied. Quand ils eurent utilisé tout l'oxygène de la dernière bonbonne, ils étaient déjà depuis longtemps dans la commune de Troie, et ils se rendirent compte qu'ils pouvaient supporter l'air extérieur : le vent les avantageait, expliqua plus tard Claudell Weems. Ils sortirent de ce que les rapports ultra-secrets du gouvernement ne tarderaient pas à appeler « la zone de pollution », et c'est leur propre rapport qui constitua le premier récit officiel de ce qui se passait à Haven. Mais il ne vint qu'après des centaines de rapports officieux racontant combien l'air de la zone était mortel, et des *milliers* de rapports sur le gigantesque OVNI qu'on avait vu s'élever au-dessus de la fumée dans les bois du Grand Injun.

Weems saigna du nez. Torgeson perdit une demi-douzaine de dents. Tous deux considérèrent qu'ils avaient eu de la chance.

Initialement, le périmètre était bouclé par les seuls Gardes nationaux de Bangor et d'Augusta. A 21 heures, on leur envoya en renfort les gardes de Limestone, de Presque Isle, de Brunswick et de Portland. A l'aube du lendemain, mille gardes de plus, en tenue de combat, atterrissaient en provenance des villes du Corridor Est.

De 19 heures à 1 heure du matin, le NORAD resta en état d'alerte immédiate DEFCON-2. Le Président survolait le Middle West à vingt mille mètres d'altitude à bord du *Looking Glass*, mâchouillant cinq à six Tums à la fois pour combattre ses brûlures d'estomac.

Le FBI arriva sur place à 18 heures, la CIA à 19 heures 15. A 20 heures, ils se disputaient sur des points de droit. A 21 heures 15, un agent de la CIA nommé Spacklin, terrorisé et furieux, abattit un agent du FBI nommé Richardson. On étouffa l'incident, mais Gardener et Bobbi Anderson auraient parfaitement compris : la police de Dallas était sur place, et contrôlait parfaitement la situation.

10

Toc, toc à la porte
les Tommyknockers
les esprits frappeurs

1

Après que le vieux 45 d'Ev Hillman eut refusé de tirer, il y eut un moment où le silence paralysa la cuisine de Bobbi, un silence tant mental que physique. Les grands yeux bleus de Gard étaient rivés sur les yeux verts de Bobbi.

« Tu as essayé... » commença Bobby, et son cerveau
(! essayé de !)
produisit un long écho dans la tête de Gardener. Ce moment sembla s'éterniser. Et quand il cessa, il cassa comme du verre.

Bobbi, dans sa surprise, avait laissé pendre le long de sa chaise le pistolet à photons. Elle le releva. Gardener n'aurait pas d'autre occasion. Dans son agitation, elle ouvrit totalement son esprit à Gardener, et il sentit combien elle était bouleversée de découvrir la chance qu'elle lui avait donnée. Elle n'avait pas l'intention de lui en fournir une seconde.

Il ne pouvait rien faire avec sa main droite : elle était sous la table. Avant que Bobbi ait eu le temps de pointer le canon du pistolet à photons sur lui, il posa sa main gauche sur le rebord de la table et, sans calcul, la poussa aussi fort qu'il le put. Les pieds grincèrent sur le sol et le plateau vint frapper la poitrine boursouflée et difforme de Bobbi. Au même moment, un rayon de brillante lumière verte jaillit du canon du pistolet en plastique relié à la grosse radiocassette de Hank Buck. Au lieu d'atteindre la poitrine de Gard, il fut dévié vers le haut et passa au-dessus de son épaule — à plus de trente centimètres, en fait, mais Gard n'en sentit pas moins sa peau désagréablement chatouillée par des molécules qui dansaient sous sa chemise comme des gouttes d'eau sur une plaque brûlante.

Gard esquiva sur la droite et se pencha pour éviter ce rayon qui avait l'air d'une simple lumière. Ses côtes allèrent donner contre la table, lourdement, et la table poussa de nouveau Bobbi, plus fort cette fois. La chaise de Bobbi se balança sur ses pieds arrière, hésita, puis s'écroula au sol, et Bobbi avec elle. Le rayon de lumière verte fila vers le haut, et Gardener pensa un instant aux types qui, sur les pistes d'atterrissage des aéroports, font des signaux à l'aide de lampes torches pour guider les avions jusqu'à leur parking.

Il entendit un bruit à la fois sourd et cassant, comme si on brisait du bois sur sa tête, et leva les yeux : le pistolet à photons avait fendu le plafond de la cuisine. Gardener se releva en titubant. C'est à peine croyable, mais il bâilla à nouveau, faisant craquer ses mâchoires. Sa tête résonnait des cris d'alarme à quoi se réduisaient les pensées de Bobbi

(il a une arme il a essayé de me tirer dessus le salaud le salaud a une arme)

et il essaya de se fermer à eux avant de devenir fou. Il n'y parvint pas. Bobbi hurlait dans sa tête, et alors même qu'elle était clouée au sol entre sa chaise renversée et la table, elle essayait de diriger sur lui le rayon du pistolet.

Gardener leva un pied et poussa de nouveau la table en grimaçant. Elle se renversa, entraînant avec fracas bières, comprimés et radiocassette. Presque tout tomba sur Bobbi. La bière éclaboussa son visage et s'écoula en sifflant et en moussant sur sa Nouvelle Peau Améliorée.

La radio lui frappa le cou, puis tomba sur le sol et atterrit dans une petite mare de bière.

Claque, saloperie ! lui cria Gardener. *Explose ! Autodétruis-toi ! Explose, bordel, ex...*

La radio fit mieux. Elle sembla gonfler, puis, avec un bruit de tissu élimé qui se déchire le long d'une couture, elle éclata dans toutes les directions, crachant comme des éclairs des traînées de feu vert. Bobbi cria. Ce que Gard entendit avec ses oreilles était terrible, mais le son qui emplit sa tête fut infiniment pire.

Il cria avec elle, sans s'entendre. La chemise de Bobbi brûlait.

Il s'approcha d'elle sans penser à ce qu'il allait faire et, toujours sans réfléchir, il laissa tomber le 45. Cette fois, le coup *partit*, envoyant une balle dans le mollet de Jim Gardener, qu'elle déchira. La douleur traversa son esprit comme un vent chaud. Il cria de nouveau en faisant un pas titubant, la tête résonnant des horribles cris mentaux de Bobbi. Ça n'allait pas tarder à le rendre fou... Cette pensée lui apporta un certain soulagement. S'il devenait enfin fou, plus rien de cette merde n'aurait d'importance.

Puis, pendant une seconde, Gard vit *sa* Bobbi pour la dernière fois.

Il se dit que peut-être Bobbi essayait de sourire.

Mais les cris reprirent. Elle criait et tentait d'étouffer les flammes qui transformaient son torse en suif, et ses cris étaient trop puissants, bien trop puissants, trop forts, bien trop forts : c'était insupportable — pour eux deux, se dit Gard. Il se baissa, trouva le revolver par terre, et le ramassa. Il lui fallut ses deux pouces pour l'armer. Il ressentait une douleur terrible dans la jambe, et il en était conscient, mais pour le moment cette douleur était perdue, enfouie dans les cris d'agonie de Bobbi. Il pointa le revolver de Hillman sur la tête de Bobbi.

Tire, foutu engin ! Je t'en supplie, tu as encore des balles...

Mais si ça marchait et qu'il ratait son coup ? Il ne restait peut-être plus qu'une balle.
Sa putain de main n'arrêtait pas de trembler.
Gard tomba à genoux comme un homme soudain assailli par un violent besoin de prier. Il rampa jusqu'à Bobbi, qui brûlait en criant et se tordant au sol. Il la sentait, il voyait des éclats du plastique de la radio qui s'enfonçaient en bouillonnant dans sa chair. Il faillit perdre l'équilibre et tomber sur elle. Alors il pointa le 45 contre son cou et pressa la détente.
Encore un clic.
Bobbi criait, criait toujours, criait dans la tête de Gardener.
Il essaya de nouveau de relever le chien, faillit réussir, le laissa glisser. *Clic.*
Seigneur, je Vous en supplie, laissez-moi être son ami une dernière fois !
Il réussit à relever complètement le chien. Il pressa de nouveau la détente. Le coup partit.
Le cri dans sa tête ne fut plus qu'un bourdonnement. Il savait qu'il entendait le son d'un esprit que la mort déconnecte. Il leva la tête. Un large rayon de soleil tombait sur son visage depuis le toit crevé, le divisant en deux. Gardener cria.
Soudain le bourdonnement cessa, et le silence s'installa.
Bobbi Anderson — ou ce qu'elle était devenue — était morte comme la pile de corps semblables à des feuilles d'automne dans la salle de pilotage du vaisseau, aussi morte que les galériens qui avaient fait se mouvoir le vaisseau.
Elle était morte, et Gardener aurait bien voulu mourir aussi à cet instant... mais il n'avait pas fini.
Pas encore.

2

Kyle Archinbourg buvait un Pepsi-Cola chez Cooder quand les cris commencèrent dans sa tête. La bouteille lui échappa et s'écrasa sur le sol. Il porta ses mains tremblantes à ses tempes. Dave Rutledge, qui somnolait devant le magasin dans un fauteuil qu'il avait recanné lui-même, était renversé en arrière contre le mur et rêvait d'étranges rêves aux couleurs inconnues. Ses yeux s'ouvrirent d'un coup, et il se redressa comme si on l'avait touché avec un fil électrifié, les tendons de son cou décharné saillant le long de sa gorge. Sa chaise glissa, et quand sa tête heurta le mur de bois du magasin, son cou se brisa comme du verre. Il était mort avant de s'affaisser sur l'asphalte. Hazel McCready se faisait du thé. Quand les cris commencèrent, ses mains sursautèrent, celle qui tenait la théière renversa de l'eau bouillante sur le dos de celle qui tenait la tasse et la brûla. Elle lança la théière à travers la pièce, hurlant de douleur et de peur. Ashley Ruvall, qui passait à bicyclette devant l'hôtel de ville, tomba sur la chaussée et y resta, sonné. Dick Allison et Newt Berringer jouaient aux cartes chez Newt, ce qui était complètement idiot puisque chacun savait ce que l'autre avait en main, mais Newt ne possédait pas de jeu de pachési, et en plus, ils ne faisaient que passer le temps, attendant que le téléphone sonne, attendant que Bobbi leur dise que l'ivrogne était mort et que la phase suivante du travail pouvait commencer. Newt servait. Il lâcha le jeu, éparpillant les cartes sur la table et le plancher. Dick bondit sur ses pieds, les yeux fous, les cheveux hérissés sur sa tête, et fonça vers la porte. Mais il la rata de près d'un mètre, et s'effondra par terre après avoir heurté le mur. Le Dr Warwick était dans son bureau en train de relire son journal intime. Le cri lui fit l'effet d'un mur de parpaings lancé sur des rails à pleine vitesse. Son corps projeta des quantités mortelles d'adrénaline dans son cœur, qui éclata comme un vieux pneu. Ad McKeen se rendait chez Newt dans son pick-up. Il sortit de la route et enfonça la cahute à hot dogs abandonnée de Pooch Bailey. Son visage heurta le volant. Il fut momentanément sonné, mais rien de plus grave. Il roulait lentement. Il regarda autour de lui, stupéfait et terrifié. Wendy Fannin remontait de la cave avec deux pots de conserves de pêches. Depuis le début de son « évolution », elle ne mangeait pas grand-chose d'autre. Au cours des quatre dernières semaines, elle avait mangé plus de quatre-vingt-dix bocaux de conserves de pêches à elle toute seule. Elle cria et lança les deux bocaux en l'air comme un jongleur saisi d'un spasme. Ils tombèrent, heurtèrent l'escalier, éclatèrent. Des moitiés de pêches et du jus poisseux coulèrent de marche en marche. *Bobbi,* se dit son cerveau engourdi, *Bobbi Anderson est en train de brûler !* Nancy Voss regardait par la fenêtre arrière de la poste et pensait à Joe. Il lui manquait, il lui manquait beaucoup. Elle se disait que l' « évolution » finirait par effacer cette nostalgie — qui semblait d'ailleurs chaque jour plus lointaine — mais, bien que cela lui fît mal de regretter Joe, elle ne voulait pas que cela cesse. C'était idiot, mais c'était ainsi. Les cris se déclenchèrent dans sa tête et elle fit un bond en avant si soudain qu'elle cassa trois des vitres avec son front.

3

Les cris de Bobbi recouvrirent Haven comme une sirène d'alerte aérienne. Tout s'arrêta... et puis les Habitants Améliorés de Haven affluèrent dans les rues du village. Ils arborèrent tous la même expression de surprise, de douleur et d'horreur, au début. Puis de colère.

Ils savaient ce qui avait déclenché ces cris d'agonie.

Tant qu'ils durèrent, aucune autre voix mentale ne

put se faire entendre, et ils ne purent rien faire d'autre que les écouter.

Puis vint le bourdonnement annonciateur de la mort, et un silence si total que ce ne pouvait être que la mort même.

Quelques instants plus tard leur parvint la faible pulsation de l'esprit de Dick Allison. Elle tremblait d'émotion, mais l'ordre qu'elle émettait fut suffisamment clair.

A sa ferme. Tout le monde. Arrêtez-le avant qu'il puisse faire quoi que ce soit d'autre.

La voix de Hazel pimenta cette pensée, la renforçant, produisant l'effet d'un duo.

La ferme de Bobbi. Allez-y. Tout le monde.

La voix mentale de Kyle transforma le duo en trio. Leur voix collective gagna en vigueur et sa portée s'étendit.

Tous. Arrêtez-le...

La voix d'Adley. La voix de Newt Berringer.

... avant qu'il puisse faire quoi que ce soit d'autre.

Ceux que Gardener considérait comme les Gens du Hangar avaient uni leur voix en un seul commandement, clair et sans réplique... Non pas que quiconque à Haven eût même songé à répliquer.

Arrêtez-le avant qu'il puisse faire quoi que ce soit au vaisseau. Arrêtez-le avant qu'il puisse faire quoi que ce soit au vaisseau.

Rosalie Skehan quitta son évier sans prendre la peine de fermer le robinet qui rafraîchissait le cabillaud qu'elle voulait préparer pour le dîner. Elle rejoignit son mari qui cassait du petit bois dans la cour — et qui avait bien failli s'amputer plusieurs doigts de pied avec sa hache quand le cri de Bobbi avait résonné. Sans un mot, ils montèrent en voiture et prirent la direction de la ferme de Bobbi, à sept kilomètres de là. En sortant de leur allée, ils faillirent emboutir Elt Barker, qui avait quitté sa station-service sur sa vieille Harley. Freeman Moss fit démarrer son camion. Il ressentait un vague regret. Au fond, il aimait bien Gardener. Comme aurait dit son vieux, ce type avait du cran. Mais ça ne l'empêcherait pas de l'étriper. Andy Bozeman monta dans son Oldsmobile Delta 88, sa femme à côté de lui, les mains gentiment croisées sur son sac. A l'intérieur du sac se trouvait un excitateur de molécules qui pouvait en quinze secondes augmenter de mille degrés la température de n'importe quoi sur une surface d'environ cinq centimètres de diamètre. Elle espérait griller Gardener comme un homard. *Qu'on me laisse l'approcher à moins de deux mètres,* ne cessait-elle de penser, *moins de deux mètres, c'est tout ce que je demande.* De plus loin, le gadget n'était pas sûr. Elle savait qu'elle aurait pu augmenter sa portée jusqu'à près de huit cents mètres, et elle regrettait maintenant de ne pas l'avoir fait, mais si Andy n'avait pas au moins six chemises propres dans son placard, il rugissait comme un ours. Le visage de Bozeman arborait un sourire impitoyable. *Je vais te la badigeonner,* ta *clôture, quand je te tiendrai, face d'œuf,* songea-t-il en poussant son Oldsmobile à cent quarante à l'heure, dépassant une file de voitures moins rapides qui se dirigeaient toutes vers chez Bobbi. Tous entendaient la Voix du Commandement qui martelait maintenant comme une litanie : *ARRÊTEZ-LE AVANT QU'IL PUISSE FAIRE QUOI QUE CE SOIT AU VAISSEAU, ARRÊTEZ-LE AVANT QU'IL PUISSE FAIRE QUOI QUE CE SOIT AU VAISSEAU, ARRÊTEZ-LE, ARRÊTEZ-LE, ARRÊTEZ-LE !*

4

Gard était penché sur le cadavre de Bobbi, en état de choc, à moitié fou de douleur et de tristesse... et, sans crier gare, ses mâchoires s'ouvrirent en un autre bâillement irrépressible. Il se traîna jusqu'à l'évier, essayant de sautiller, mais s'y prenant fort mal à cause des comprimés qu'il avait avalés. A chaque fois qu'il retombait sur sa jambe blessée, il avait l'impression qu'on lui enfonçait une serre de métal dans la chair. Sa gorge était douloureusement sèche maintenant, et ses membres lourds. Ses pensées perdaient de leur précision : il avait l'impression qu'elles... *s'étendaient,* comme un jaune d'œuf crevé. Quand il arriva à l'évier, il bâilla de nouveau et s'appuya délibérément sur sa jambe blessée. La douleur déchira le brouillard de sa tête comme un couteau de boucher bien aiguisé.

Il tourna à peine le robinet d'eau chaude et se remplit un verre d'eau presque brûlante. Il fouilla dans le placard du haut, renversant une boîte de céréales et une bouteille de sirop d'érable. Sa main se referma sur la boîte de sel en carton, celle qui porte l'image d'une petite fille. Il chercha à ouvrir le bec verseur pendant ce qui lui sembla au moins une année, puis versa assez de sel dans son verre pour que l'eau se trouble. Il mélangea d'un doigt. Avala. Ça avait un goût de noyade.

Il vomit — de l'eau salée bleue. Il repéra aussi des morceaux non dissous de comprimés bleus. Certains avaient l'air presque intacts. *Combien m'en a-t-elle fait prendre ?*

Il vomit à nouveau... encore... encore. C'était un bis du numéro de vomissements en jets qu'il avait offert dans les bois. Il ne savait quel circuit surmené de son cerveau ne cessait de stimuler ce réflexe de haut-le-cœur, cette sorte de hoquet qui pouvait tuer.

Les spasmes s'espacèrent, puis cessèrent.

Des comprimés dans l'évier. De l'eau bleue dans l'évier.

Du sang dans l'évier. Beaucoup.

Il tituba à reculons, se reçut sur la mauvaise jambe, cria, s'effondra par terre. Son regard tomba sur l'un des yeux vitreux de Bobbi de l'autre côté du champ de bataille que représentait le linoléum, et Gard ferma ses propres paupières. Son esprit s'esquiva immédiatement... mais dans l'obscurité, il y avait des voix. Non — beaucoup de voix fondues en une seule. Il la reconnut. C'était la voix des Gens du Hangar.

Ils venaient pour lui, comme il l'avait sans doute toujours su...

Arrêtez-le... arrêtez-le... arrêtez-le !

Remue-toi, sinon ils n'auront pas à t'arrêter. Ils te tueront ou te désintégreront, ou Dieu sait ce qu'ils te réservent, pendant que tu feras la sieste par terre.

Il se redressa sur les genoux, puis parvint à se hausser sur ses pieds en s'agrippant au plan de travail. Il pensait qu'il y avait dans l'armoire de la salle de bains une boîte de comprimés de caféine No-Doz, qui pourraient le réveiller, mais il doutait que son estomac pût retenir quoi que ce soit après la dernière offense qu'il lui avait infligée. Dans d'autres circonstances, cela aurait valu la peine d'essayer, mais Gardener avait peur que, si ses vomissements reprenaient, ils ne cessent plus.

Ne t'arrête pas. Si ça va vraiment mal, marche un peu sur cette jambe. Ça te réveillera vite fait.

Vraiment ? Il n'en savait rien. Mais il savait qu'il devait se remuer vite, et tout de suite, et il n'était pas sûr de pouvoir bouger longtemps.

Il sautilla et se traîna jusqu'à la porte de la cuisine et regarda derrière lui une dernière fois. Bobbi, qui avait si souvent sauvé Gard de ses démons, n'était guère plus qu'une épave. Sa chemise fumait encore. Finalement, il n'avait pas été capable de la sauver de ses démons à elle. Il n'avait su que la mettre hors de leur portée.

T'as tiré sur ta meilleure amie. Tu t'es mis dans de beaux draps !

Il pressa le dos de sa main contre sa bouche. Son estomac gronda. Il ferma les yeux et réprima son envie de vomir avant qu'elle ne devienne incoercible.

Il se retourna, rouvrit les yeux et entreprit la traversée du salon. L'idée, c'était de chercher des objets stables et de s'appuyer dessus pour avancer à cloche-pied. Son esprit ne cessait de vouloir devenir ce ballon argenté qu'il était juste avant d'être emporté dans le grand cyclone noir. Il résista comme il le put et repéra des meubles vers lesquels il pouvait sautiller. S'il y avait un

Dieu, et s'Il était bon, peut-être que tous ces points d'appui supporteraient son poids et qu'il arriverait à traverser cette pièce apparemment sans fin, comme Moïse et ses tribus avaient traversé le désert.

Il savait que les Gens du Hangar n'allaient pas tarder à arriver. Il savait que s'il était encore ici quand ils viendraient, il n'était pas seulement cuit, il était irradié. Ils avaient peur qu'il ne s'en prenne au vaisseau. Bon. Puisque vous en parlez, c'était effectivement une de ses intentions, et il savait qu'il y serait plus en sécurité.

Il savait aussi qu'il ne pouvait pas y aller. Pas encore.

Il avait d'abord à faire dans le hangar.

Il arriva sous le porche où Bobbi et lui avaient passé tant de soirées d'été, Peter endormi sur les planches entre eux, juste assis là, à boire des bières, l'équipe des Red Sox disputant un match à Fenway ou Comiskey Park, ou ailleurs, mais en tout cas dans le poste de radio de Bobbi : des petits joueurs de base-ball courant entre les transistors et les diodes. Assis là avec des bouteilles de bière dans un seau d'eau fraîchement tirée du puits. Parlant de la vie, de la mort, de Dieu, de politique, d'amour, de littérature. Peut-être même, une fois ou deux, de la possibilité que la vie existât sur d'autres planètes. Gardener avait l'impression qu'il se souvenait d'une ou deux de ces conversations, mais son esprit épuisé ne lui jouait-il pas des tours ? Ils avaient été heureux, ici. Ça semblait très loin.

C'est sur Peter que son esprit épuisé se fixa. Peter était son premier but, le premier meuble vers lequel il devait sauter. Ce n'était pas tout à fait vrai : il devait d'abord tenter de sauver David Brown avant de mettre fin aux tortures de Peter, mais David Brown ne lui donnait pas l'impulsion émotionnelle nécessaire ; il n'avait jamais vu David Brown de sa vie. Peter, c'était autre chose.

« Bon vieux Peter », dit-il au chaud après-midi (était-ce déjà l'après-midi ? Mais oui !). Il gagna les marches du porche, et c'est alors que le désastre s'abattit sur lui : il perdit l'équilibre et retomba de tout son poids sur la mauvaise jambe. Cette fois, il sentit presque comme des bouts d'os brisés s'enfoncer les uns dans les autres. Il émit un long cri miaulant — pas le cri d'une femme, mais celui d'une très jeune fille qui a de gros ennuis. Il s'accrocha à la rampe, mais elle s'effondra de côté.

Pendant les quelques folles journées de début juillet, Bobbi avait réparé la rampe de l'escalier menant de la cuisine à la cave, mais ne s'était pas souciée de celle qui allait du porche à la cour. Elle branlait depuis des années, et quand Gard s'y appuya de tout son poids, les deux piquets pourris cédèrent. Un nuage de vieille poussière de bois s'éleva dans la lumière estivale, nuage piqué de quelques têtes de termites stupéfaits. Gard tomba du porche avec un cri lamentable, et s'écrasa dans la cour en produisant le bruit mat d'un quartier de viande lancé sur une table. Il essaya de se lever, puis se demanda pourquoi il faisait tant d'efforts. Le monde oscillait devant ses yeux. Il vit tout d'abord deux boîtes aux lettres, puis trois. Il décida de tout oublier et de s'endormir. Il ferma les yeux.

5

Durant le long, étrange et douloureux rêve qu'il faisait, Ev Hillman sentit/vit Gardener tomber, et il entendit clairement

(oublie tout et dors)

sa pensée. Puis le rêve sembla se briser, et ce fut bon. C'était difficile, de rêver. Ça lui faisait mal partout, ça le faisait souffrir. Et ça faisait mal de lutter contre la lumière verte. Quand le soleil était trop lumineux

(je me souviens un peu du soleil)

on pouvait fermer les yeux, mais la lumière verte était *à l'intérieur*, toujours *à l'intérieur* — un troisième œil qui voyait et une lumière verte qui brûlait. Il y avait d'autres esprits, ici. L'un appartenait à LA FEMME, l'autre à L'ESPRIT INFÉRIEUR qui avait été Peter. Maintenant

L'ESPRIT INFÉRIEUR ne pouvait plus que hurler. Il hurlait parfois pour que BOBBI vienne et le libère de la lumière verte... mais la plupart du temps il hurlait, tout simplement, tandis qu'il brûlait dans les tourments du drainage d'énergie. LA FEMME criait aussi pour qu'on la libère, mais parfois ses pensées se tournaient vers d'horribles images de haine qu'Ev pouvait à peine supporter. Alors : oui. Il valait mieux

(mieux)

dormir

(plus facile)

et tout laisser tomber...

... mais il y avait David.

David mourait. Déjà, ses pensées — qu'Ev avait clairement perçues au début — s'enfonçaient dans une spirale de plus en plus profonde qui aboutirait d'abord à l'inconscience puis, rapidement, à la mort.

Alors Ev combattit l'obscurité.

Il la combattit et il se mit à crier :

« *Debout ! Debout ! Vous, là-bas, au soleil ! Je me souviens du soleil ! David Brown mérite de faire son temps au soleil. Alors debout ! Debout ! Debout ! DE-*

6

BOUT DEBOUT DEBOUT !

Cette pensée martelait régulièrement le cerveau de Gardener. Non, ce n'était pas un martèlement. C'était comme une voiture, sauf que ses roues étaient de verre, et qu'elles pénétraient dans son cerveau tandis que la voiture y progressait lentement.

mérite son temps au soleil David Brown DEBOUT David RAMÈNE David David Brown ! DEBOUT ! DAVID BROWN ! DEBOUT ! DEBOUT, BON SANG !

« *D'accord !* » ronchonna Gardener d'une bouche pleine de sang. D'ac*cord,* je t'entends, fous-moi la paix ! »

Il réussit à se mettre à genoux. Il essaya de se hisser sur ses pieds. Le monde s'assombrit. Mauvais. Du moins la voix qui frottait et coupait son cerveau l'avait-elle un peu lâché... Il avait l'impression que son propriétaire regardait par ses yeux, les utilisant comme des fenêtres sales,

(rêvant à travers eux)

voyant un peu de ce qu'ils voyaient.

Il essaya à nouveau de se dresser sur ses pieds, et n'y réussit pas mieux.

« Mon quotient de connerie est toujours très élevé », croassa Gardener. Il cracha deux dents et se mit à ramper vers le hangar dans la terre de la cour.

7

Tout Haven se précipitait pour avoir Jim Gardener.

Ils venaient en voiture. Ils venaient en pick-up. Ils venaient en camion. Ils venaient en tracteur. Ils venaient à moto. Eileen Crenshaw, Mme Avon que le SECOND GALA DE MAGIE de Hilly Brown avait tant ennuyée, arriva dans le buggy de son fils Galen, le révérend Goohringer assis derrière elle, ce qui restait de ses cheveux grisonnants rejeté en arrière et découvrant son front brûlé par le soleil. Vern Jernigan arriva dans un corbillard qu'il avait tenté de convertir en camping-car avant que l' « évolution » n'entre dans sa phase accélérée. Ils occupaient toutes les routes. Ashley Ruvall zigzaguait entre les piétons comme un slalomeur, pédalant frénétiquement sur sa bicyclette. Il était rentré chez lui le temps de prendre ce qu'il appelait son pistolet Zap. Au printemps, ce n'était encore qu'un gros jouet que recouvrait peu à peu la poussière du grenier. Maintenant, équipé d'une pile de 9 volts et d'un circuit imprimé emprunté à la « Dictée magique » de son frère, c'était une arme que le Pentagone aurait trouvée intéressante. Elle faisait des trous dans les choses. De *gros* trous. Le pistolet Zap était attaché sur le porte-bagages destiné naguère au transport des journaux qu'Ashley distribuait. Tous arrivaient en panique, et il y eut quelques accidents. Deux personnes furent tuées quand la Volkswagen d'Early Hutchinson percuta le break des Fannin, mais ce n'était pas le genre de détail qui pouvait arrêter quiconque. Les mots psalmodiés mentalement emplissaient l'espace ; toutes ces têtes vibraient d'un même cri rythmé continuellement répété : *Avant qu'il ne puisse faire quoi que ce soit au vaisseau ! Avant qu'il ne puisse faire quoi que ce soit au vaisseau !* C'était une belle journée d'été, une belle journée pour tuer, et si quelqu'un méritait qu'on le tue, c'était bien ce James Éric Gardener ; ils venaient donc, plus de cinq cents en tout, ces bonnes gens de la campagne qui avaient appris de nouveaux tours. Ils venaient. Et ils apportaient leurs nouvelles armes.

8

A mi-chemin du hangar, Gardener commença à se sentir mieux — peut-être était-ce une brève rémission ? Mais il pensa plus probable qu'il s'était effectivement débarrassé de l'essentiel du Valium et qu'il reprenait le dessus.

Ou peut-être le vieil homme lui insufflait-il sa force ?

Ou peut-être avait-il déjà suffisamment « évolué » pour être moins sensible à la douleur ?

Quoi qu'il en soit, cela suffit à le remettre sur ses pieds et à lui permettre de sautiller jusqu'au hangar. Il s'accrocha un instant à la porte, le temps de calmer son cœur qui galopait dans sa poitrine. En baissant les yeux, il vit un trou dans la porte. Un trou rond. Le bord en était dentelé, hérissé d'échardes blanches. On aurait dit qu'il avait été découpé par des *dents*, ce trou.

L'aspirateur qui appuyait sur les boutons. C'est comme ça qu'il est sorti. Il possédait un Nouvel Équipement de

Découpage Amélioré. Seigneur ! Ces êtres-là étaient vraiment cinglés.

Il contourna le bâtiment et une froide certitude l'assaillit : la clé ne serait plus là.

Ô Seigneur, Gard, du calme ! Pourquoi est-ce qu'elle... ?

Mais elle n'était plus là. Envolée. Plus rien n'était accroché au clou.

Gardener, épuisé et tremblant, s'appuya au hangar. Son corps luisait de sueur. Il baissa les yeux et le soleil lui renvoya le reflet d'un objet au sol — la clé. Le clou était un peu courbé vers le bas. Peut-être était-ce lui qui l'avait tordu quand il avait remis la clé en hâte, l'autre nuit. Le bois était tendre, cela s'expliquait facilement, et la clé avait simplement glissé.

Il se baissa péniblement, la ramassa et revint vers la façade de la bâtisse. Il avait une conscience aiguë de la vitesse à laquelle passait le temps. Ils ne tarderaient pas à arriver. Comment pourrait-il bien terminer ce qu'il avait à faire dans le hangar, puis gagner le vaisseau avant qu'ils ne soient là ? Étant donné que c'était impossible, il valait mieux ne plus y penser.

Quand il arriva à la porte, il entendait déjà le son ténu des moteurs. Il avança la clé vers le cadenas et manqua le trou. Le soleil tapait fort, et l'ombre de Gard ne formait guère plus qu'une flaque sous ses talons. Encore. Cette fois, la clé pénétra dans la serrure. Il la tourna, ouvrit la porte et se jeta dans le hangar.

La lumière verte l'enveloppa.

Elle était forte — plus forte que la fois précédente. Le gros ensemble d'appareils reliés les uns aux autres

(le transformateur)

luisait ardemment. L'intensité de la lumière variait de façon cyclique, comme avant, mais, maintenant, les cycles se succédaient plus rapidement. De petites flammèches vertes parcouraient les itinéraires argentés des circuits imprimés.

Il regardait autour de lui, le vieil homme, flottant dans

son bain vert, le regardait de son œil unique. Ce regard était torturé... mais sain d'esprit.

Utilise le transformateur pour sauver David.

« Ils sont après moi, mon vieux, croassa Gardener. Je n'ai plus de temps. »

Coin. Le coin du fond.

Il regarda et vit quelque chose qui ressemblait un peu à une antenne de télévision, ou à un portemanteau, ou à un de ces réseaux de fils tournants sur lesquels les femmes accrochent leur lessive dans leur cour.

« Ça ? »

Sors-le dans la cour.

Gardener ne posa pas de questions. Il n'en avait pas le temps. L'objet était monté sur un petit boîtier parallélépipédique, qui servait de pied et dont Gardener se dit qu'il devait contenir les circuits — et les piles. De près, il vit que ce qui ressemblait à des tiges d'antenne de télévision tordues était en fait de minces tubes d'acier. Il saisit la tige centrale. L'engin n'était pas lourd, mais encombrant. Content, pas content, il faudrait qu'il s'appuie un peu sur sa jambe blessée.

Il regarda un instant la cabine où flottait Ev Hillman.

Tu es sûr de toi, vieux frère ?

Mais c'est la femme qui répondit. Ses yeux s'ouvrirent. Les regarder, c'était comme plonger dans le chaudron des sorcières de *Macbeth*. Pendant un moment, Gard oublia toutes ses douleurs, toute sa fatigue et même combien il se sentait malade. Ce regard empoisonné le mit en transe. A cet instant, il comprit toute la puissance de la femme terrifiante que Bobbi appelait Sœurette, et pourquoi Bobbi avait fui loin d'elle, comme on fuit un ennemi. Elle *était* un ennemi. Elle *était* une sorcière. Et même maintenant, dans son abominable agonie, sa haine subsistait.

Prends-le, imbécile ! Je le ferai marcher !

Gardener posa sa jambe blessée et hurla en sentant comme une main sauvage jaillir de son mollet pour aller serrer le fragile double sac de ses testicules.

Le vieil homme :
Attends attends.
L'objet se souleva tout seul. Pas très haut. Seulement à quatre ou cinq centimètres. La marécageuse lumière verte s'intensifia encore.
Il va falloir que tu le guides, mon garçon.
Ça, il en était capable. L'objet oscillait à travers le hangar vert comme le squelette de quelque ahurissant parasol de plage qui aurait multiplié saluts et courbettes tout en projetant au sol et sur les murs une étrange ombre décharnée. Gardener sautillait maladroitement à sa suite, ne voulant pas, n'*osant* pas regarder à nouveau les yeux fous de la femme. Son cerveau ne cessait de répéter une seule et même pensée : *La sœur de Bobbi Anderson était une sorcière... une sorcière... une sorcière...*
Il guida le parasol sous la lumière du soleil.

9

Freeman Moss arriva le premier. Il engagea dans la cour de Bobbi le camion dans lequel Gard était monté quand il avait fait du stop, et il en sortit presque avant que le vieux moteur poussif se soit tu. *Eh bon Dieu, mon pote, c'est-y pas ce salaud qu'est là, droit devant, avec un truc qu'a l'air d'un séchoir de bonne femme. L'a-t-y pas l'air d'un coureur claqué? Y tient un pied en l'air, le gauche, comme un chien qu'a une écharde dans la patte. L'est rouge de la tête aux pieds, le salaud, dégoulinant de sang. On dirait qu' Bobbi a au moins réussi à t'en mettre une dans l' lard, vipère!*
Il lui sembla que le salaud meurtrier avait capté ses pensées, car Gard leva les yeux et sourit faiblement. Il tenait toujours le parasol (à moins que ce ne fût un séchoir) sur son boîtier. Il s'appuyait dessus, plutôt.
Freeman s'approcha de lui, laissant la porte de son vieux camion grande ouverte. Il y avait quelque chose

d'enfantin, de triomphant, dans le sourire de Jim, et Freeman identifia cette expression : avec les dents qui manquaient, c'était le sourire de citrouille de Halloween d'un petit garçon.

Seigneur, j' t'aimais bien... pourquoi est-ce qu'il a fallu que tu nous fasses tant d'emmerdes ?

« Qu'est-ce que tu fais ici, Freeman ? demanda Gardener. Tu aurais dû rester chez toi à regarder les Red Sox. J'ai fini de badigeonner la clôture. »

Espèce de fils de pute !

Moss portait un gilet, mais pas de chemise dessous : c'était tout ce qui lui était tombé sous la main quand il avait bondi hors de chez lui. Il l'écarta et découvrit non pas un jouet bricolé, mais un bon vieux Colt Woodsman. Il le prit en main. Gardener, accroché à son séchoir, un pied en l'air, le regarda.

Ferme les yeux. J'irai vite. Je peux au moins faire ça pour toi.

10

(*BAISSE-TOI COUILLON BAISSE-TOI OU TU VAS PERDRE TA TÊTE QUAND IL PERDRA LA SIENNE ET JE ME FOUS DE QUI PERDRA SA TÊTE ALORS BAISSE-TOI SI TU VEUX VIVRE*)

Dans la cabine de douche, les yeux d'Anne Anderson lançaient des flammes de haine et de fureur ; ses dents étaient tombées, mais elle frottait ses gencives l'une contre l'autre, l'une contre l'autre, l'une contre l'autre, et une traînée de petites bulles montait dans la gelée verte.

Le cycle de la lumière s'accéléra, comme un manège qui prend de la vitesse et où tout finit par se fondre en une vision de traînées multicolores. Le ronronnement devint un sourd murmure électrique, et l'air se chargea d'une riche odeur d'ozone.

Sur l'écran allumé, le mot :

PROGRAMME ?

fut remplacé par :

DESTRUCTION

Le mot clignotait rapidement.

(*BAISSE-TOI COUILLON OU RESTE DEBOUT JE M'EN FOUS*)

11

Gardener se baissa. Sa jambe blessée heurta le sol. La douleur grimpa à nouveau le long de sa cuisse. Il s'écroula à quatre pattes dans la poussière.

Au-dessus de sa tête, le séchoir se mit à tourner, lentement au début. Moss le regarda, et le pistolet s'affaissa un instant dans sa main. Un éclair de compréhension passa sur son visage à la dernière seconde où il en eut encore un. Puis les fins tuyaux d'acier projetèrent dans la cour un cercle de feu vert. Pendant un instant, l'illusion d'un parasol de plage fut parfaite et complète. On aurait vraiment dit un grand parasol vert abaissé pour que le bout de ses franges touche le sol. Mais ce parasol était de feu, et Gard se recroquevilla dessous, les yeux plissés, une main sur le visage, grimaçant comme si la chaleur était trop forte... mais il n'y avait *pas* de chaleur, du moins pas là, sous le champignon vénéneux de Sœurette.

Freeman Moss était dans le champ du parasol. Son pantalon s'enflamma, puis son gilet. Pendant un instant, les flammes furent vertes, avant de devenir jaunes.

Il cria et tituba en arrière, laissant tomber son arme. Au-dessus de la tête de Gardener, le séchoir tourna plus vite. Les bras squelettiques de métal, qui pendaient de façon plutôt comique, se redressaient de plus en plus sous l'effet de la force centrifuge. L'ourlet de feu du parasol s'étendit vers l'extérieur, et les épaules comme le visage de Moss furent enveloppés d'une flamme couvrante tandis que l'homme reculait. Dans la tête de Gard, l'abominable hurlement mental reprit. Il tenta de s'en abstraire, mais il n'y avait pas moyen — aucun moyen. Gard aperçut l'image tremblante d'un visage coulant comme du chocolat chaud, puis il se cacha les yeux comme un enfant qui a peur au cinéma.

Les flammes s'étendaient selon un cercle de plus en plus large autour de la cour de Bobbi, projetant une spirale noire de terre vitrifiée, une sorte de verre grumeleux. Finalement, le champ de l'engin engloba le camion de Moss et le pick-up bleu de Bobbi. Le hangar se trouvait juste hors de portée, mais sa silhouette dansait comme un démon dans la brume de chaleur. Il faisait *très* chaud en bordure du cercle, aucun doute à ce sujet, même si ce n'était pas le cas à l'endroit où Gard se tenait accroupi.

La peinture du capot du camion de Moss et des flancs du pick-up commença par cloquer, puis noircit, avant de s'enflammer, dénudant le métal blanc. Les restes d'écorce, de sciure et d'éclats de bois à l'arrière du camion de Moss s'enflammèrent comme une pastille d'alcool solide dans un réchaud. Les deux bacs à ordures posés sur le plateau du pick-up de Bobbi, en ciment précontraint, se délitèrent et s'effondrèrent sur eux-mêmes. Le cercle sombre en bordure du parasol de feu rappelait la soucoupe. La couverture de l'armée jetée sur le siège défoncé du camion de Moss s'enflamma, puis le revêtement même des sièges, le rembourrage enfin. Toute la cabine n'était plus maintenant qu'une étincelante fournaise orange, où des ressorts squelettiques perçaient les flammes.

Freeman Moss vacilla en arrière, se tordit et virevolta, comme un cascadeur de cinéma qui aurait oublié d'endosser sa combinaison ignifugée. Il s'effondra.

12

Le cri mental d'Anne Anderson reprit, dominant même les hurlements d'agonie de Moss :

Bouffe la merde et crève ! Bouffe la merde et cr...

Soudain, dans un dernier éclat de lumière verte, après une pulsation soutenue qui dura près de deux secondes, quelque chose se rompit dans ce qui restait de Sœurette. Le lourd ronronnement du transformateur s'éleva, et tous les circuits du hangar le reprirent et vibrèrent par sympathie.

Le ronronnement décrut à nouveau et retrouva son ancien rythme paresseux. La tête d'Anne tomba en avant dans le liquide, ses cheveux suivant le mouvement comme ceux d'une noyée. Sur l'écran de l'ordinateur :

DESTRUCTION

s'effaça comme une bougie qu'on souffle et laissa de nouveau place à :

PROGRAMME ?

13

Le parasol de feu flancha, puis disparut. Le séchoir, qui tournait comme un fou, ralentit, grinçant rythmiquement, comme une porte dans le vent. Les tubes d'acier retombèrent. Un dernier grincement, et tout s'arrêta.

Le réservoir d'essence du camion de Bobbi explosa soudain. D'autres flammes jaunes jaillirent vers le ciel. Gard sentit un morceau de métal fuser tout près de lui.

Il leva la tête et regarda stupidement le pick-up en feu en pensant : *Bobbi et moi, on allait parfois au Drive-In Starlite de Derry, dans ce pick-up. Je crois même qu'on y a baisé, une fois, pendant un film idiot de Ryan O'Neal. Qu'est-il arrivé, Seigneur, qu'est-il arrivé ?*

Dans son cerveau, la voix du vieil homme s'éleva, presque éteinte, mais pourtant impérieuse :

Vite ! Je peux faire fonctionner le transformateur quand les autres viendront, mais tu dois te presser ! Le gamin ! David ! Vite, mon ami !

Pas beaucoup de temps, songea Gardener épuisé, *Seigneur, il n'y a jamais assez de temps.*

Il revint vers la porte ouverte du hangar, en sueur, les joues d'une pâleur de cierge. Il s'arrêta devant le cercle sombre de terre vitrifiée, puis sauta maladroitement par-dessus. Il ne savait pas pourquoi, mais il n'avait pas envie de le toucher. Il tituba, près de perdre l'équilibre, puis parvint à poursuivre sa route en sautillant. Pendant qu'il revenait dans le hangar, les deux réservoirs d'essence du camion de Moss explosèrent avec un rugissement furieux. La cabine se détacha du corps du camion qui se renversa comme un château de cartes. Des restes calcinés du capitonnage et du rembourrage des sièges s'envolèrent par la fenêtre, du côté du passager, emportés par le premier souffle d'un vent d'est qui ne tarderait pas à fraîchir. Une poignée de rembourrage en feu tomba sur un livre de poche que Gardener avait laissé une semaine plus tôt sur la table, juste à côté de la porte, et qui s'enflamma aussitôt.

Dans le salon, un autre fragment de rembourrage mit le feu à un tapis en lirette que Mme Anderson avait confectionné dans sa chambre à coucher et envoyé en cachette à Bobbi un jour où Anne était sortie.

Quand Jim Gardener ressortit du hangar, toute la maison brûlait.

14

La lumière était plus faible que jamais dans le hangar — un vert clair et aqueux, de la couleur de l'eau d'un étang.

Gardener jeta un coup d'œil méfiant vers Anne, craignant que ses yeux ne jettent des flammes. Mais il n'avait plus à la redouter. Elle flottait, la tête penchée en avant, comme plongée dans ses pensées, les cheveux en couronne au-dessus de sa tête.

Elle est morte, mon garçon. Si tu as l'intention de ramener l'enfant, il faut que ce soit maintenant. Je ne sais pas pour combien de temps encore je peux te fournir du courant. Et je ne peux me diviser en deux, la moitié de moi surveillant les autres *et l'autre faisant fonctionner le transformateur.*

Il regarda Gardener, et Gard ressentit une profonde pitié... et une profonde admiration pour cette vieille brute si pleine de courage. Aurait-il pu faire la moitié de ce qu'avait fait le vieux ? Serait-il allé moitié aussi loin, si l'on avait inversé leurs positions ? Il en doutait.

Vous souffrez beaucoup, n'est-ce pas ?

Je ne plane pas vraiment, mon garçon, si c'est ce que tu veux savoir. Mais j'y arriverai... si tu es prêt à continuer.

Continuer. Oui. Il avait trop lanterné, beaucoup trop.

Sa bouche s'ouvrit pour un nouveau bâillement, puis il s'approcha du matériel qui entourait le cageot d'oranges — ce que le vieil homme appelait le transformateur.

PROGRAMME ?

demandait l'écran d'ordinateur sans clavier.

Hillman aurait pu dire à Gardener ce qu'il fallait faire, mais Gardener n'avait pas besoin qu'on le lui dise. Il savait. Il se souvenait aussi du saignement de nez et de l'éclat de musique qu'il avait subis lors de son unique expérience de lévitation avec le gadget de Moss. Ce truc avait l'air d'une boîte de Meccano. Mais, qu'il s'en réjouisse ou non, il avait avancé d'un bon bout de chemin dans sa propre « évolution » depuis. Il fallait seulement espérer que ça suffi...

Oh, merde, mon garçon ! ne raccroche pas, on a de la visite.

Puis une voix forte couvrit celle de Hillman, une voix que Gard reconnut vaguement, mais sur laquelle il ne parvint pas à mettre de nom.

(STOP STOP ARRÊTEZ-VOUS)

Juste je crois juste un ou peut-être deux

C'était à nouveau la voix mentale épuisée du vieil homme. Gardener sentit qu'Ev Hillman se concentrait sur le séchoir tournant de la cour. Dans le hangar, la lumière brilla à nouveau un peu plus fort, et les pulsations mortelles recommencèrent.

15

Dick Allison et Newt Berringer étaient encore à trois kilomètres de la ferme de Bobbi quand commencèrent les cris mentaux de Freeman Moss. Quelques instants plus tôt, ils avaient fait un écart pour dépasser Elt Barker. Dick regarda dans son rétroviseur et vit la Harley de Barker bondir en l'air au terme d'une embardée en travers de la route. Un moment, Elt ressembla à Evel Knievel, malgré ses cheveux blancs. Puis il se sépara de sa moto et atterrit dans le fossé.

Newt écrasa la pédale de frein et les pneus du camion crissèrent jusqu'à l'arrêt, au milieu de la route. Il regarda Dick avec de grands yeux à la fois effrayés et furieux.

Ce fils de pute a une arme !

Ouais. Du feu. Une sorte de

Dick éleva brutalement sa voix mentale en un cri. Newt se joignit à lui pour l'amplifier. Depuis la Cadillac,

Kyle Archinbourg et Hazel McCready crièrent à l'unisson.

(STOP STOP ARRÊTEZ-VOUS)

Ils s'arrêtèrent, restant sur leurs positions. En règle générale, ils n'aimaient guère les ordres, ces Tommyknockers, mais les cris hideux de Moss, qui maintenant faiblissaient, les avaient amplement persuadés. Ils s'arrêtèrent tous, il faut dire, sauf l'Oldsmobile bleue Delta 88 dont le pare-chocs portait un autocollant annonçant : LES AGENTS IMMOBILIERS EN ONT DES HECTARES.

Quand il reçut l'ordre de s'arrêter et de rester sur place, Andy Bozeman apercevait déjà la ferme de Bobbi. Sa haine avait subi une croissance exponentielle : il ne pouvait penser à rien d'autre qu'à Gardener mort dans une mare de sang. Il arriva en pleine accélération dans l'allée de Bobbi. L'arrière de l'Oldsmobile dérapa quand Bozeman écrasa les freins. La grosse voiture faillit se renverser.

Je vais te la badigeonner, ta clôture, trou-du-cul de merde. Et je vais te donner un rat mort, et une ficelle pour le balancer, fils de pute.

La femme d'Andy sortit l'excitateur de molécules de son sac à main. On aurait dit une pétoire à la Buck Rogers créée par un cinglé plutôt ingénieux à partir d'un outil de jardin de chez Weed Eater. Ida Bozeman se pencha à la fenêtre de la voiture et pressa la détente sans rien viser de particulier. L'extrémité est de la ferme de Bobbi explosa en une boule de feu. Ida sourit d'un air de reptile réjoui.

Les Bozeman descendaient de leur Oldsmobile quand le séchoir se remit à tourner. Une seconde plus tard, le parasol de feu vert se déploya. Ida tenta de pointer sur l'engin ce qu'elle appelait son « secoue-molécules », mais trop tard. Si, à son arrivée, elle avait visé le séchoir au lieu de la maison, cela aurait pu tout changer... mais rien ne fut changé.

Ils brûlèrent tous les deux comme de l'étoupe. Un

instant plus tard, l'Oldsmobile explosait, alors qu'il ne leur restait plus que trois mensualités de crédit à payer.

16

A peine les cris de Freeman Moss eurent-ils cessé de hanter leur tête que ceux d'Andy et Ida Bozeman les remplacèrent. Newt et Dick attendirent en grimaçant qu'ils s'estompent.

Ils cessèrent enfin.

Il ne manquait pas de véhicules garés des deux côtés de la Route n° 9, et même au milieu, devant Dick Allison. Frank Spruce se penchait par la fenêtre de la cabine de son gros camion-citerne, interrogeant impatiemment Newt et Dick du regard. Chacun sentait les autres — tous les autres — sur cette route, et sur d'autres routes ; certains restaient même immobiles dans les champs qu'ils avaient entrepris de traverser. Tous attendaient quelque chose, attendaient qu'une décision soit prise.

Dick se tourna vers Newt.

Le feu.

Oui, du feu.

Est-ce qu'on peut l'éteindre ?

Il y eut un court silence mental pendant que Newt réfléchissait ; Dick sentait qu'il voulait simplement foncer droit sur Gardener sans se soucier des flammes. Ce que voulait Dick n'était pas compliqué : il voulait écharper Jim Gardener. Mais ce n'était pas ce qu'il fallait faire, et tous deux le savaient — tous Ceux du Hangar le savaient, même Adley. L'enjeu était de taille. Et Dick ne doutait pas que Jim Gardener finisse par se faire écharper, d'une façon ou d'une autre.

Ce n'était pas une bonne idée, de s'opposer aux Tommyknockers. Ça les rendait furieux. Cette vérité, beaucoup d'espèces, dans d'autres mondes, l'avaient découverte à leurs dépens avant les festivités qui se déroulaient en ce jour d'été à Haven.

Dick et Newt regardèrent vers le champ bordé d'arbres où Elt Barker s'était écrasé. L'herbe et les feuilles des arbres ondulaient, pas très fort, mais suffisamment pour indiquer que le vent commençait à souffler de l'est. Pas encore de quoi s'inquiéter, mais Dick pressentit qu'il allait fraîchir.

Oui, on peut éteindre le feu, répondit enfin Newt.

On peut arrêter et le feu et l'ivrogne ? Est-ce que c'est sûr ?

Nouvelle longue pause pour réfléchir, puis Newt en arriva à la réponse que Dick attendait :

Je ne sais pas si on peut faire les deux. Je sais qu'on arrivera à l'un ou à l'autre, mais je ne sais pas si on y arrivera pour les deux.

Alors on va laisser le feu brûler pour le moment on

va le laisser brûler oui c'est ça

Le vaisseau ne craint rien le vaisseau

ne sera pas endommagé et le vent la direction dans laquelle souffle le vent

Ils se regardèrent en souriant tandis que leurs pensées se réunissaient en un moment de parfaite harmonie : une voix, un cerveau.

Le feu sera entre le vaisseau et lui. Il ne pourra pas atteindre le vaisseau !

Sur les routes et dans les champs, les gens écoutaient la pensée et tous se détendirent un peu. *Il ne pourra pas atteindre le vaisseau.*

Est-ce qu'il est toujours dans le hangar ?

Oui.

Newt tourna son visage inquiet et troublé vers Dick.

Qu'est-ce qu'il peut bien y foutre ? Est-ce qu'il a trouvé un truc pour fabriquer quelque chose ? Quelque chose qui puisse endommager le vaisseau ?

Il y eut un silence, puis la voix de Dick, ne s'adressant plus seulement à Newt Berringer mais à tous les Gens du Hangar, résonna claire et impérieuse :

RELIEZ VOS ESPRITS. RELIEZ VOS ESPRITS AUX NÔTRES.

TOUS CEUX QUI LE PEUVENT, RELIEZ VOS ESPRITS AUX NÔTRES ET ÉCOUTEZ. ÉCOUTEZ GARDENER. ÉCOUTEZ.

Ils écoutèrent. Dans le chaud silence de l'été, en ce début d'après-midi, ils écoutèrent. Deux ou trois collines plus loin, les premières volutes de fumée s'élevaient dans le ciel.

17

Gardener les *sentit* écouter. Il eut l'horrible impression que quelqu'un rampait à la surface de son cerveau. C'était ridicule, mais c'était ce qui se passait. Il se dit : *Maintenant, je comprends ce que doivent éprouver les lampadaires quand tous ces moucherons leur volent autour.*

Le vieil homme bougea dans sa cabine, essayant d'attirer le regard de Gardener. Il rata son regard, mais atteignit son esprit. Gardener leva les yeux.

Ne t'en fais pas, mon garçon. Ils veulent savoir quels sont tes projets, mais ne t'en préoccupe pas. Ça ne fait rien, s'ils le découvrent. Ça pourrait même aider. Les ralentir. Les soulager. Ils se moquent bien de David. Ils ne s'intéressent qu'à leur foutu vaisseau. Continue, mon garçon! Continue!

Gardener était près du transformateur, et il tenait l'un des écouteurs dans la main. Il ne voulait pas se le mettre à l'oreille. C'était comme si, alors qu'il avait introduit les doigts dans une prise et reçu une bonne décharge, on le contraignait à recommencer l'opération.

Est-ce qu'il faut vraiment que je mette cette connerie? Avant, j'ai réussi à changer les mots sur l'écran rien qu'en pensant.

Oui, et c'est tout ce que tu pourrais obtenir. Il faut que tu mettes l'écouteur, mon garçon. Je suis désolé.

C'est à ne pas croire, mais les paupières de Gardener s'alourdirent à nouveau et il dut faire un effort pour les garder ouvertes.

J'ai peur que ça me tue, songea-t-il à l'intention du vieil homme, puis il attendit, espérant que le vieil homme le contredirait. Mais il ne lui répondit pas, se contentant de le regarder de son œil douloureux, dans les *slisshh-slishhh-slissshhh* de la machine.

Ouais, ça peut me tuer, et il le sait.

Dehors, il entendait les craquements lointains du feu.

La sensation de chatouillement à la surface de son cerveau cessa. Les moucherons s'étaient envolés.

C'est avec beaucoup de répugnance que Gardener introduisit alors l'écouteur dans son oreille.

18

Kyle et Hazel se détendirent. Ils se regardèrent. Il y avait une expression identique — et très humaine — dans leurs yeux : l'expression de gens qui découvrent que quelque chose est trop beau pour être vrai.

David Brown ? pensa Kyle à l'intention de Hazel. *Est-ce que c'est bien ce que tu*

ce que j'ai compris oui il essaie de sauver la gosse de

le ramener

le ramener d'Altaïr-4

Puis, pendant un instant, au-dessus des autres pensées, arriva la voix de Dick Allison, tout excitée, triomphante :

BORDEL ! JE SAVAIS BIEN QUE CE MÔME NOUS SERVIRAIT UN JOUR À QUELQUE CHOSE !

19

Pendant un moment, Gardener ne sentit rien du tout. Il se détendit un peu, prêt à s'assoupir à nouveau. Puis la douleur l'assaillit d'un coup en un élancement tellement destructeur qu'il eut l'impression que sa tête se déchirait en deux.

« *Non!* hurla-t-il en portant ses poings à ses tempes pour les frapper. *Non, Seigneur, non! Ça fait trop mal! Seigneur, non!* »

Tiens le coup, mon garçon, essaie de tenir le coup!

« *Je ne peux pas, je ne peux pas! Ô SEIGNEUR! FAITES QUE ÇA S'ARRÊTE!* »

En comparaison, sa jambe blessée le gênait autant qu'une piqûre de moustique. Il avait à peine conscience que son nez saignait, que sa bouche s'emplissait de sang.

TIENS LE COUP, MON GARÇON!

La douleur régressa un peu. Elle fut remplacée par une autre sensation, horrible. Horrible et terrifiante.

Une fois, alors qu'il était à l'université, il avait participé à la Grande Bouffe de McDonald's. Cinq associations d'étudiants y avaient engagé des « champions ». Gard défendait les couleurs de la Delta Tau Delta. Il en était à son sixième Big Mac — bien loin du total qu'atteindrait le vainqueur du tournoi — et il s'était soudain rendu compte qu'il était très près de la surcharge physique totale. Jamais il n'avait ressenti cela de sa vie. C'était presque intéressant. Le milieu de son corps grondait. Il n'avait pas envie de vomir; le terme de nausée ne décrivait pas vraiment ce qu'il ressentait. Il imaginait son estomac comme un immense dirigeable inerte, coincé dans un air immobile au centre de son corps. Il lui semblait voir des lampes rouges s'allumer dans quelque centre de contrôle mental, tandis que divers systèmes physiologiques tentaient de faire face à cette folle quantité de viande, de pain et de sauce. Il ne vomit pas. Il partit. Très lentement, il partit. Pendant des heures, l'estomac lisse et tendu, incroyablement près d'éclater, il avait eu l'impression d'être un de ces dessins de Tweedledum ou Tweedeldee.

Maintenant, c'était son cerveau qu'il sentait ainsi et, de façon aussi froide et rationnelle qu'un trapéziste qui travaille sans filet, il sut qu'il était à un cheveu de la mort. Mais il éprouvait encore une autre sensation, une sensation qu'il ne pouvait rapprocher d'aucune autre, et pour la première fois, il comprit ce qu'étaient les Tommyknockers, ce qui les faisait agir, ce qui les poussait à continuer.

Malgré la douleur, qui ne s'était qu'atténuée, et malgré cette horrible sensation d'être un python qui vient d'avaler un enfant, il éprouvait un doux bonheur. Comme sous l'effet d'une drogue, une drogue incroyablement puissante. Son cerveau ronronnait comme le moteur de la plus grosse Chrysler jamais construite, qui augmente son régime et attend qu'on passe une vitesse pour bondir dans un hurlement de pneus.

Vers où ?

N'importe où.

Vers les étoiles, s'il le voulait.

Mon garçon, je te perds.

C'était le vieil homme, plus épuisé que jamais, et Gardener se força à revenir à sa tâche du moment — le prochain meuble jusqu'où il devait sauter. Oh, cette sensation était enivrante, mais elle était stérile. Il se força à penser à nouveau à ces formes aux couleurs de feuilles mortes, sanglées dans les hamacs. Aux galériens. Le vieil homme lui donnait l'énergie ; il vampirisait le vieil homme. Allait-il devenir un vrai vampire ? Comme *eux* ?

Il pensa, à l'intention du vieil homme : *Je suis avec toi, vieux cheval.*

Ev Hillman ferma son bon œil unique, et un silence marqua son soulagement. Gard se tourna vers l'écran, pressant sans y penser l'écouteur dans son oreille, comme un journaliste en direct qui écoute une question d'un collègue resté au studio.

Dans l'espace fermé du hangar de Bobbi, la lumière reprit son cycle.

20

Écoutez

Ils écoutaient tous ; ils étaient tous sur cette même longueur d'onde qui couvrait tout Haven, irradiant d'un centre se trouvant à environ trois kilomètres de cette — encore — petite colonne de fumée. Ils étaient tous sur le réseau et ils écoutaient tous. Ils n'acceptaient aucun lien absolu : « Tommyknockers » était un nom qu'ils portaient comme ils auraient porté n'importe quel autre nom, mais ils n'étaient en fait que des vagabonds interstellaires, sans roi. Pourtant, en ce moment de crise, pendant la période de régénération — une période où ils étaient extrêmement vulnérables —, ils étaient prêts à accepter les voix de ceux que Gardener appelait les Gens du Hangar. Après tout, ils étaient la plus pure quintessence d'eux tous.

l'heure est venue de fermer les frontières

Il y eut un soupir universel d'approbation — un son mental que Ruth McCausland aurait reconnu, celui de feuilles d'automne poussées par le vent de novembre.

Pour le moment, du moins, les Gens du Hangar avaient perdu tout contact avec Gardener. Ils se contentaient de savoir qu'il était occupé ailleurs. S'il avait l'intention de s'approcher de leur vaisseau, le feu ne tarderait pas à l'en empêcher.

La voix unifiée expliqua rapidement la stratégie à suivre. On avait vaguement dressé certains plans des semaines plus tôt. Ils étaient devenus plus concrets au fur et à mesure de l' « évolution » des Gens du Hangar.

On avait bricolé des gadgets — au hasard, semblait-il. Mais on peut croire aussi que les oiseaux qui prennent la direction du sud à l'approche de l'hiver se mettent en route par hasard. Il est même possible qu'ils en aient eux-mêmes l'impression — une façon comme une autre de passer les mois d'hiver. Aurais-tu envie d'aller en Caroline du Nord, chérie ? Naturellement, mon amour, quelle merveilleuse idée !

Ils avaient donc fabriqué toutes sortes de choses. Ils s'étaient parfois entre-tués avec leurs nouveaux jouets. Parfois ils avaient terminé leur engin, l'avaient regardé avec méfiance et l'avaient rangé en sécurité, puisqu'il ne pouvait leur servir à rien dans leur vie quotidienne. Mais ils en avaient emporté certains aux limites de la commune, souvent dans le coffre de leur voiture, ou à l'arrière de leur camion, sous des bâches. L'un de ces gadgets était le distributeur de Coca-Cola qui avait assassiné John Leandro : il avait été modifié par feu Dave Rutledge, qui gagnait jadis sa vie en assurant l'entretien de ces machines. Un autre était la débroussailleuse qui avait tranché la tête de Lester Moran. Il y avait des téléviseurs à la noix qui lançaient des flammes ; il y avait des détecteurs de fumée (Gardener en avait vu certains, mais pas tous, lors de sa première visite au hangar) qui fendaient l'air comme des Frisbees, émettant des ultrasons de fréquence mortelle ; en plusieurs endroits, il y avait des barrières de force. Presque tous ces engins pouvaient être activés mentalement à l'aide de bidules électroniques tout simples familièrement appelés « demandeurs », pas très différents du poste de radio trafiqué que Freeman Moss avait utilisé pour transporter les pompes à travers les bois.

Personne ne s'était demandé pourquoi ils installaient ces gadgets tout autour de la commune, pas plus qu'un oiseau ne réfléchit avant de voler vers le sud, ou une chenille avant de filer un cocon. Mais, naturellement, un temps venait toujours où tout s'expliquait : il fallait fermer les accès à la commune. Ce temps était arrivé tôt... mais pas *trop* tôt, semblait-il.

Les Gens du Hangar suggérèrent également qu'un certain nombre de Tommyknockers retournent au village. On désigna Hazel McCready pour les accompagner

— en représentante des Tommyknockers les plus avancés dans leur « évolution ». Le dispositif qui protégeait les limites de la commune pouvait fonctionner presque sans surveillance tant que les piles n'étaient pas mortes. Au village se trouvaient des engins plus spécifiques qu'on pourrait envoyer dans les bois former un cercle de protection autour du vaisseau, au cas où l'ivrogne réussirait à franchir la barrière de feu.

Et il y avait encore un autre engin, très important, qu'il fallait surveiller pour le cas bien improbable où quelqu'un — n'importe qui — parviendrait à entrer. Une ancienne chaudière se trouvait dans la cour de Hazel McCready, dissimulée sous une tente pour cinq personnes, comme un canot de sauvetage sous un prélart. Elle pouvait faire presque tout ce dont était capable le transformateur du hangar, mais s'en distinguait néanmoins foncièrement en deux points : les tuyaux d'aluminium anodisé qui la reliaient jadis aux bouches de chaleur des diverses pièces de la maison des McCready pointaient tous vers le ciel. Reliées à la Nouvelle Chaudière Améliorée, reposant sur deux bouts de contre-plaqué, abritées sous ce même filet métallique qui tapissait la tranchée où reposait le vaisseau, se trouvaient vingt-quatre batteries de camion. Quand ce gadget fonctionnait, il produisait de l'air.

De l'air Tommyknocker.

Quand cette petite usine de fabrication d'atmosphère tournerait à plein rendement, ils ne seraient plus à la merci des vents et du temps : même en cas d'ouragan, l'échangeur d'air, qui avait été entouré d'un champ de force, pourrait protéger la plupart d'entre eux, s'ils se rassemblaient dans le village.

La suggestion de fermer les abords de la commune fut émise au moment où Gardener plaçait l'un des écouteurs du transformateur dans son oreille. Cinq minutes plus tard, Hazel et une quarantaine d'autres s'étaient détachés du réseau et revenaient vers le village : certains vers l'hôtel de ville pour dominer la commune du regard et assurer la défense du vaisseau grâce aux engins idoines gardés en réserve, d'autres chargés de vérifier que le modificateur d'atmosphère était en sécurité, en cas d'accident... ou au cas où la réaction du monde extérieur serait plus rapide, mieux informée et mieux organisée qu'ils ne l'avaient prévu. Tout cela s'était déjà produit, en d'autres temps, sur d'autres mondes, et les affaires se concluaient généralement de façon satisfaisante... mais « l'évolution » ne connaissait pas *toujours* une fin heureuse.

Pendant les dix minutes qui séparèrent l'ordre de fermer les frontières du départ du groupe de Hazel, la taille et la forme de la fumée s'élevant dans le ciel ne changèrent pas de façon notable. Le vent ne soufflait pas très fort... du moins, pas encore. C'était une bonne chose, parce que l'attention du monde extérieur mettrait plus longtemps à se tourner vers *eux*. C'était une mauvaise chose, parce que Gardener ne serait pas de sitôt coupé du vaisseau.

Pourtant, Newt/Dick/Adley/Kyle pensaient que Gardener était pratiquement cuit. Ils gardèrent immobiles les Tommyknockers restants pendant cinq minutes de plus, attendant le signal mental que les engins défendant les frontières étaient en état d'alerte et prêts à remplir leur office.

Le signal leur fut donné par un ronronnement brutal.

Newt regarda Dick. Dick hocha la tête. Tous deux sortirent du réseau et reportèrent leur attention vers le hangar. Gardener, que quelques semaines plus tôt même Bobbi ne parvenait pas à entendre, restait difficile d'accès. Mais ils devaient pouvoir sans peine lire le transformateur : ses pulsations énergétiques régulières et puissantes auraient dû être aussi audibles pour eux que les parasites d'un petit moteur de mixeur électrique sur un téléviseur ou un poste de radio.

Mais le transformateur n'était qu'un murmure, aussi faible que le bruit de l'océan dans un coquillage.

Newt regarda de nouveau Dick avec appréhension.

Seigneur il est parti fils de pute

Dick sourit. Il ne pensait pas que Gardener, qui parvenait à peine à lire dans les pensées ou à envoyer des messages, ait pu aboutir si vite... si tant est qu'il fût capable d'aboutir. La présence de cet homme et l'affection perverse que Bobbi lui portait n'avaient causé que des ennuis... mais Dick pensait maintenant que leurs ennuis allaient prendre fin.

Il cligna d'un de ses yeux bizarres à l'adresse de Newt. Ce visage mêlant curieusement l'humain et l'étrange était à la fois hideux et comique.

Il n'est pas parti, Newt. Ce trou-du-cul est MORT.

Newt regarda Dick d'un air songeur, puis il sourit.

Ils se mirent en mouvement, tous ensemble, resserrant leur emprise autour de la maison de Bobbi.

21

La tête lourde...

Ces quelques mots résonnaient constamment au fond du cerveau de Gard tandis qu'il se concentrait sur l'écran du moniteur. Il semblait qu'ils aient été là depuis longtemps. Jadis, pour un Jim Gardener qui n'existait plus, ses poèmes avaient formé ce genre de lignes autour de lui, comme des perles autour d'éclats de roches.

La tête lourde, maintenant, patron.

Est-ce que ça venait d'un film de gangsters, de *Luke la main froide* ? D'une chanson ? Ouais. D'une chanson. De quelque chose qui semblait curieusement embrouillé dans sa tête, quelque chose qui était venu de la côte Ouest pendant les années soixante, la chanson d'un *flower-child* au visage enfantin peint de couleurs psychédéliques et portant un blouson de Hell's Angel avec une chaîne de bicyclette autour de sa fine main blanche de violoniste...

Ton cerveau, Gard, quelque chose arrive à ton cerveau...

Ouais, en plein dans le mille, papa, j'ai la tête lourde,

voilà, j'étais né pour rester sauvage, j'ai été pris dans le trafic du centre ville, et s'ils disent que je ne t'ai jamais aimé, tu sais que ce sont des menteurs. J'ai la tête lourde. Je peux sentir les veines, les artères, et les vaisseaux qui parcourent mon cerveau se gonfler, grossir, saillir comme les veines sur le dessus de la main d'un enfant qui a entouré son poignet d'une douzaine d'élastiques pour voir ce que ça donne. La tête lourde. Si je me regardais dans un miroir, je sais ce que je verrais : de la lumière verte s'écoulant de mes pupilles comme le fin rayon d'une lampe-stylo. La tête lourde. Et si tu la secoues, elle éclatera. Oui. Alors, fais attention, Gard. Fais

attention, mon garçon

Ouais vieux cheval ouais.

David.

Ouais.

Sensation de plonger et d'osciller par-dessus l'abîme. Il se souvint des nouvelles, à la télévision, où l'on avait vu Karl Wellanda, le vieux prince des équilibristes, tomber de son fil à Porto Rico, le chercher des mains, le trouver, l'attraper une minute... puis tout lâcher.

Gardener écarta cette image de son cerveau. Il tenta d'écarter toutes les images, et de se préparer à être un héros. Ou à mourir en essayant d'en être un.

22

PROGRAMME ?

Gard cala l'écouteur bien profondément dans son oreille et regarda l'écran en fronçant les sourcils. Il dirigea vers lui le lourd chaos de ses pensées. La douleur augmenta. Gard sentit le ballon qu'était son cerveau gonfler un peu plus. La douleur s'estompa. La sensation de gonflement persista. Il fixa l'écran des yeux.

ALTAÏR-4

D'accord... et maintenant ? Il prêta l'oreille pour que le vieil homme lui souffle, mais il n'entendit rien. Ou bien la relation mentale que Gardener avait établie avec le transformateur excluait le vieil homme, ou bien celui-ci ne connaissait pas la suite. Importait-il vraiment à Gardener de connaître la raison de ce silence ? Non.

Il regarda l'écran.

RECOUPER AVEC...

L'écran s'emplit soudain de 9, de haut en bas, de droite à gauche. Gardener le regarda avec consternation en se disant : *Ô Seigneur, je l'ai bousillé !*

Les 9 disparurent et pendant un instant l'écran afficha :

Ô SEIGNEUR JE L'AI BOUSILLÉ

Puis inscrivit :

PRÊT AU RECOUPEMENT

Gard se détendit un peu. La machine fonctionnait toujours, mais son cerveau était vraiment tendu au maximum, et il le savait. Si cette machine, qui fonctionnait grâce au vieil homme et ce qui restait de Peter, pouvait ramener le gamin, il parviendrait peut-être à prendre ses jambes à son cou... en sautillant, étant donné son état. Mais si elle devait aussi tirer son énergie de *lui*, son cerveau éclaterait comme un pétard.

Ce n'était pas le moment de penser à ça, n'est-ce pas ?

Léchant ses lèvres d'une langue engourdie, il regarda l'écran.

RECOUPER AVEC DAVID BROWN

Des 9 couvrirent l'écran.

Des 9 pour l'éternité.

RECOUPEMENT RÉALISÉ

Bon. Parfait. Et maintenant ? se demanda Gardener en haussant les épaules. Il savait ce qu'il essayait de faire. Pourquoi tourner autour du pot ?

RAMENER DAVID BROWN D'ALTAÏR-4

Des 9 plein l'écran. *Deux* éternités, cette fois. Puis un message apparut, si simple, si logique, et pourtant tellement fou que Gard aurait hurlé de rire s'il n'avait su qu'il ferait ainsi éclater tous les circuits encore opérationnels qui lui restaient.

OÙ VOULEZ-VOUS LE RAMENER ?

L'envie de rire lui passa. Il fallait répondre à cette question. Où ? Sur la « Home Plate » du Yankee Stadium ? Sur Piccadilly Circus ? Sur la digue qui s'enfonçait dans la mer devant la plage de l'hôtel Alhambra ? Rien de tout ça, bien sûr, mais pas ici à Haven en tout cas, Ciel, non ! Même si l'air ne le tuait pas, ce qui serait probablement le cas, il serait remis à des parents qui devenaient des monstres.

Alors où ?

Il regarda le vieil homme, et le vieil homme lui rendit impatiemment son regard, et soudain il trouva — il n'y avait vraiment qu'un seul endroit au monde où le mettre, non ?

Il le dit à la machine.

Il attendit qu'elle demande plus ample information, ou qu'elle dise que c'était impossible, ou qu'elle suggère un ensemble de commandes qu'il ne serait pas capable d'exécuter. Mais il n'y eut que d'autres 9. Ils restèrent cette fois un temps infini.

La pulsation verte du transformateur devint si brillante que Gard pouvait à peine garder les yeux ouverts.

Il les ferma et, dans l'obscurité verdâtre de fonds marins, derrière ses paupières, il crut entendre, très loin, le vieil homme qui criait.

Puis l'énergie qui avait empli son cerveau le quitta. Gagné ! C'était parti. Comme ça. Gardener tituba en arrière, l'écouteur arraché de son oreille tomba lourdement sur le sol. Son nez coulait toujours, et il avait imbibé son T-shirt de sang. Combien de litres de sang y avait-il dans un corps humain ? Et qu'était-il arrivé ? Il n'avait lu ni :

TRANSFERT RÉUSSI

ni :

TRANSFERT MANQUÉ

ni même :

UN GRAND TOMMYKNOCKER TOUT NOIR VA ENTRER DANS VOTRE VIE

A quoi tout ça avait-il servi ? Il se rendit compte avec un serrement de cœur qu'il ne le saurait jamais. Deux vers d'Edwin Arlington Robinson lui vinrent à l'esprit :

Alors on a continué à travailler et on a attendu la lumière,

Et on est parti sans la viande, maudissant le pain...

Pas de lumière, patron ; pas de lumière.
Si tu attends, ils te brûleront sur place,
Et y a là une clôture qu'est même pas à moitié badigeonnée.

Pas de lumière ; juste un écran vide et bête. Il regarda le vieil homme et vit qu'il plongeait en avant, la tête basse, épuisé.

Gardener pleurait un peu. Ses larmes se mêlaient à son sang. Une douleur diffuse rayonnait depuis la plaque de son crâne, mais cette sensation d'être gavé, près d'éclater, s'était dissipée. De même que son sentiment de puissance. Il découvrit qu'il regrettait ce dernier sentiment. Il aurait presque voulu qu'il revienne, quelles qu'en fussent les conséquences.

Continue, Gard.

Oui, d'accord. Il avait fait ce qu'il pouvait pour David Brown. Peut-être que quelque chose était arrivé, peut-être rien. Peut-être avait-il tué l'enfant ; peut-être David Brown, qui avait probablement joué avec des figurines de *La Guerre des Étoiles* et souhaité rencontrer E.T., comme Elliot dans le film, n'était-il plus maintenant qu'un nuage d'atomes dispersés quelque part dans les profondeurs de l'espace entre Altaïr-4 et la Terre. Il ne le saurait jamais. Mais il avait atteint ce meuble, et il s'y appuyait depuis assez longtemps — peut-être trop longtemps. Il savait qu'il était temps de se remettre en mouvement.

Le vieil homme leva la tête.

Vieil homme, est-ce que tu sais ?

S'il est sauvé ? Non. Mais, mon garçon, tu as fait de ton mieux. Je te remercie. Maintenant, s'il te plaît, mon garçon, s'il te plaît

Elle s'estompait... la voix mentale du vieil homme s'estompait

Je t'en prie fais-moi sortir de ce

le long d'un couloir et

regarde sur une de ces étagères là-derrière

Gardener devait faire un effort pour l'entendre.

s'il te p oh s'il te

Un murmure lointain. La tête du vieil homme ballottait vers l'avant, son reste de fins cheveux blancs flottant dans le brouet vert.

Les pattes de Peter bougeaient comme en rêve, tandis qu'il chassait le lièvre dans son sommeil si léger... ou qu'il cherchait Bobbi, sa chère Bobbi.

Gard sauta jusqu'aux étagères du fond. Elles étaient sombres, poussiéreuses, grasses, encombrées de vieux fusibles oubliés et d'une boîte à café Maxwell pleine d'écrous, de joints, de charnières et de clés, avec leurs serrures dont on avait oublié depuis longtemps de quelles portes elles venaient.

Sur l'une de ces étagères, il vit un Pistolet de l'Espace Transco Sonic. Encore un jouet. Il portait un interrupteur sur le côté. Gard se dit que le gosse qui l'avait reçu en cadeau d'anniversaire devait utiliser ce bouton pour faire ululer le pistolet sur différentes fréquences.

Et maintenant, à quoi servait-il, cet interrupteur ?

Qu'est-ce qu'on en a à foutre? se dit péniblement Gardener. *Tous ces foutus jouets sont devenus une seule et même chierie.*

Chierie ou pas, il glissa l'arme dans sa ceinture et sautilla de nouveau jusqu'à l'autre bout du hangar. De la porte, il regarda une dernière fois le vieil homme.

Merci mon vieux

Lointain, lointain, de plus en plus lointain — frottement de feuilles sèches :

sortir de là mon garçon

Oui. Toi et Peter, tous les deux. Et comment !

Il sauta à l'extérieur et regarda autour de lui. Personne d'autre n'était encore arrivé. C'était une bonne chose, mais sa chance ne pouvait plus durer bien longtemps. Ils étaient là ; son cerveau touchait les leurs, comme ces couples qui valsent ensemble avec précaution, parce qu'ils ne se connaissent pas. Il les sentit liés en

(un réseau)

une seule et même conscience. Ils ne l'entendaient pas... ne le sentaient pas... ou Dieu sait quoi. Le fait d'utiliser leur transformateur, ou simplement d'être dans le hangar, avait coupé son cerveau des leurs. Mais ils ne tarderaient pas à savoir que lui qui était boiteux et sautait à l'aveuglette, avait tenté un « come-back », comme en son temps Elvis, gras et titubant.

Le soleil brillait de tous ses feux. L'air était étouffant, imprégné d'odeurs de brûlé, la maison de Bobbi flambait comme un fagot de petit bois dans une cheminée. Au moment où il la regarda, la moitié du toit s'effondra. Des étincelles, presque incolores dans l'intense lumière du jour, montèrent vers le ciel pour se déployer en plumet. Dick, Newt et les autres n'avaient pas décelé beaucoup de fumée, parce que le feu était très chaud et incolore. La fumée qu'ils avaient vue venait essentiellement des véhicules qui brûlaient dans la cour.

Gard resta un instant perché sur sa jambe valide dans l'embrasure de la porte du hangar, puis s'approcha du séchoir à linge. Il était à mi-chemin quand il s'étala dans la poussière. En tombant, il pensa au Pistolet de l'Espace qu'il avait glissé dans sa ceinture. Un jouet d'enfant. Il n'y a pas de sécurité, sur un jouet d'enfant. Si la détente était pressée, une partie essentielle de Gardener pourrait se trouver cruellement réduite. Le Régime Amaigrissant Tommyknocker. Il sortit le pistolet de sa ceinture, et le tint à bout de bras comme une mine prête à éclater. Il rampa jusqu'au séchoir, s'aidant de ses mains et de ses genoux, puis se redressa.

A une quinzaine de mètres de là, l'autre moitié du toit de Bobbi s'effondra. Des étincelles brûlantes tourbillonnèrent vers le jardin et les bois environnants. Gard se tourna vers le hangar et pensa de nouveau, aussi fort qu'il le put : *Merci, mon ami.*

Il crut entendre une réponse — une réponse épuisée et faible.

Gardener pointa le jouet sur le hangar et appuya sur la détente. Un rayon vert pas plus épais qu'une mine de crayon jaillit du canon. Il y eut un grésillement de lard grillant dans une poêle. Pendant un instant, le rayon vert gicla sur la façade du hangar comme de l'eau sortant d'un tuyau, puis les planches s'enflammèrent. *Encore du travail d'incendiaire. Smokey l'Ours, le petit protecteur des forêts, serait très en colère contre moi.*

Il entreprit de sautiller jusqu'à l'arrière de la maison,

Pistolet de l'Espace en main. La sueur se mêlait à des larmes de sang sur ses joues. *Winston Churchill, lui, il m'aurait bien aimé,* se dit-il en éclatant de rire. Il vit le Tomcat... et sa bouche s'agrandit en un autre large bâillement. Il lui passa par la tête que Bobbi lui avait peut-être sauvé la vie sans même le savoir. En fait, c'était plus que possible : c'était vraisemblable. Le Valium l'avait sans doute protégé des effets de la puissance inimaginable que recelait le transformateur. C'était peut-être le Valium qui...

Dans la maison en flammes, quelque chose — un des gadgets de Bobbi — explosa avec un bruit d'obus. Gard se recroquevilla instinctivement. On aurait dit que la moitié de la maison décollait soudain. C'était la moitié la plus éloignée de Gardener — heureusement pour lui. Il regarda dans le ciel, et un second bâillement se transforma en une expression hébétée et stupide.

Ainsi mourut l'Underwood de Bobbi.

La machine à écrire volante s'éleva très haut, tournant et virevoltant dans le ciel.

Gard continua sa route en sautillant. Il arriva au Tomcat. La clé était en place. Une bonne chose. Il avait eu assez de problèmes de clés pour le reste de sa vie — surtout pour le peu qu'il lui restait sans doute à vivre.

Il se hissa sur le siège. Derrière lui, des véhicules approchaient et entraient dans la cour. Il ne se retourna pas pour regarder. Le Tomcat était garé trop près de la maison. S'il ne démarrait pas immédiatement, Gard allait cuire comme une pomme au four.

Gard tourna la clé de contact. Le moteur du Tomcat ne fit aucun bruit, mais ça ne l'inquiéta pas. Il vibrait doucement. Il y eut une nouvelle explosion dans la maison. Des étincelles retombèrent et picotèrent la peau de Gard. D'autres véhicules arrivaient dans la cour. L'esprit des Tommyknockers était tourné vers le hangar, et ils pensaient

comme une pomme au four
cuit dans le hangar

mort dans le hangar oui

Bien. Qu'ils continuent à penser ça. Le Nouveau Tomcat Amélioré ne les alerterait pas : il était aussi silencieux qu'un Ninja. Il fallait partir. Dans le jardin, les tournesols géants et les immenses épis de maïs aux grains immangeables grillaient déjà. Mais le sentier qui le traversait restait praticable.

HÉ ! HÉ ! HÉ, IL EST DERRIÈRE LA MAISON ! IL EST ENCORE VIVANT ! IL EST ENCORE...

Gardener, consterné, regarda sur sa droite et vit Nancy Voss. Elle traversait le champ pierreux qui s'étendait entre la maison de Bobbi et le mur de pierre délimitant la propriété des Hurd. Nancy Voss chevauchait un vélo-cross Yamaha. Ses nattes volaient derrière elle. On aurait dit une harpie — bien qu'elle eût encore l'air d'une sœur de charité à côté de Sœurette, se dit Gard.

HÉ ! ICI ! DERRIÈRE LA MAISON !

Salope, pensa Gardener en levant le Pistolet de l'Espace.

23

Vingt ou trente d'entre eux entrèrent dans la cour. Adley et Kyle en étaient, ainsi que Frank Spruce, les Golden, Rosalie Skehan et Pop Cooder. Newt et Dick restaient à l'arrière, sur la route, pour veiller au bon ordre de l'opération.

Tous se tournèrent vers

ICI ! DERRIÈRE LA MAISON ! VIVANT ! CE FILS DE PUTE EST ENCORE

Nancy Voss qui criait. Ils la virent tous charger à travers le champ sur son vélo-cross, dont la suspension la faisait rebondir avec l'air d'un jockey lançant son cheval au grand galop. Ils virent tous le rayon vert surgir derrière la maison en flammes et envelopper Nancy Voss.

Aucun d'eux ne vit le séchoir à linge qui se remettait à tourner.

24

Tout un côté du hangar était en flammes. Une partie du toit s'effondra. Des étincelles tourbillonnèrent en une grosse spirale. L'une d'elles atterrit sur une pile de chiffons graisseux qui s'épanouirent en roses de feu.

La délivrance, songeait Ev Hillman. *La dernière chose, la dernière...*

Le transformateur se remit une dernière fois à luire d'un vert brillant et cyclique, faisant concurrence au feu.

25

Dick Allison entendit le grincement du séchoir. Son esprit s'emplit d'un cri de rage furieux et sauvage quand il comprit que Gardener était toujours vivant. Tout se passa vite, très vite. Nancy Voss n'était plus qu'une poupée de chiffons en flammes dans le champ à droite de la maison de Bobbi. Son Yamaha continua de rouler sur vingt mètres, heurta un rocher, et se retourna en un saut périlleux arrière.

Dick vit les carcasses brûlées des camions de Bobbi et de Moss ainsi que de l'Oldsmobile des Bozeman — et c'est alors seulement qu'il aperçut le séchoir.

ÉLOIGNEZ-VOUS DE CE TRUC ! ÉLOIGNEZ-VOUS ! ÉLOI

Mais c'était impossible. Dick était sorti du réseau, et il ne pouvait surmonter les deux pensées qui battaient comme un rythme primitif d'orchestre de rock.

Encore vivant. Derrière la maison. Encore vivant. Derrière la maison.

D'autres personnes arrivaient. Elles traversaient la cour comme un fleuve, ignorant la maison en flammes, le hangar en flammes, les véhicules noircis.

NON ! CONNARDS ! CINGLÉS ! NON ! ARRÊTEZ ! PARTEZ !

Fasciné, Newt regardait le feu infernal de la maison, ignorant le séchoir qui tournait de plus en plus vite, et à ce moment, Dick aurait bien aimé le tuer. Mais il avait encore besoin de lui, et il se contenta de le pousser brutalement au sol et de tomber sur lui.

Un instant plus tard, le parasol vert déploya de nouveau sa toile délicate sur la cour.

26

Gard entendit les cris — une multitude de cris, cette fois — et s'en protégea du mieux qu'il put. Ça n'avait pas d'importance. Rien ne comptait, sauf courir vers le terminus.

Inutile d'essayer de faire voler le Tomcat. Il passa la première et s'enfonça dans le jardin monstrueux et inutile de Bobbi.

Arriva un moment où il crut qu'il ne pourrait le traverser : dans les herbes et les plantes gigantesques, le feu avait pris beaucoup plus vite qu'il ne l'aurait cru possible. Une chaleur incroyable le cuisait littéralement. Ses poumons n'allaient pas tarder à bouillir.

Il entendit des chocs sourds, comme de gros nœuds de pin explosant dans une cheminée, regarda, et vit des citrouilles et des courges qui explosaient effectivement comme des nœuds de pin dans une cheminée. Le volant brûlant du Tomcat couvrait ses paumes de cloques.

Il avait trop chaud à la tête. Il leva une main. Ses cheveux étaient en feu.

27

Tout l'intérieur du hangar était maintenant en flammes. Au milieu, l'intensité du transformateur croissait et décroissait, croissait et décroissait, comme l'œil d'un chat au centre de l'enfer.

Peter reposait sur le flanc, les pattes enfin immobiles. Ev Hillman, épuisé, se concentrait sur le transformateur, qu'il ne quittait pas du regard. Le liquide où il baignait devenait très, très chaud. Pas de problème : il ne ressentait pas de douleur, pas de douleur physique. L'isolant du câble principal qui le reliait au transformateur commençait à fondre. Mais le branchement tenait bon. Pour le moment, dans le hangar en feu, il tenait bon, et Ev Hillman se disait :

La dernière chose. Donne-lui une chance de s'échapper. La dernière chose...

DERNIÈRE CHOSE

afficha l'écran.

DERNIÈRE CHOSE DERNIÈRE CHOSE DERNIÈRE CHOSE

puis il se couvrit de 9.

28

La cour de Bobbi Anderson était une véritable vision d'apocalypse.

Dick et Newt regardaient, fascinés, presque incrédules. Comme dans les bois, le jour où étaient arrivés le vieil homme et le flic, Dick se surprit à se demander comment les choses avaient pu si mal tourner. Tous deux — de même que ceux qui n'étaient pas encore arrivés — se trouvaient à l'extérieur du périmètre mortel du parasol, mais pourtant Dick ne se relevait pas. Il n'était pas sûr de pouvoir.

Des gens brûlaient dans la cour comme des corbeaux desséchés. Certains couraient, battant des bras et croassant tant avec leur voix qu'avec leur esprit. Quelques-uns — les plus chanceux — réussissaient à reculer à temps. Frank Spruce passa lentement près de l'endroit où Dick et Newt étaient allongés, la moitié de son visage brûlé de telle sorte que sa demi-mâchoire s'ouvrait en un demi-sourire. Il y eut des explosions et des jets de flammes quand les armes que certains portaient fondirent et s'autodétruisirent.

Dick rencontra le regard de Newt.

Envoie-les faire le tour ! Pour le prendre à revers ! Qu'ils aillent

Oui d'accord mais ô Seigneur il doit bien y avoir vingt d'entre nous qui brûlent

ARRÊTE DE GEINDRE NOM DE DIEU !

Newt eut un mouvement de recul, les lèvres tendues sur une grimace édentée. Dick l'ignora. Le réseau de cerveaux s'étant éparpillé, il pouvait maintenant se faire entendre.

Faites le tour ! Faites le tour ! Attrapez-le ! Prenez l'ivrogne à revers ! Faites le tour !

Ils se mirent en mouvement, lentement au début, promenant des visages stupéfaits, puis plus vite.

29

L'écran de l'ordinateur implosa. Il y eut une série de détonations, comme une quinte de toux, comme un géant qui racle des glaires au fond de sa gorge, et un épais liquide vert s'échappa de la cabine de douche qui gardait Ev Hillman prisonnier. La gelée verte, au contact du feu, s'écroula en une rigole mortelle. Ev, enfin mort, Dieu merci, glissa hors de sa cabine comme un poisson tombe d'un aquarium brisé. Un instant plus tard, Peter suivit. Anne Anderson vint en dernier, ses doigts morts encore crispés en forme de serres.

30

Le parasol de feu s'éteignit. On n'entendait plus que les cris des mourants et la voix insistante de Dick. C'était l'enfer, ce jour d'été. La cour de Bobbi n'était plus qu'une mare de déchets calcinés où surnageaient des îlots de feu. Mais les Tommyknockers finissaient toujours par déchaîner le feu, et ils s'y habituaient vite.

Newt joignit sa voix à celle de Dick. Kyle était mort, Adley salement brûlé. Néanmoins, Adley associa aux leurs sa propre voix mortellement blessée :

Attrapez-le avant qu'il n'arrive au vaisseau ! Il est encore vivant ! Attrapez-le avant qu'il n'arrive au vaisseau ! Avant qu'il n'arrive au vaisseau !

Les Tommyknockers avaient été éprouvés. Une quinzaine d'entre eux frits en un clin d'œil dans la cour de Bobbi, ce n'était pas très important. Mais Bobbi était morte, Kyle était mort, Adley allait bientôt mourir, le transformateur avait été détruit juste au moment où ils en avaient le plus besoin pour boucler les frontières de la commune. Et Gardener était toujours vivant. Incroyable ! Gardener était toujours vivant.

Pis encore : le vent fraîchissait.

31

Attrapez-le, et attrapez-le vite.

Sur le réseau... Les Tommyknockers étaient sur le réseau.

Ils arrivaient à travers champs ; ils arrivaient vers le feu qui s'étendait.

VITE !

Dick Allison se tourna vers le village et le réseau pivota avec lui comme l'antenne d'un radar. Il sentit la stupéfaction qui paralysait Hazel maintenant qu'elle comprenait la tournure que prenaient les événements.

Il
(le réseau)
ne s'en occupa pas.

Tout ce que tu as dans le coin, Hazel, lance-le à ses trousses.

Dick se tourna vers Newt.

« C'était pas la peine de me pousser si fort, ronchonna Newt en essuyant les gouttes de sang qui perlaient sur son menton.

— Va te faire foutre, répondit Dick d'une voix ferme. Allons attraper ce fils de pute. »

32

Le séchoir, maintenant mort, avait déclenché un incendie qui s'étendait en éventail. Un éventail embrasé. A son point d'origine, la maison de Bobbi, ossature noire sur fond de colonnes de feu rouge. Puis l'éventail s'épanouissait à travers le jardin à la croissance presque obscène, où les plantes mutilées faisaient virer le feu au vert.

Gardener, couronné de cheveux en feu, filait entre les flammes. Son T-shirt fumait ; une de ses manches finit par prendre feu. Il étouffa les flammes en les frappant de la paume. Il avait envie de crier, mais il était trop fatigué, trop étourdi.

Je suis au bout du rouleau, songea-t-il, *et je ne peux m'en prendre qu'à moi.*

Il atteignit l'extrémité du jardin. Le Tomcat entama une petite descente vers les bois. Les buissons épineux qui bordaient le chemin brûlaient, et les flammes s'étendaient déjà dans les bois du Grand Injun. Gard ne s'en préoccupa pas. Il ne cessait de chasser de son esprit l'idée qu'il allait rôtir. Ses cheveux dégageaient une odeur horrible — comme de la nourriture brûlée par un enfant.

Une flammèche verte grésilla sur son épaule droite

au moment où le Tomcat pénétrait dans les bois.

Gard tourna vers la gauche et se pencha. Il regarda derrière lui. Hank Buck arrivait, brandissant son propre pistolet Zap. Hank était venu à la ferme à moto, était tombé dans le champ où Nancy Voss avait fini ses jours, s'était relevé et avait repris sa course.

Gardener se retourna, braqua le Pistolet de l'Espace à bout de bras, et saisit son poignet droit de sa main gauche. Il pressa la détente. Le rayon jaillit et, plus par chance que par adresse, il atteignit Hank en pleine poitrine, du côté gauche. Il y eut un grésillement. La mort verte inonda le visage de Hank, et il tomba.

Gardener regarda de nouveau devant lui, et vit que le Tomcat fonçait à huit kilomètres à l'heure droit sur un arbre en feu. Tournant le volant de ses deux mains brûlées, il évita de peu une collision frontale. Un des gros pneus du Tomcat frotta le tronc, et pendant un moment, Gardener dut écarter des brindilles embrasées et odorantes comme s'il se frayait un chemin à travers des rideaux en feu. Le petit tracteur tangua d'un air malade, hoqueta... puis se stabilisa de nouveau. Gardener poussa le levier du changement de vitesse et ne le lâcha pas tout le temps où le Tomcat progressa à travers les bois.

33

Ils arrivaient. Les Tommyknockers arrivaient. Ils arrivaient le long des ailes déployées de l'effrayant éventail, et Dick Allison commença de ressentir une sorte de furieux désespoir, parce qu'ils n'allaient pas l'attraper. Gardener avait pu emprunter le sentier, et ça faisait toute la différence. Trois minutes plus tard — peut-être même une seule — et Gardener aurait *vraiment* rôti. Quatre des Tommyknockers (dont Eileen Crenshaw et le révérend Goohringer) tentèrent de le suivre et furent brûlés vifs. Deux des gigantesques plants de maïs s'écrasèrent sur Mme Crenshaw, qui cria et lâcha le volant du buggy. Celui-ci dévia sa course et s'enfonça instantanément dans le jardin en flammes. Ses pneus explosèrent comme des bombes. A peine quelques secondes plus tard, le feu barrait le chemin.

Dick sentit la frustration s'insinuer jusqu'à la moelle de ses os, et plus profondément encore. Il était déjà arrivé que l' « évolution » se trouve interrompue et étouffée — pas souvent, pourtant c'était arrivé — mais toujours à cause d'un phénomène naturel... comme il arrive que toute une génération de larves de moustiques se développant dans une mare stagnante soit tuée par la foudre lors d'un orage d'été. Cette fois, il n'y avait pourtant pas eu d'orage, pas de catastrophe naturelle : il y avait eu *un homme*, un homme qu'ils avaient tous considéré avec cette sorte de mépris circonspect que l'on réserve ordinairement à un chien stupide qui risque de mordre. Cet *homme seul* avait roulé Bobbi et l'avait tuée, et il refusait de mourir, quoi qu'ils fissent.

Nous ne nous laisserons pas arrêter par un homme seul, rugit Dick dans sa tête. *NON, nous ne le laisserons pas faire !* Mais existait-il vraiment un moyen de l'en empêcher? Le front du feu avançait maintenant trop vite pour qu'ils le rattrapent. Gard avait réussi à filer entre deux murs de feu, mais il serait le seul. Hank Buck avait une arme... mais ce fils de pute avait réussi à le tuer.

Dick atteignait le summum de la fureur (Newt ressentit cette sorte d'extase qui gagnait Dick et garda ses distances — Dick pesait dix kilos de plus que lui, et il avait dix ans de moins), mais au centre de cette rage grossissait la terreur, comme une crème rance fourrant un vieux chocolat empoisonné.

Les Tommyknockers, comme Bobbi l'avait dit à Gardener, étaient de grands voyageurs interstellaires. C'était vrai. Mais jamais, où que ce soit, ils n'avaient rencontré quiconque ressemblant à *cet homme,* qui continuait d'avancer, avec une jambe déchirée par une balle de 45, après avoir perdu tant de sang, après une véritable indigestion de drogue qui aurait dû le plonger dans l'inconscience en moins d'un quart d'heure, même s'il en avait beaucoup vomi.

Impossible — mais vrai.

Le feu censé empêcher Gardener d'approcher du vaisseau était paradoxalement devenu son bouclier de protection.

Il ne leur restait plus que les automates — leurs gadgets de la dernière chance.

« Ils l'auront », murmura Dick.

Newt et lui étaient perchés sur un monticule, à droite de la maison, comme deux généraux, et ils regardaient les gens affluer vers les bois... mais en deux files obliques qui les rendaient furieux. Dick ouvrit les mains, les referma avec un claquement, les ouvrit, les ferma. Son sang vert battait dans son cou.

« Ils l'auront, ils l'arrêteront, il n'arrivera pas au vaisseau, non il n'y arrivera *pas.* »

Newt Berringer observait un silence prudent.

34

Le détecteur de fumée, qui ressemblait beaucoup à une soucoupe volante, évoluait silencieusement à travers les bois, son palpeur clignotant frénétiquement d'une lueur rouge sur sa face inférieure. Hazel McCready contrôlait elle-même ce bébé-là. Elle avait perçu la vague de colère de Dick Allison, son désespoir, sa peur, et elle était bien décidée à prendre soin en personne de Gardener — par télécommande. En arrivant au village, Hazel avait d'abord confié une mission à Pauline Goudge, en qui elle avait le plus confiance, et puis elle était descendue dans son bureau, elle avait fermé la porte et tourné la clé dans la serrure.

Du tiroir le plus bas de son classeur, elle avait extirpé une radiocassette un peu plus petite que celle de Hank Buck, l'avait posée sur son bureau et l'avait allumée.

Prenant ensuite un écouteur dans le panier à courrier de son bureau, elle l'avait introduit dans son oreille.

Maintenant, elle était assise, les yeux clos, mais elle voyait les arbres filer de chaque côté du détecteur de fumée qui fendait l'air à deux mètres du sol. Ce détecteur aurait rappelé à Gardener la séquence du *Retour du Jedi* où les bons pourchassent les méchants à travers une forêt sans fin, à une vitesse étourdissante, sur des sortes de motos volantes.

Hazel, cependant, n'avait pas de temps à consacrer à ce genre de considérations — et elle n'en aurait jamais, s'ils sortaient de là : les Tommyknockers n'étaient pas très doués non plus pour les métaphores.

Une part d'elle-même — celle qui habitait le détecteur de fumée relié au côté de l'engin à l'interface organico-cybernétique qu'elle avait réalisé — avait envie de déclencher l'alarme sonore conformément à sa vocation originelle, parce que les bois étaient pleins de fumée. C'était comme quand on a envie d'éternuer sans y réussir.

Le détecteur de fumée tournait facilement d'un côté et de l'autre, slalomant entre les arbres, bondissant au-dessus des buttes, piquant vers les replis de terrain comme le plus petit avion épandeur d'insecticide du monde.

Hazel était penchée sur son bureau, l'écouteur bien enfoncé dans l'oreille, férocement concentrée. Elle poussait le petit détecteur de fumée à travers les bois à une vitesse qui n'était pas vraiment raisonnable, mais il venait de la limite entre Haven et Newport, à près de huit kilomètres du vaisseau, et il fallait qu'il arrive à temps jusqu'à Gardener. Or le temps manquait.

Le détecteur de fumée vira à droite et évita de peu un petit pin. Hazel avait eu chaud. Mais... il était là, et le vaisseau aussi, renvoyant ses échos de lumière, tatouant ses taches de soleil mouvantes sur les arbres.

Le détecteur de fumée interrompit un instant sa course au-dessus de l'épais matelas d'aiguilles de pin recouvrant le sol de la forêt... puis il fila directement sur Gardener. Hazel se prépara à déclencher les ultrasons qui devaient réduire en miettes les os de Gardener.

35

Hé, Gard! Attention sur ta gauche!

Aussi incroyable qu'elle fût, cette voix restait indubitable : c'était la voix de Bobbi Anderson, la bonne vieille Bobbi non améliorée. Mais Gardener n'avait pas le temps d'y penser. Il regarda sur sa gauche et vit quelque chose qui jaillissait des bois et fonçait droit sur lui. C'était de couleur brune, et un voyant rouge clignotait en dessous. Ce fut tout ce que Gard eut le temps de distinguer.

Il leva le Pistolet de l'Espace, se demandant comment il pouvait espérer atteindre cet objet volant, et au même instant, un cri aigu et sauvage, comme si tous les moustiques de la Terre unissaient leur zonzonnement en une harmonie parfaite, emplit ses oreilles.. sa tête... son *corps*. Oui, c'était *à l'intérieur* de lui. Tout en lui se mettait à vibrer.

Puis il eut l'impression que des mains saisissaient son poignet — le saisissaient d'abord, puis le tournaient. Il tira. Le feu vert traversa la lumière du jour. Le détecteur de fumée explosa. Plusieurs bouts de plastique volèrent près de la tête de Gardener, le ratant de peu.

36

Hazel hurla et se redressa d'un coup sur son vieux fauteuil tournant. Un fantastique retour d'énergie jaillit de l'écouteur. Elle voulut l'agripper, mais le rata. L'écouteur se trouvait dans son oreille gauche. De son oreille droite s'écoula soudain une espèce de bouillie radioactive, un flot de liquide épais et verdâtre. Pendant un instant, son cerveau continua de s'écouler de sa tête par son oreille, puis la pression devint trop forte. Le côté droit de son crâne s'ouvrit comme une fleur exotique et son cerveau alla s'écraser, baiser liquide, sur le calendrier de Currier & Ives accroché au mur.

Hazel s'effondra sur son bureau, les mains tendues, les yeux vitreux et incrédules fixés sur rien.

La radiocassette crépita quelques instants puis s'arrêta.

37

Bobbi ? pensa Gardener en regardant comme un fou autour de lui.

Va te faire foutre, vieille bourrique, répondit une voix amusée. *C'est toute l'aide que tu auras... après tout, je suis morte, tu t'en souviens ?*

Je m'en souviens, Bobbi.

Un petit conseil : méfie-toi des aspirateurs ; ils peuvent être féroces.

Elle avait disparu — si elle avait jamais été là. Derrière Gard se fit entendre le craquement lugubre d'un arbre qui s'abat. Les bois situés entre lui et la ferme commençaient à retentir de bruit de volcan. Il y avait aussi des voix derrière lui, des voix mentales, et des voix qui criaient. Des voix de Tommyknockers.

Mais Bobbi avait disparu.

Tu l'as imaginée, Gard. Ce qui en toi veut Bobbi — a BESOIN *de Bobbi — essaie de la réinventer, c'est tout.*

Ouais, et la main ? La main sur ma main ? Est-ce que je l'ai imaginée aussi ? Je n'aurais jamais pu atteindre cette saloperie tout seul. Même Annie Oakley n'aurait pu l'atteindre sans aide.

Mais les voix — celles qui naviguaient dans les airs, et celles qu'il entendait dans sa tête — se rapprochaient. De même que le feu. Gardener inhala une bouffée de fumée, passa de nouveau une vitesse du Tomcat et se remit en route. Il n'était pas temps de débattre de ces choses.

Gard prit la direction du vaisseau. Cinq minutes plus tard, il débouchait dans la clairière.

38

« Hazel ? cria Newt saisi d'une sorte de terreur religieuse. Hazel ? Hazel ? »

Oui, Hazel! rétorqua Dick Allison, furieux, et qui ne parvenait plus à se contenir. Il se jeta sur Newt. *Espèce de connard!*

Fils de pute! cracha Newt en retour, et tous deux roulèrent dans la poussière, leurs yeux verts lançant des éclairs, leurs mains tentant d'atteindre la gorge de l'autre. Ce n'était pas du tout logique, étant donné les circonstances, mais toute ressemblance entre les Tommyknockers et les amis de M. Spock n'eût été que pure coïncidence.

Les mains de Dick trouvèrent les plis et les fanons de la gorge de Newt et commencèrent à serrer. Ses doigts crevèrent la peau et un sang vert jaillit en bouillonnant. Dick se mit à soulever Newt et à le faire durement retomber sur le dos. Les forces de Newt diminuaient... diminuaient... diminuaient. Dick l'étrangla jusqu'à ce qu'il soit tout à fait mort.

Cela fait, Dick découvrit qu'il se sentait un peu mieux.

39

Gard descendit du Tomcat, tituba, perdit l'équilibre, et tomba. Au même moment, un projectile bourdonnant et grondant fendit l'air à l'endroit où Gard se trouvait quelques instants plus tôt. Il regarda stupidement l'aspirateur Électrolux qui avait failli lui arracher la tête.

L'aspirateur fonça comme une torpille dans la clairière, tourna et revint sur Gard. A une extrémité, il était muni d'un appendice — quelque chose comme une hélice — qui déformait l'air en rides argentées.

Gardener pensa au trou rond déchiqueté au bas de la porte du hangar, et toute salive quitta immédiatement sa bouche.

Méfie-toi des...

L'aspirateur attaqua en piqué, son appendice tranchant sifflait et bourdonnait comme le moteur à essence d'un modèle réduit de Stuka. Les petites roues, censées faciliter le travail de la ménagère épuisée traînant son fidèle aspirateur derrière elle de pièce en pièce, tournaient paresseusement dans les airs. Le compartiment où l'on était censé ranger divers types d'embouts béait comme une gueule ouverte.

Gardener fit semblant d'esquiver sur la droite et resta un instant ainsi. S'il sautait trop tôt, l'aspirateur tournerait avec lui et lui entaillerait la gorge aussi facilement qu'il avait attaqué la porte du hangar quand Bobbi l'avait appelé.

Il attendit, feignit de partir vers la gauche, puis se jeta à droite au dernier moment. Il s'affala douloureusement au sol. Les chairs déchiquetées de son mollet frottèrent la roche. Gardener cria lamentablement.

L'Électrolux s'écrasa au sol, l'hélice labourant la terre. Puis il rebondit, comme un avion qui aurait heurté trop sèchement la piste d'atterrissage. Il partit en sifflant vers le grand plat incliné qu'était le vaisseau, puis se retourna pour lancer une autre attaque contre Gardener. Le câble qu'il avait utilisé pour presser les boutons jaillit du trou prévu pour les tuyaux, et siffla dans l'air avec un bruit sec de serpent que Gardener perçut à peine dans le grondement de l'incendie. Le câble tournoya et, un instant, Gardener se souvint du rodéo de l'Ouest sauvage que sa mère l'avait emmené voir un jour (dans cette célèbre ville de pionniers au bord de la grande piste qu'est Portland, dans le Maine).

Un cow-boy coiffé d'un grand chapeau blanc avait offert une démonstration de corde, faisant tourner un grand lasso à hauteur de ses chevilles, et il avait sauté dans le cercle, puis à l'extérieur, en dansant au son de « My Gal Sal », qu'un autre cow-boy jouait à l'harmonica. Le câble qui sortait du trou de l'aspirateur ressemblait à cette corde.

Cette saloperie va te trancher la tête en moins de temps qu'il n'en faut pour le dire, si tu la laisses faire, Gard, mon vieux.

L'Électrolux siffla dans sa direction. Gard avança, suivi de son ombre.

A genoux, il leva le Pistolet de l'Espace et tira. L'aspirateur tourna pendant qu'il visait, mais Gardener l'atteignit tout de même. Un morceau de chrome s'arracha au-dessus de la roue arrière. Le câble traça une ligne sinueuse dans la terre.

tue-le

oui tue-le avant

avant qu'il n'endommage le vaisseau

Plus proches. Les voix étaient plus proches. Il fallait qu'il y mette fin.

L'aspirateur contourna un arbre et reparut de l'autre côté, dressé, avant d'escalader le tronc. Puis il se laissa tomber dans un piqué de kamikaze, sa lame tranchante tournant de plus en plus vite.

Gardener reprit son équilibre en pensant à Ted, l'Homme de l'Énergie.

Tu devrais voir cette merde, mon vieux Teddy, se dit-il de façon un peu folle, *tu adorerais ça ! Le confort grâce à l'électricité !*

Il pressa la détente du pistolet de plastique, vit le fin rayon vert éclabousser le groin de l'aspirateur puis s'élança en avant des deux pieds, tant pis pour la jambe blessée. L'Électrolux heurta le sol à côté du Tomcat et s'enfouit à un mètre de profondeur dans la terre. Une fumée noire fusa de l'extrémité qui émergeait du trou en un petit nuage dense et précis. L'aspirateur émit un lourd bruit de pet puis mourut.

Gardener se leva en s'appuyant sur le Tomcat, le Pistolet de l'Espace ballottant au bout de son bras droit. Il constata que le canon de plastique avait en partie fondu. Il ne lui servirait plus bien longtemps. Il en allait indubitablement de même pour sa propre personne.

L'aspirateur était mort — mort, et émergeait du sol comme une bombe qui n'aurait pas éclaté. Mais il restait plein d'autres gadgets qui se dirigeaient vers lui, certains en volant, d'autres en tintinnabulant joyeusement à travers les bois sur leurs drôles de roues. Il ne fallait pas qu'il s'attarde ici.

Qu'est-ce que le vieil homme avait pensé à la fin ? *La dernière chose...* et... *Délivrance.*

« Un bon mot, dit Gardener d'une voix rauque. Délivrance. Un grand mot. »

Il se souvint aussi que c'était le nom d'un roman. Le roman d'un poète, James Dickey. Un roman sur les citadins qui devaient se faire cogner, agresser et baiser pour découvrir qu'après tout ils étaient de bons garçons. Mais il y avait une phrase dans ce livre... un homme en regardait un autre et lui disait calmement : « Les machines vont échouer, Lewis. »

Gardener l'*espérait* bien.

Il sautilla jusqu'à la cabane et pressa le bouton qui enclenchait la descente de la corde. Il allait devoir descendre à la force des bras. C'était stupide, mais c'était tout ce que la technologie des Tommyknockers avait à lui offrir. Le moteur commença à geindre, et le câble à descendre. Si Gardener arrivait en bas de la tranchée, il serait en sécurité.

En sécurité au milieu des Tommyknockers morts.

Le moteur s'arrêta. Gard distinguait vaguement le bout de la corde, tout en bas. Les voix se rapprochaient, le feu se rapprochait, toute une armée de vicieux engins bricolés se rapprochaient. Ça n'avait pas d'importance. Il avait tiré le premier, rampé, grimpé aux échelles, franchi la rivière, et il avait touché la ligne d'arrivée avant les autres.

Tous nos compliments, monsieur Gardener! Vous avez gagné une soucoupe volante! Est-ce que vous voulez en rester là, ou est-ce que vous tentez de gagner les vacances tous frais payés dans le silence éternel des espaces infinis ?

« Et merde, croassa Gardener en jetant son pistolet à moitié fondu. Allons jusqu'au bout. »

Cela aussi lui rappelait quelque chose, mais quoi ?

Il saisit le câble et s'engagea dans la tranchée. Ce faisant, ça lui revint. Bien sûr. Gary Gilmore. C'était Gary Gilmore qui l'avait dit juste avant de se placer devant le peloton d'exécution, dans l'Utah.

40

Il était à mi-chemin du fond quand il se rendit compte que ses dernières forces physiques s'épuisaient. S'il ne faisait pas rapidement quelque chose, il tomberait.

Il se mit à descendre plus rapidement, maudissant cette décision inconsidérée qui avait fait placer les boutons de commande du treuil si loin de la tranchée. Une sueur brûlante et puante lui coulait dans les yeux. Ses muscles sursautaient et tremblaient. Son estomac se remit à se contorsionner, lentement, paresseusement. Ses mains glissèrent... se resserrèrent... glissèrent à nouveau. Puis, soudain, le câble se mit à couler entre ses mains comme du beurre fondu. Il serra les doigts, hurlant de douleur à cause du frottement. Un fil de métal qui sortait d'un des nœuds du filin lui transperça la paume.

« *Seigneur!* hurla Gardener. *Ô Seigneur Dieu !* »

Le pied de sa jambe blessée finit par tomber juste dans la boucle. La douleur remonta en rugissant le long de sa cuisse, dépassa son estomac, atteignit son cou. Elle sembla lui arracher le sommet du crâne. Son genou ploya et heurta le côté du vaisseau. La rotule sauta comme une capsule de bouteille.

Gardener sentit qu'il s'évanouissait et lutta. La trappe était là, encore ouverte. Le recycleur d'air ronronnait toujours.

La jambe gauche de Gardener était un mur de douleur gelée. Il baissa les yeux et constata qu'elle était magiquement devenue plus courte que la droite. Elle avait l'air... *rabougrie,* comme un vieux cigare qu'on a trop longtemps trimbalé dans sa poche.

« Seigneur, je m'en vais par tous les bouts », murmura-t-il.

Puis il s'étonna lui-même en se mettant à rire. Il faut dire à sa décharge que tout cela était infiniment plus intéressant que de simplement sauter d'une digue après une cuite.

Il entendit un doux bourdonnement au-dessus de sa tête. Autre chose était arrivé. Gardener n'attendit pas de voir ce que c'était. Il se jeta dans la trappe et monta la coursive en rampant. La lumière des murs faisait luire doucement la surface de son visage hagard, et cette lumière — blanche et non pas verte — était apaisante. En voyant Gardener sous cet éclairage, on aurait presque pu croire qu'il n'était pas en train de mourir. Presque.

41

Tard, la nuit dernière et celle d'avant,
(par-delà les rivières et les bois)
Toc, toc à la porte — les Tommyknockers !
Les Tommyknockers, les esprits frappeurs...
(nous allons chez mère-grand)
Bien qu'immobiles, ils ne sont pas vraiment morts.
(les chevaux savent où mener le traîneau)
Et te donnent dans la tête la grippe Tommyknocker !
(sur la neige gelée des champs)

Tout cela se bousculait dans sa tête tandis qu'il rampait dans la coursive, ne s'arrêtant qu'une fois pour tourner la tête et vomir. L'air sentait encore passablement le renfermé. Il se dit qu'un canari de mineur serait probablement déjà couché au fond de sa cage, encore en vie, mais les pattes en l'air.

Mais les machines, Gard... est-ce que tu les entends ? Est-ce que tu entends comme elles ronronnent plus fort, depuis que tu es entré ?

Oui. Plus fort, plus sûres d'elles. Et pas seulement le système d'aération. Plus loin dans le vaisseau, d'autres machines reprenaient vie. La lumière augmentait d'intensité. Le vaisseau pompait ce qui restait d'énergie en lui. Pourquoi pas ?

Il arriva à la première trappe intérieure, se retourna et fit une grimace en direction de celle qui donnait sur la tranchée. Ils ne tarderaient pas à arriver dans la clairière ; peut-être y étaient-ils déjà. Ils risquaient d'essayer de le suivre. A en juger par les réactions impressionnantes de ses « aides » (même ce cabochard de Freeman Moss n'avait pas été complètement immunisé), il doutait qu'ils y arrivent... mais il valait mieux ne pas oublier à quel point ils étaient désespérés. Il voulait s'assurer que ces cinglés étaient sortis de sa vie une fois pour toutes. Dieu seul savait ce qui lui restait de vie. Il ne voulait pas que ces cons lui bousillent le peu de temps dont il disposait.

Une douleur toute neuve s'épanouit dans sa tête, la sensation qu'on attrapait son cerveau avec un hameçon, et les larmes lui vinrent aux yeux. Douloureux, mais rien de comparable à la douleur qu'il ressentait dans sa jambe. Il ne fut pas surpris de voir la trappe donnant vers l'extérieur se refermer. Pourrait-il la rouvrir s'il le voulait ? Il en doutait un peu. Maintenant, il était enfermé... enfermé avec les Tommyknockers morts.

Morts ? Es-tu sûr qu'ils sont morts ?

Non, au contraire. Il était sûr qu'ils ne l'étaient *pas*. Ils avaient été assez vivants pour tout déclencher. Assez vivants pour transformer Haven en une usine de munitions démente. Morts ?

« In-vrai-sem-bla-ble », articula Gardener d'une voix d'outre-tombe.

Il se hissa à travers la trappe et s'enfonça dans le boyau. Les machines ronronnaient et leurs pulsations augmentaient dans les entrailles du vaisseau. Il sentait les vibrations en touchant le mur lumineux et incurvé.

Morts ? Oh, non. Tu rampes dans la plus vieille maison hantée de l'univers, mon vieux Gard.

Il pensa entendre un bruit et se retourna brutalement, le cœur battant, les glandes salivaires répandant une humeur amère dans sa bouche. Il n'y avait rien, naturellement. Sauf qu'il y avait *quelque chose. J'avais de fort bonnes raisons de faire toutes ces histoires : j'ai rencontré les Tommyknockers, et c'était nous.*

« Seigneur, aidez-moi ! » dit Gardener.

Il rejeta ses cheveux puants d'un coup de tête. Au-dessus de lui s'élevait l'échelle arachnéenne aux barreaux espacés, incurvés, avec cette profonde et troublante encoche au milieu de chacun d'eux. L'échelle serait verticale quand... Si... Si le vaisseau basculait pour se retrouver à l'horizontale, dans sa position normale — partout où « horizontal » et « vertical » avait un sens.

Il y a une odeur, ici. Épurateur d'air ou non, une odeur, une odeur de mort, je crois, d'une longue mort, une odeur de folie.

« Ô Seigneur ! Aidez-moi, je Vous en prie, juste un peu d'aide, d'accord ? Juste quelques moments de récréation pour le gosse, c'est tout ce que je demande, d'accord ? »

Tout en conversant avec Dieu, Gardener continuait sa route. Il ne tarda pas à atteindre la salle de contrôle et s'y laissa glisser.

42

Les Tommyknockers s'alignèrent à l'orée de la clairière, regardant Dick. Ils étaient plus nombreux à chaque minute. Ils arrivaient, puis s'arrêtaient, comme de simples instruments à commande numérique parvenus au bout de leur programme.

Ils promenaient leur regard de la surface inclinée du vaisseau à Dick... de nouveau au vaisseau... puis à Dick. On aurait dit une foule de somnambules à un match de tennis. Dick sentait les autres, ceux qui étaient retournés au village pour s'occuper de la défense des frontières et qui attendaient... regardant par les yeux de ceux qui étaient là.

Derrière eux, le feu accourait, gagnant sans cesse de la puissance. Déjà la clairière commençait à s'orner de volutes de fumée. Quelques personnes toussèrent... mais aucune ne bougea.

Dick se retourna pour les regarder, étonné. Qu'attendaient-ils exactement de lui ? Puis il comprit. Il était le dernier des Gens du Hangar. Les autres avaient tous disparu et, directement ou indirectement, c'était Gardener qui avait causé leur mort. C'était vraiment inexplicable, et plus qu'un peu effrayant. Dick était de plus en plus convaincu que rien de tel ne s'était jamais produit dans toute la longue, très longue expérience des Tommyknockers.

Ils me regardent parce que je suis le dernier, et je suis censé leur dire quoi faire.

Mais ils ne *pouvaient* rien faire. Il y avait eu une compétition, et Gardener aurait dû perdre. Mais il n'avait pas perdu, et maintenant il ne leur restait rien d'autre à faire qu'attendre. Regarder, attendre et espérer que le vaisseau le tue avant qu'il ne puisse faire quoi que ce soit. Avant...

Une grande main plongea soudain dans la tête de Dick Allison et pressa la chair de son cerveau. Il porta précipitamment ses mains à ses tempes, les doigts prenant des formes raides et crispées de pattes d'araignée. Il tenta de crier mais en fut incapable. Il se rendit vaguement compte qu'en dessous de lui, dans la clairière, les gens tombaient à genoux, tous en rangs, comme des pèlerins témoins d'un miracle ou d'une visitation divine.

Le vaisseau s'était mis à vibrer. Le bruit emplissait l'air d'un ronronnement épais qui n'avait presque plus rien d'un son.

Dick le sentit... puis ses yeux jaillirent hors de sa tête comme des boules de gélatine à moitié congelée, et il ne sentit plus rien. Il ne sentirait plus jamais rien.

43

Un peu d'aide, mon Dieu, on est bien d'accord ?

Gard s'assit au milieu de la salle hexagonale inclinée, sa jambe déchiquetée et tordue projetée devant lui (*rabougrie,* oui, il n'en démordait pas, sa jambe s'était *rabougrie*), près de l'endroit où l'épais câble de commande émergeait du sol.

Un peu d'aide pour le gosse. Je sais que je ne suis pas grand-chose, j'ai tiré sur ma femme, je me suis mis dans de beaux draps, j'ai tué ma meilleure amie, ça aussi m'a mis dans de beaux draps, de Nouveaux Draps Foutument Améliorés, pourrait-on dire, mais je Vous en supplie, mon Dieu, j'ai besoin d'aide en ce moment même.

Et il n'exagérait pas. Il avait besoin de plus qu'un peu d'aide. Le gros câble se divisait en huit plus fins, chacun se terminant non pas par un seul écouteur mais par un casque. S'il avait joué à la roulette russe dans le hangar de Bobbi, maintenant, il mettait carrément sa tête dans un canon et demandait à quelqu'un de tirer.

Mais il fallait le faire.

Il ramassa l'un des casques, remarquant à nouveau combien chaque écouteur était renflé en son centre, puis regarda l'enchevêtrement de corps bruns et desséchés à l'autre bout de la pièce.

Des Tommyknockers ? Ouais, c'était un nom débile, mais c'était encore trop bon pour eux. Des hommes des cavernes de l'espace, c'est tout ce qu'ils avaient été. De longues griffes faisant fonctionner des machines qu'ils fabriquaient mais n'essayaient même pas de comprendre. Des doigts de pied comme des ergots de coqs de combat — une tumeur maligne qu'il fallait bien vite opérer.

Je Vous en supplie, mon Dieu, faites que la petite idée que j'ai soit juste.

Est-ce qu'il pouvait se brancher sur eux *tous* ? C'était vraiment la question à 64 000 dollars ! Si l' « évolution » était un système clos — l'effet de quelque substance, à la surface du vaisseau, qui se biodégradait tout simplement dans l'atmosphère — la réponse était probablement non. Mais Gardener en était venu à penser — ou peut-être seulement à espérer — qu'il y avait plus, qu'il y avait un système ouvert dans lequel le vaisseau nourrissait les humains, ce qui les faisait « évoluer », tandis qu'en retour les humains nourrissaient le vaisseau pour qu'il puisse... quoi ? Renaître, naturellement. Pouvait-on utiliser le mot de « résurrection » ? Désolé, non. Trop noble. S'il avait raison, il s'agissait d'une sorte de parthénogenèse de film d'horreur qui aurait dû se dérouler sous l'éclairage bigarré d'une fête foraine et se retrouver dans les journaux à potins, pas dans la mythologie ni l'histoire des religions. Un système ouvert... un système esclavagiste... littéralement un système d'autovampirisation.

Mon Dieu, je Vous en supplie, juste un peu d'aide, tout de suite.

Gardener mit le casque.

Cela se produisit instantanément. Aucune sensation de douleur, cette fois, seulement une grande irradiation blanche. Les lumières de la salle de contrôle donnèrent leur pleine intensité. Un des murs se transforma à nouveau en fenêtre, montrant un ciel enfumé et une frange d'arbres. Puis un autre des six murs de la pièce devint transparent... un autre... un autre. En quelques secondes, Gard eut l'impression d'être assis en plein air, avec le ciel au-dessus de lui et la tranchée garnie de son filet argenté tout autour. Le vaisseau semblait avoir disparu. Gard embrassait une vue de 360°.

Les moteurs entrèrent un à un en action et montèrent à pleine puissance.

Quelque part, une espèce de Klaxon retentit. D'énormes et bruyants relais s'enclenchèrent en série, et le sol trembla sous lui.

L'impression de puissance était incroyable. C'était comme le Mississippi en crue coulant dans sa tête. Il sentait que ce processus le tuait, mais ça ne faisait rien.

Je me suis branché sur eux, songea vaguement Gardener. *Ô Seigneur, merci. Seigneur ! Je me suis branché sur eux tous ! Ça a marché !*

Le vaisseau se mit à trembler. A vibrer. Les vibrations se transformèrent en spasmes, en secousses destructrices. Le moment était venu.

Serrant les dernières dents qui lui restaient, Gardener se prépara à se concentrer et à donner tout ce qu'il pouvait encore donner.

44

Il s'était branché sur eux, mais l'essentiel de l'énergie nécessaire au vaisseau avait été fournie par Dick Allison, à cause de son évolution plus poussée, et par les quelque quarante surveillants des frontières de Hazel, au village : ces derniers étaient tous reliés par un réseau unifié, et le vaisseau n'avait eu qu'à y puiser.

Ils s'effondrèrent, le sang jaillissant de leurs yeux et de leur nez, et moururent quand le vaisseau aspira leur cerveau.

Le vaisseau tira aussi son énergie des Tommyknockers

des bois, et plusieurs des plus vieux moururent ; la plupart, cependant, ne ressentirent qu'une douleur fulgurante dans la tête et tombèrent à genoux ou allongés sur le sol, presque inconscients, autour de la clairière. Quelques-uns se rendirent compte que le feu était très proche. Quand le vent fraîchit, l'éventail de feu s'étendit... s'étendit. La fumée traversa la clairière en épais nuages d'un blanc grisâtre. Le feu craquait et tonnait.

45

Maintenant, se dit Gardener.

Il sentit que son cerveau laissait filer quelque chose, le rattrapait, le laissait filer... le rattrapait fermement. Comme un changement de vitesse. C'était douloureux, mais supportable.

Ce sont EUX *qui ressentent l'essentiel de la douleur,* se dit-il vaguement.

Les côtés de la tranchée semblèrent bouger. Juste un peu, au début. Puis davantage. Il y eut un bruit de frottement, un hurlement de meule.

Gardener se recroquevilla, les sourcils crispés, les yeux réduits à de simples fentes.

Le filet argenté se mit à glisser, lentement mais sûrement. Il ne bougeait pas, bien sûr : c'était le *vaisseau* qui bougeait, et produisait ce bruit de frottement en raclant le lit rocheux d'où il s'échappait après des siècles d'emprisonnement.

Je monte, songea-t-il de façon tout à fait incohérente. *Lingerie pour dames, vêtements d'enfants, mercerie, et n'oubliez pas notre rayon d'animaux domestiques...*

Le vaisseau prenait de la vitesse, les parois de la tranchée descendaient plus rapidement de chaque côté. Le ciel s'élargissait. Il avait une couleur terne de plomb. Des étincelles se tortillaient en formations qui évoquaient pour Gardener de petits oiseaux en feu.

Il avait l'impression qu'il allait éclater tant l'exaltation dilatait son cœur.

Il pensa à un métro qui quitte une station, quand on regarde par la fenêtre et qu'il démarre, lentement au début, puis roule de plus en plus vite, et que les carreaux des murs semblent défiler à l'envers comme des bandes de papier dans un piano mécanique, et que les affiches publicitaires se succèdent de gauche à droite — *Annie, Chorus Line, Notre temps exige le* Times, *Touchez ce Velours*. Et bientôt, dans l'obscurité, on ne sent plus que le mouvement et une impression de murs noirs fuyant à toute vitesse.

Un Klaxon assourdissant résonna trois fois, et Gardener cria. Du sang éclaboussa à nouveau ses cuisses. Le vaisseau frissonna, gronda et grinça tandis qu'il s'extirpait de sa crypte de roc. Il s'éleva dans la fumée de plus en plus épaisse et la lumière voilée du soleil, ses flancs polis émergeant de la tranchée, s'en arrachant et montant, montant, comme un mur de métal mouvant. A observer cette ascension, on aurait pu croire que la Terre accouchait d'une montagne d'acier, ou qu'elle projetait dans les airs une muraille de titane.

Un arc de plus en plus large émergeait, le vaisseau atteignit le haut de la tranchée que Gard et Bobbi avaient creusée, incisant la gangue de terre avec leurs petits outils futés-idiots comme des sages-femmes pratiquant une césarienne.

Il montait et sortait, sortait et montait. La roche criait. La terre gémissait. De la poussière et de la fumée, dégagées par le frottement, s'élevaient au-dessus de la tranchée. La colossale forme circulaire de la soucoupe émergeait maintenant de la terre comme une fabuleuse apparition. Le vaisseau lui-même était silencieux, mais la clairière résonnait du fracas de la roche qui éclatait. Il sortait et montait, achevant d'ouvrir la tranchée, et son ombre recouvrait peu à peu toute la clairière et les bois en feu.

La partie la plus élevée du bord — l'endroit où Bobbi

avait trébuché — trancha le sommet d'un jeune épicéa et l'envoya s'écraser en rebondissant sur le sol. Le vaisseau s'extrayait du ventre qui l'avait retenu si longtemps. Il continua de s'extraire jusqu'à ce qu'il recouvre tout le ciel — et renaisse.

A un moment, il cessa d'agrandir la tranchée, et tout de suite après, on put voir un espace s'élargir entre le bord de la tranchée et le flanc du vaisseau. Le centre du vaisseau avait émergé de sa gangue et continuait à s'élever.

Le vaisseau s'arracha de la tranchée fumante, se dressa dans le soleil voilé, les frottements et les raclements cessèrent enfin, et la lumière put s'insinuer entre le sol et le vaisseau.

Il était sorti.

Il s'éleva, incliné selon l'angle qu'il avait gardé dans la terre, puis bascula lentement à l'horizontale, écrasant les arbres sous sa masse inouie, inimaginable, faisant éclater les troncs. Leur sève s'exhala dans l'air comme une fine brume ambrée.

Il évoluait avec une élégance lente et solennelle dans le jour en feu, se frayant un chemin à travers les cimes des arbres comme un sécateur rase une haie. Puis il s'immobilisa, comme s'il attendait quelque chose.

46

Sous Gardener, le sol était lui aussi devenu transparent ; il semblait assis dans les airs, regardant en contrebas les récifs moutonneux de fumée qui s'élevaient des bois et emplissaient l'atmosphère.

Le vaisseau était totalement ranimé — mais il faiblissait vite.

Gardener porta ses mains à son casque.

Hardi, se dit-il, *vire au guindeau et souquons ferme.*

Il se plongea de toutes ses forces dans sa tête, et cette fois la douleur se fit épaisse, fibreuse et nauséeuse.

Je fonds, arriva-t-il péniblement à penser, *c'est ce qu'on ressent quand on fond.*

Il ressentit une sensation de vitesse extraordinaire. Une main de géant l'envoya s'étaler sur le sol, mais il n'éprouva aucun des effets classiques d'une accélération de pesanteur de plusieurs g. Les Tommyknockers avaient apparemment trouvé un moyen de s'en débarrasser.

Le vaisseau ne s'inclina pas : parfaitement horizontal, il s'éleva tout droit dans les airs.

Au lieu d'occulter tout le ciel, il n'en cacha plus que les trois quarts, puis la moitié. Ses contours se firent indistincts dans la fumée, sa réalité d'alliage métallique aux angles nets devint floue, comme onirique.

Il disparut dans la fumée, ne laissant que des Tommyknockers hébétés et vidés, qui essayèrent de retrouver l'usage de leurs pieds avant que le feu ne les rattrape. Il laissa les Tommyknockers et la clairière, l'abri de rondins... et la tranchée, comme une gencive noire dont on aurait arraché quelque crochet à venin.

47

Allongé sur le dos dans la salle de contrôle, Gard regardait disparaître la fumée et la couleur de chrome du ciel, qui était redevenu bleu, du bleu le plus pur et le plus lumineux qu'il eût jamais vu.

Fabuleux, essaya-t-il de dire, mais aucun mot ne sortit de sa bouche, pas même un croassement. Il avala du sang et toussa sans jamais quitter le ciel des yeux.

Le bleu devint plus profond, vira à l'indigo... puis au violet.

Je Vous en supplie, que ça ne s'arrête pas encore, s'il Vous plaît...

Le violet vira au noir.

Et dans ce noir, il vit les premiers éclats durs des étoiles.

Le Klaxon résonna à nouveau. La douleur se raviva et les éclats s'éloignèrent de lui. L'accélération se fit sentir quand le vaisseau passa à la vitesse supérieure.

Où allons-nous ? se demanda Gardener.

L'obscurité l'enveloppa tandis que le vaisseau filait toujours plus loin, échappant à l'enveloppe de l'atmosphère terrestre aussi facilement qu'au sol qui l'avait si longtemps retenu. *Où allons... ?* Question absurde.

Plus haut, toujours plus haut — le vaisseau s'élevait, et Jim Gardener, né à Portland, dans le Maine, partait avec lui.

Gard descendit les degrés noirs de l'inconscience et, peu avant que ne commence sa crise de vomissements finale — des vomissements dont il n'eut jamais conscience —, il fit un rêve. Un rêve tellement réel qu'il sourit, allongé là, dans l'obscurité, environné par l'espace, la Terre en-dessous de lui comme une grosse bille de verre bleu.

Il s'en était sorti. Il ne savait pas comment, mais il s'en était sorti. Patricia McCardle avait essayé de le briser, mais elle n'avait jamais vraiment pu le faire. Maintenant, il était de retour à Haven, et Bobbi descendait les marches du porche pour venir à sa rencontre, Peter aboyait en agitant la queue, et Gard attrapait Bobbi et la serrait contre lui, parce que c'était bon de retrouver des amis, bon de rentrer chez soi... bon d'avoir un havre de paix où revenir.

Allongé sur le sol transparent de la salle de contrôle, à plus de cent mille kilomètres dans l'espace, Jim Gardener reposait dans une flaque de son propre sang... et souriait.

Épilogue

Pelotonne-toi, chérie ! fais-toi toute petite !
Pelotonne-toi, chérie ! qu'on ne te voie pas !
En secret,
Garde tout ça hors de vue,
En secret dans la nuit.

LES ROLLING STONES, « Undercover »

Oh chaque nuit, chaque jour,
Un petit morceau de toi s'effrite...
Trace ta ligne du pied et joue leur jeu,
Laisse l'anesthésie tout recouvrir,
Jusqu'à ce qu'un jour ils appellent ton nom :
On ne fait qu'attendre que le marteau tombe.

QUEEN, « Hammer to Fall »

1

La plupart moururent dans l'incendie. Pas tous.

Une centaine n'avaient pas encore atteint la clairière avant que le vaisseau ne s'arrache du sol et ne disparaisse dans le ciel. Elt Barker, par exemple, avait été éjecté de sa moto, et d'autres furent comme lui blessés ou tués en chemin, avant d'avoir pu arriver... Les hasards de la guerre... Certains, comme Ashley Ruvall ou la vieille demoiselle Timms, qui tenait la bibliothèque du village les mardis et jeudis, étaient tout simplement arrivés en retard à cause de leur lenteur.

Tous ceux qui parvinrent à la clairière ne furent pas tués non plus. Le vaisseau s'éleva dans le ciel et l'épouvantable puissance qui les avait vidés de leur énergie disparut dans l'espace avant que le feu n'ait gagné la clairière (bien que des étincelles fussent retombées tout près et que les plus petits arbres, à l'est, fussent en feu). Certains, titubant et boitant, parvinrent à fuir dans les bois devant l'éventail toujours plus large du feu. Rosalie Skehan, Frank Spruce et Rudy Barfield (frère de feu Pits, que personne n'avait vraiment regretté) eurent l'idée de prendre droit à l'ouest. Naturellement, ce n'était pas la meilleure solution, entre autres parce qu'ils ne tardèrent pas à manquer d'air respirable, en dépit du vent. Il fallait donc prendre d'abord à l'ouest, puis tourner soit au sud, soit au nord, afin de contourner le front du feu... un jeu désespéré où la pénalité, en cas d'échec, n'était pas qu'on perdait la balle, mais qu'on se transformait en petit tas de cendres dans les bois du Grand Injun. Quelques-uns — pas tous, mais quelques-uns — réussirent leur coup.

La plupart, cependant, moururent dans la clairière où Bobbi Anderson et Jim Gardener avaient travaillé si longtemps et si durement. Ils moururent à quelques pas de cette gencive vide où quelque chose avait si longtemps reposé, avant d'en être extrait.

Ils avaient été utilisés brutalement par une puissance beaucoup plus grande que leur début d'« évolution » ne le leur permettait. Le vaisseau s'était tendu vers le réseau de leur esprit, s'en était emparé, et l'avait utilisé pour obéir aux ordres, faibles mais irréfutables, donnés par le contrôleur aux circuits organico-cybernétiques du vaisseau : Souquons ferme. Les mots SOUQUONS FERME ne figuraient pas dans le répertoire du vaisseau, mais l'intention était suffisamment claire.

Les survivants gisaient sur le sol, presque inconscients, souvent en état de choc profond. Quelques-uns s'assirent, tenant leur tête en gémissant, ignorant les étincelles qui retombaient tout autour d'eux. D'autres, conscients du péril venant de l'est, essayèrent de se lever et retombèrent.

L'un de ceux qui ne retombèrent pas fut Chip McCausland, qui vivait sur la route de Dugout avec sa concubine et environ dix gosses ; deux mois et un million d'années plus tôt, Bobbi Anderson était allée chez Chip acheter des cartons à œufs pour y installer sa collection de piles qui s'enrichissait sans cesse. Chip traversa la moitié de la clairière comme un homme ivre et bascula dans la tranchée vide. Il dégringola en hurlant jusqu'au fond, où il mourut le cou brisé et le crâne fracassé.

D'autres, qui avaient conscience du danger que représentait le feu, et qui auraient pu s'enfuir, choisirent de n'en rien faire. L' « évolution » était une fin en soi. Elle s'était terminée avec le départ du vaisseau. Le but de leur vie s'était envolé. Ils se contentèrent donc de rester assis et d'attendre que le feu s'occupe de ce qui restait d'eux.

2

A la tombée de la nuit, il ne restait même pas deux cents personnes en vie à Haven. L'essentiel de la moitié ouest de la commune, densément boisée, avait brûlé ou brûlait encore. Le vent soufflait de plus en plus fort. L'air commençait à changer, et les Tommyknockers restants, hors d'haleine et le teint cireux, se rassemblèrent dans la cour de Hazel McCready. Phil Golden et Bryant Brown mirent en marche le grand recycleur d'air. Les survivants se rassemblèrent autour de la machine comme les fermiers se rassemblaient autour du poêle quand ils rentraient, transis de froid, après une journée aux champs. Leur souffle torturé se régularisa peu à peu.

Bryant regarda Phil.

Le temps de demain ?

Ciel clair, moins de vent.

Marie n'était pas loin, et Bryant la vit se détendre.

Bien... c'est bien.

Oui, c'était bien... pour le moment. Mais le vent ne se reposerait pas pour le restant de leur vie et, le vaisseau parti, il ne restait que ce gadget et vingt-quatre batteries de camion entre eux et l'étouffement final.

Combien de temps ? demanda Bryant.

Personne ne répondit. Leurs yeux effrayés et inhumains brillaient d'un éclat terne dans la nuit illuminée de flammes.

3

Le matin suivant, il y en avait vingt de moins. Pendant la nuit, l'histoire de John Leandro s'était répandue dans le monde entier, avec la force d'un coup de marteau. Le ministère de l'Intérieur et celui de la Défense nièrent tout en bloc, mais des dizaines de gens avaient pris des photos du vaisseau au cours de son ascension. Ces photos étaient assez convaincantes... et personne ne pouvait arrêter le flot de fuites provenant de « sources bien informées » — comme les habitants effrayés des villages environnants et les premiers Gardes nationaux arrivés sur les lieux.

Aux frontières de Haven, la barrière tenait le coup, du moins pour le moment. Le front du feu avait progressé vers Newport, où les flammes purent enfin être contrôlées.

Plusieurs Tommyknockers se firent sauter la cervelle dans la nuit.

Poley Andrews avala le Dran-O destiné à déboucher son évier.

Phil Golden se réveilla et découvrit que Queenie, son épouse de vingt ans, avait sauté dans le puits à sec de Hazel McCready.

Dans la journée, il n'y eut que quatre suicides, mais les nuits... les nuits étaient les pires moments.

Quand l'armée, plus tard dans la semaine, comme une bande d'ineptes cambrioleurs forçant un coffre-fort, finit par faire irruption dans Haven, il ne restait même plus quatre-vingts Tommyknockers.

Justin Hurd tira sur un gros sergent avec un fusil à air comprimé Daisy en plastique qui crachait du feu vert. Le gros sergent explosa. Un soldat affolé, qui passait à ce moment-là devant le supermarché Cooder dans un véhicule blindé de reconnaissance, pointa sa mitrailleuse de 12,7 sur Justin Hurd, vêtu de son seul caleçon pisseux et de chaussures orange.

« *Zigouillez-les tous, ces salauds!* hurlait Justin. *Zigouillez-les tous, espèces de cons! Zi...* »

Une vingtaine de balles de 12,7 farcirent le corps de Justin qui explosa presque, lui aussi.

Le soldat dégueula dans son masque à gaz et faillit s'étouffer le temps qu'un autre lui en mette un propre sur le nez.

« Que quelqu'un aille récupérer ce flingue de gosse! » cria un commandant dans un mégaphone.

Son masque étouffait ses mots, mais sans les rendre inaudibles.

« Allez le récupérer, ajouta-t-il, mais faites attention! Prenez-le par le canon! Je répète, faites extrêmement attention! Ne le pointez sur personne! »

Gard aurait pu lui dire que, plus tard... on finissait toujours par pointer ses armes sur quelqu'un.

4

Plus d'une douzaine furent abattus le premier jour de l'invasion par des soldats effrayés à la gâchette facile, des gosses pour la plupart, qui pourchassaient les Tommyknockers de maison en maison. Au bout d'un moment, une part de la peur qu'éprouvaient les envahisseurs se dissipa. Dès l'après-midi, l'affaire commençait même à les amuser, comme s'ils poursuivaient des lapins dans un champ de blé. Ils en tuèrent deux douzaines de plus avant que les médecins de l'armée et les cerveaux du Pentagone ne se rendent compte que l'air à l'extérieur de Haven était mortel pour ces mutants de film d'horreur qui avaient été des contribuables américains. Le fait que les envahisseurs ne puissent pas respirer l'air *à l'intérieur* de Haven aurait dû les amener à se dire que l'inverse risquait d'être vrai mais, dans l'excitation, personne ne réfléchissait vraiment de façon logique (Gard n'aurait pas trouvé ça bien surprenant).

Il n'en restait maintenant plus qu'une quarantaine. La plupart étaient fous. Ceux qui ne l'étaient pas refusaient de parler. Une sorte de palissade fut construite dans la zone qui devait être la place du village de Haven, juste en dessous et à droite de l'hôtel de ville sans tour. On les y parqua une semaine encore, et quatorze moururent pendant cette période.

On analysa l'air modifié. On étudia méticuleusement la machine qui le produisait. On remplaça les batteries défaillantes. Comme Bobbi l'avait suggéré, il ne fallut pas longtemps aux cerveaux de l'armée pour comprendre le mécanisme de l'engin, et les MIT, Cal Tech, Bell Labs et autres *Shops*, eurent tôt fait d'en étudier les principes. Les savants en étaient presque malades d'excitation.

Les vingt-six Tommyknockers restants, qui ressemblaient aux survivants de la dernière tribu Apache, épuisée et décimée par la variole, furent emmenés à bord d'un C-140 Stralifter dans lequel on avait recréé l'atmosphère de Haven, et débarqués dans un container sur une base militaire en Virginie. Cette base, qu'un enfant avait jadis réduite en cendres, était le *Shop*. On les y étudia... et ils y moururent, l'un après l'autre.

La dernière survivante fut Alice Kimball, l'institutrice dont Jésus avait appris à Becky Paulson, en une chaude journée de juillet, qu'elle était lesbienne. Elle mourut le 31 octobre... le jour de Halloween.

5

Presque au moment où Queenie Golden se tenait au bord du puits sec de Hazel et se préparait à sauter, une infirmière entra dans la chambre de Hilly Brown pour voir comment son état évoluait. L'enfant avait en effet montré quelques faibles signes de conscience depuis deux jours.

Elle regarda dans le lit et fronça les sourcils. C'était

impossible ! Elle ne voyait pas ce qu'elle voyait ! Une illusion, une ombre dédoublée projetée sur le mur par la lumière du couloir...

Elle manœuvra l'interrupteur et fit un pas dans la chambre. Sa bouche s'ouvrit stupidement. Ce n'était pas une illusion. Il y avait deux ombres sur le mur parce qu'il y avait deux enfants dans le lit. Ils dormaient dans les bras l'un de l'autre.

« Mais... ? »

Elle s'approcha d'un pas de plus, sa main serrant inconsciemment le crucifix qu'elle portait au cou.

L'un des deux, naturellement, était Hilly Brown, le visage émacié et anguleux, les bras maigres comme des bâtons, la peau aussi blanche que sa chemise d'hôpital.

Elle ne connaissait pas l'autre enfant, un très jeune garçon. Il portait un short bleu et un T-shirt où l'on pouvait lire : ON M'APPELLE DR AMOUR. Ses pieds étaient noirs de crasse... et quelque chose ne lui sembla pas naturel dans cette terre qui maculait les pieds du petit garçon.

« Mais... ? » murmura-t-elle à nouveau.

L'enfant s'étira et resserra ses bras autour du cou de Hilly ; sa joue reposait contre l'épaule de Hilly. L'infirmière constata avec une sorte de terreur que les deux enfants se ressemblaient beaucoup.

Elle décida d'appeler le Dr Greenleaf. Immédiatement. Elle se retourna pour partir, le cœur battant vite, une main serrant toujours son crucifix... et vit une chose tout à fait impossible.

« Mais... ? » chuchota-t-elle pour la troisième et dernière fois en écarquillant les yeux.

Sur le sol. Encore de cette étrange terre noire. Des traces sur le sol. Conduisant au lit. Le petit garçon avait marché jusqu'au lit et s'y était couché. La ressemblance des deux enfants laissait penser qu'il s'agissait du frère disparu — et depuis longtemps supposé mort — de Hilly.

Les traces ne partaient pas du couloir. Elles partaient du milieu de la chambre.

Comme si le petit garçon était arrivé de nulle part.

L'infirmière sortit en courant de la chambre, appelant le Dr Greenleaf de toute la force de ses poumons.

6

Hilly Brown ouvrit les yeux.

« *David ?*

— Tais-toi, Hilly, ze dors. »

Hilly sourit, ne sachant pas bien où il était, ni *quand* il était, sachant seulement que beaucoup de choses s'étaient mal passées — ce qu'étaient ces choses n'avait plus d'importance, parce que tout allait bien maintenant. David était là, chaud et bien réel contre lui.

« Moi aussi. Il faudra que je te donne des G.I. Joe demain.

— Pourquoi ?

— J' sais pas. Mais il le faut. J'ai promis.

— Quand ?

— J' sais pas.

— Tant que z'ai Boule-de-Cristal..., dit David en s'installant plus confortablement au creux de l'épaule de Hilly.

— D'accord... »

Silence... Dans la salle des infirmières, on s'agitait un peu, mais dans la chambre, tout était silence, chaleur et douceur pour les petits garçons.

« Hilly ?

— Quoi ? murmura Hilly.

— Y faisait froid, où z'étais.

— Ah ?

— Oui.

— Ça va mieux, maintenant ?

— Mieux. Ze t'aime, Hilly.

— Je t'aime aussi, David. Je suis désolé.

— De quoi ?
— J' sais pas.
— Oh. »

David tâtonna pour trouver la couverture, la trouva et la tira sur lui. A cent soixante-trois millions de kilomètres du soleil et à cent parsecs de l'axe polaire de la galaxie, Hilly et David Brown dormaient dans les bras l'un de l'autre.

19 août 1982,
19 mai 1987.

3386

Achevé d'imprimer en Europe (France)
par Brodard et Taupin à La Flèche (Sarthe)
le 11 mars 1993. 1258H-5
Dépôt légal mars 1993. ISBN 2-277-23386-2
1er dépôt légal dans la collection : janv. 1993
Éditions J'ai lu
27, rue Cassette, 75006 Paris
Diffusion France et étranger : Flammarion